陆文夫

林间路/道山亭畔忆旧事/苏州人到广州来/煎熬中的起飞/乡曲儒生/得壶记趣/壶中日月/绿色的梦/花开花落/清高与名利/脚步声/秋钓江南/身上冷，腹中饥/夜不闭户/上山的和下山的/吸烟与时髦/故乡情/得到的和失去的/茶缘/做鬼亦陶然/深巷又闻卖米声/生命的留痕/写写文章的人/难忘的靖江夹港/人走与茶凉/知趣、识趣、有趣/酒仙汪曾祺

中华散文珍藏版

陆文夫散文

人民文学出版社

图书在版编目(CIP)数据

陆文夫散文/陆文夫著.—北京:人民文学出版社,2015
(中华散文珍藏版)
ISBN 978-7-02-011017-9

Ⅰ.①陆… Ⅱ.①陆… Ⅲ.①散文集—中国—当代 Ⅳ.①I267

中国版本图书馆CIP数据核字(2015)第149967号

责任编辑　杜　丽
装帧设计　刘　静
责任印制　王景林

出版发行　人民文学出版社
社　　址　北京市朝内大街166号
邮政编码　100705
网　　址　http://www.rw-cn.com

印　　刷　北京明恒达印务有限公司
经　　销　全国新华书店等

字　　数　209千字
开　　本　880毫米×1230毫米　1/32
印　　张　9.375　插页3
印　　数　1—10000
版　　次　2007年3月北京第1版
印　　次　2016年6月第1次印刷

书　　号　978-7-02-011017-9
定　　价　32.00元

如有印装质量问题,请与本社图书销售中心调换。电话:010-65233595

作者像

姑苏菜艺

陆文夫

我不想多说苏州菜怎么好了，因为苏州市每天都要接待几万名中外游客、采购客商、会议代表，几万张嘴巴会时评说苏州菜的是非。其中不乏吃遍中外的美食家。应该多听他们的意见。会时我也发现，全国和世界各地的人都说自己的家乡不错。至少有几种菜是好的。你说吃在某处，他说吃在某地，各具原因。宜吃和各人的环境、习性、饮食、文化水平等有势力关联。

人们常说，苏州菜有三大特点：精细、新鲜、品种随着季令的变化而改变。此三大特点便是由苏州的天地人决定的。苏州人的性格温和、精细，所以他的菜也就精致、这味中偏细，没有强烈的刺激。听说苏州菜中有一只炒绿豆芽，是把肉丝塞在绿豆芽里。其精细的程度简直可以和苏州的刺绣媲美。苏州是鱼米之乡，地处水网与湖泊的中间，过去，无自家的水码头上可以捕鱼摸虾，不新鲜的鱼虾是无人问津的。从前，苏州市有两大蔬菜基地，南园和北园，这两个园都在城墙的里面。菜农黎明起来，天蒙蒙

作者手迹

出 版 说 明

为了全面展示二十世纪以来中华散文的创作成就,我社于2005年4月编辑出版了"中华散文插图珍藏版系列"。到目前为止,已经出版了四辑五十位现当代文学大家的散文集,其目的是要将"五四"新文学革命以来近百年间的中华散文作一次全方位地展示和总结。为此,该系列书也成了"人文版"散文的标志性出版物,在作家、读者和图书市场中产生了极大的影响。

这套"中华散文珍藏版"是在此基础上的精选,其宗旨是进一步扩大散文的社会影响力,优中选优,精益求精,为读者,特别是为青年读者提供一套散文阅读范本。

人民文学出版社一直秉承读者至上、质量第一的出版原则,但愿这套书的出版,能为多元思潮中的人们洒下一捧甘霖。

人民文学出版社编辑部

目 录

林间路	1
道山亭畔忆旧事	6
苏州人到广州来	12
煎熬中的起飞	22
乡曲儒生	26
得壶记趣	31
壶中日月	36
绿色的梦	43
花开花落	47
清高与名利	50
脚步声	53
秋钓江南	56
身上冷,腹中饥	60
夜不闭户	63
上山的和下山的	66
吸烟与时髦	70
故乡情	74
得到的和失去的	79
茶缘	82
做鬼亦陶然	86
深巷又闻卖米声	89

生命的留痕 ………………………………………… 92
写写文章的人 ……………………………………… 95
难忘的靖江夹港 …………………………………… 99
人走与茶凉 ………………………………………… 107
知趣、识趣、有趣 ………………………………… 110
酒仙汪曾祺 ………………………………………… 113
哭方之 ……………………………………………… 117
王愿坚的愿望 ……………………………………… 119
老叶,你慢慢地走啊！ …………………………… 122
又送高晓声 ………………………………………… 125

梦中的天地 ………………………………………… 130
上黄山 ……………………………………………… 137
写在《美食家》之后 ……………………………… 141
姑苏菜艺 …………………………………………… 143
吃喝之外 …………………………………………… 148
屋后的酒店 ………………………………………… 152
深巷里的琵琶声 …………………………………… 155
门前的茶馆 ………………………………………… 158
吃空气 ……………………………………………… 161
江南厨王 …………………………………………… 164
青菜与鸡 …………………………………………… 166
人之于味 …………………………………………… 169
你吃过了吗？ ……………………………………… 173
吃喝之道 …………………………………………… 177
被女性化的苏州人 ………………………………… 182
文化沧浪宜人居 …………………………………… 186

为读者想	188
奇特的问候	197
《小巷深处》的回忆	200
共同的财富	204
微弱的光	207
快乐的死亡	214
无声的歌	216
随笔之笔	219
与友人谈快乐	221
文学小道上的今昔	223
寒山一得	226
文学史也者	229
文以载人	232
安居	235
静观自得	239
有用与有趣	241
作家、坐家	245
曲终不见人	248
奢谈读书	251
姑苏之恋	255

林 间 路

我熟悉一条林间的路,经常在这条小道上走来走去。这小道蜿蜒曲折,高低崎岖,它从大路旁一个很不显眼、灌木丛生的地方岔向深山里去。它几乎不能称之为路,只是大路旁的灌木丛偶然出现了一个豁口,从豁口间向前看,荒草有些歪倒,依稀有一条白线延伸而去。有人告诉我,你可以从这里走,也只能从这里走。

实在不好走啊!四下里都是树。树,我也曾见过,大路旁冲天的白杨,小河边婀娜的垂柳,公园里的林阴道更是有不少的情趣。可这里的树只受自然的安排,不听任何人的选择和摆布。松、杉、洋槐、酸枣、乌桕,什么都有,而且杂乱交错,没有次序。高的参天遮日,矮的却缠绕着脚踝。脚下除掉荆棘以外,还有巨石累累。那些巨石有的突兀在山巅,有的凌驾于溪流……

不错,我也曾见过一种小路,它依山傍水,怪石巍峨,两旁古木参天,流泉潺潺而过;山上冲刷下来的沙砾被岸边的茅草挡住,自然而然地铺出一条平展展的砂路。在这种路上无须疾走,可以漫步,实在比走柏油马路有更多的享受。可惜我长期走过的林间道并非是这样的路,走的目的也不是为了探胜访幽,多是为了买米、买盐、办事、访友。或是眼看天色不好,赶紧回家,以免又为风雪所阻。

我开始走这条路时非常吃力,非常难受,因为若干年来我走惯了大路,前面有人带领,身边有许多伙伴,他们会呼唤,会关顾。疲乏得立在路上打盹时,后面也会有人轻轻地推一下:"走呀,同志!"所以我走路时习惯于昂首看着天边的彩霞,嘴里哼着轻快的歌。那时候我总以为人在认定了一条路之后,剩下的只有一个动作:走!忍耐着饥渴疲劳,不受路旁的花草引诱,一步步地走下去总能到头。自从踏上了这条林间的小道,再也不能昂首看着天边的彩霞了,因为天只是在枝叶间露出的不规则的线条、三角和圆圈。再也不能哼着轻快的歌了,要赶快低下头来观察哪里有前人走过的脚步;留神着哪里有石头绊脚,哪里有荆棘要把衣服和皮肉扯破;哪里阴湿苔滑,滚下去会跌得头破血流;哪里只能绕着走,为了进一步便得退两步。走一程还得停下来看看,有没有因为七拐八弯而把方向弄错。你不仅要注意脚下,还得估摸着天气的变化。在林间遇雨实在是件苦事,开始时容易上当,会以为那些枝叶像雨伞似的为你把雨水遮挡,会以为那些密集的雨点根本打不到你的身上。其实,这仅仅是雨点聚集的过程,等到枝叶承受不了时候,所有的积水便像瓢泼似的浇得你晕头转向!林间没有人家,到哪里去躲啊!

开始的时候我也曾有过埋怨:为什么不在林间修一条比较好走的路?后来才想到这条路上的行人是那么稀少,大路之所以为大,因为在它上面走的人多,如果每个人所到之处都修筑一条驷马齐驱的大道,禾苗与林木就无生长之处,人畜都没有办法活下去。小路既然因客观的需要而存在,那么,别人能走,你也得走,每个人都不是天之骄子!走大路便唱歌,走小路就埋怨,那也算不了什么。

说来也很可笑,我在林间的小道上走过几次之后,似乎有所领悟:原来走路除掉用脚之外,还得用头脑来思考,来琢磨。以前跟着别人去办事访友,或者是寻找住宿时,脚在移动,脑子里尽是些亲友相见之欢,或者是苦尽甘来的幻想。至于在哪里拐弯,在哪时过桥,进哪条巷子等等,从不注意。只是不时地向领路人发出询问：到了没有？没有到，下劲走；快到了，嘘口气。如果第二次需要自己单独去寻找旧地，完了，只记得那大门是什么样子，房间里有点什么陈设，至于怎么去寻找这扇大门却已茫然。

一旦踏上了林间的小道，你什么依赖都没有了。虽然不是前无古人后无来者，但你和古人和来者都保持着一定的距离，只好靠你自己去摸索、判断、分辨；向前人的足迹去求教，为来者留下一点信息。再也不能埋头赶路了，因为你首先得查看一下路在哪里？得站在高处四下里打量：有了，那里的荒草有些败倒，有一条依稀可辨的白线，肯定是前人留下的足迹。这白线如果与你要去的方向相同，顺着它向前走，大体上都能走得通，走到头。但也不能粗心大意，因为山羊到溪边来饮水，也会把荒草踏出一条白线。我有一次误入这条白线，结果却走上了悬崖峭壁。退回来仔细地观察、思考，明白了，原来人踏断的荒草都是齐根断，山羊踏败了的荒草除掉弄断少许几根之外，大部分是绊倒了茎叶，所以对白线也得加以区别。逢到拐弯处或岔路口时，还得记住几块形状特异的石头。不妨把它们想象成狮虎羊马，或者是抽烟的老头，这样可以加深点印象，添一点情趣。记着从羊石向右转，或者是从虎石的屁股后面擦过去。这一来，巨石虽然挡路，却也能成为指路的标记。

我也曾在林间的小道上遇过雨，有时候是细雨蒙蒙，有时候是大雨滂沱。后来虽然注意天气预报，并且背熟了许多有关气象的谚语，什么"日没胭脂红，无雨即有风；日出胭脂红，有雨不到中"等等。虽然有点用处，但也不太准确，局部的气候是很难掌握的，山这边下雨山那边晴也是常有的事情。何况有时候明知道要下雨，或者已经在下了，为了某种不得已的原因，也只能怆然上路，准备淋它一身湿透。如果你准备淋雨，那情况就不同了，就不会心慌，不存幻想，不去胡乱地奔跑。不紧不慢地一路行来，倒反而可以窥见许多平日难见的景象。可以看见狻鸟的窝巢，狡兔的洞穴，它们在慌忙避雨的时候，就会把那隐蔽的住所暴露在你的面前。还可以发现山泉是从何而来，在哪里会合，又从哪里奔泻而去。这种来龙去脉在大雨滂沱的时候看得最清楚，从而使你估摸得出那溪流在平日里的深浅，必要的时候还可以涉水而过。

在山林间走小道，既要费脑筋，又得花大力气，如此说来岂不是一件十分苦恼的事体？是的，比起走大路来是有苦恼的一面，特别是开头的时候，这苦恼还很强烈。等到时间长了，情况熟了，记路认路已经养成一种习惯了，这苦恼的一面便会慢慢地淡泊下去，慢慢地发现林间的空气是如此的清鲜，还有各种美妙的声音：树叶沙沙，流泉哗哗，鸟雀飞鸣，草虫唧唧，蛙声三声两声。这在清晨是一首晨曲，在月夜是低诉的竖琴。如果你熟悉一百首歌曲，便会有一百个主旋律在林间奏鸣，你随便挑哪个都行。这种演奏十分随便，如果你愿听的话，它可以没完没了地演下去；如果你不愿听的话，立刻满林空寂，只剩下你的脚步和轻微的喘息。大路虽然平坦，但它宜于驰车，不宜于步行，因为它单调。白杨，白杨，前面还是白杨。春夏都是绿色，秋冬一片枯黄，跑了半天好像没有移动多少，从而产生一种急躁的情绪，产生一种并非体力上而是感觉上疲劳。山林间的道路虽然崎岖，可你走起来总觉得成绩十分显著，一会儿翻过了山坡，一会儿又越过了溪流。杜鹃花开罢了以后，桃李又在那里献媚；冬天里什么花也看不见，可那乌桕的脸却涨得鲜红，像火在那里燃烧，像彩霞浮在山腰。于是，眼看着山腰上的彩霞，嘴里又哼起了愉快的歌，这歌声虽然和从前一样，可是经过林木的共鸣与转折，却产生了一种特殊的音响效果。

走林间崎岖的小路虽然有许多妙处，但是人们都不愿意走，我也不愿意走。当我想起为了买一斤盐便得走一整天时，心里就有些犯愁。因为人的功率都体现于速度和效果。走路不是目的,目的是征服距离之后去办成一件什么事。如果有高速公路或登山缆车的话,我还是愿意乘坐,它毕竟能节省时间,增加办事的效率。但我也不再埋怨那林间崎岖的小路,它实在教会了我许多。如今再串街走巷,横阡竖陌地去寻亲访友,只消走过一次,第二次决不会茫然无知,至少能减少一些不必要的误差。

1980年1月

道山亭畔忆旧事

有机会参加了母校七十五周年的校庆,在道山亭畔走了几个来回。这道山亭已经面目全非了,可我对母校的记忆还停留在三十五年之前。

那是一九四五年,抗日战争刚刚胜利,我从泰兴来苏州求学。苏州的学校很多,苏高中是首屈一指,全国有名的,报考的人从四面八方赶来,地板上都睡得满满的,平均要四五十人中才能录取一个。我在初中学习得并不太好,特别是数学差劲,常在四十分上下浮动。再加上初到苏州这个天堂,早被虎丘、灵岩弄得神魂颠倒,根本谈不上什么临时抱佛脚的复习了,只是硬着头皮到苏高中去碰碰运气。

那时候的苏高中刚从宜兴复校来苏州,三元坊的校址被国民党的伤兵占据着,初中部和高中部都挤在公园路的草桥头。我跑到草桥三场考罢,心就凉了半截,出了考场和别人对对题目,听起来别人都是对的,我都是错的。待到发榜之日,心里也不存什么希望,只不过跑到学校里去"张张"。这一张喜出望外,我的大名赫然在焉!而且不是备取,不是"扛榜",大约总在开头的二三十名之内。我百思不得其解,怎么会考取的?想来想去可能是一篇作文帮了忙。作文的题目我记不清了,好像是一篇什么记游的文章。我读过几年私塾,又在姑苏游了这么一番,于是便用半文不白的句子,仿照《滕王阁序》的格局大加发挥。不知道被哪位阅卷的老师看中了,给的分数大概是很可观的。我的这种猜测也有点根据,入学以后我被编在丙班,那时共有甲乙丙丁戊五个班级,戊班是女生,甲乙班虽然不叫尖子班,但都是数理化比较好的,他们的课程都得比我们多,比我们快,但是我们也没有被遗弃的感觉,教和学还是很认真的。我们对一句格言的印象很深,叫"书到用时方恨少"。为了避免将来恨少,不如现在多学点。许多有声望的老师,他们上课并不按照课本教,都有自编的一套讲义,很多人到处去搜集这种讲义来学,好像掌握了什么秘密武器似的。

苏高中是个有名的"死读书"的学校,有一种尊重知识的风气。如果有一个人打扮得漂亮,家中富有,外面有势而成绩不好的话,那就没有多少人瞧得起。如果一个人头发很长(不是故意蓄长发而标新立异实在是出于生活的马虎),经常是蓝布衫一件,但是考起来总是名列前茅,自然就会受到别人的尊敬、羡慕,被大家推举为级长什么的。我在抗日战争的动乱中读完了小学和初中,读得很马虎,所以一进苏高中便觉得特别紧张。再加上不懂苏州话,第一堂课下来听不懂老师讲了些什么东西。教英文的老师不讲中国话,倒反而能听懂那么一点。我本来的习惯是起身钟不敲第二遍不起床,穿衣、叠被、洗脸、奔饭堂等等,这一连串的动作都是以极精确的计算和最高的速度进行的。一进苏高中可不行了,天不亮就有人起床,打了起身钟宿舍里就没有几个人(也有几个睡懒觉的),人都到操场上,到学校的各个角落里去了,在那里背课文、背英文生词。吃早饭之前都得背它几十个,晚上下了夜自修以后,走廊的路灯下还有人徘徊。那时候百分之八十都是寄宿生,走读的不多。平时出校门都得请假,只有星期六晚上和星期日的白天才得自由。每个宿舍都有个室长,还有一个专职的舍监老师,专管点名、整洁、纠纷等事务。苏高中的校规很严,都有明文规定。犯了什么便得记小过一次,犯了什么便得记大过一次;三次小过算一次大过,犯两次大过便得开除。话虽这么说,被记过的人很少,开除的事儿我好像没有见过。

我们在草桥头挤了一年,学校和国民党当局多次交涉,要收回三元坊的校舍,大概是当局同意了,就是国民党的伤兵赖着不肯走。国民党的伤兵是很厉害的,看戏不买票,乘车不给钱,开口便是老子抗战八年,动不动便大打出手,没人敢惹他们。突然有一天,草桥头苏高中正方形的操场上高中部的学生紧急集合,校长宣布,要到三元坊去驱逐伤兵,"收复失地",除女生和身体弱小者外,高中部的学生全部出动,实际上是到三元坊去和伤兵干仗。学生们个个兴高采烈、摩拳擦掌,有人带了棍棒,有人拾了几块砖头,几百人排队涌出校门,跑步奔三元坊而去!

占据三元坊校舍的伤兵其实没有多少,事先听到了风声,又见来了这么多的"丘九"(那时人称国民党的兵为丘八,学生好像比兵还难对付,故名之曰丘九),眼看形势不妙,便从道山亭的后面翻越围墙落荒而走。校方立即把高中部全部搬到三元坊,并派学生轮流在高处瞭望,防止伤兵重新入侵。

当年的三元坊是一条小弄堂,仅仅能容两辆人力车交叉而过,而且路面坑洼,一下雨便是个大水塘。教学区在路西,就是现在的主楼,另外还有一座"立达楼",一座"审美楼"。据说审美楼曾经是陈列美术作品和手工劳作的地方,这两座砖木结构的楼我见到时已摇摇欲坠,后来也修葺过,作过教室,现在都拆除了。另外还利用孔庙的一座殿,改作大礼堂和饭堂。宿舍区都在路东,一直延伸到沧浪亭的对面。这下子我们进出校门便自由了,可以借口回宿舍取物而到三元坊口买包花生米,或者是到沧浪亭去兜兜。

那时的学生最关心的有三件事,一是考试,二是伙食,三是毕业后的出路。考试最要命,期中考试叫小考,学期结束叫大考。大考简直是一场大难,逢到大考厨工都要少淘点米,学生们吃不下饭了,操场上也没有声音了,每个人都想找个僻静的角落去背笔记。那时候的道山亭是个很理想的复习功课的场所,山上有树木荒草,山脚下的水塘边长满了红蓼与芦苇。我们都欢喜在芦苇丛中做个窝,躺在那里复习。一场大考下来,人像脱了一层皮。时至今日,我晚上还会做一种噩梦,梦见进入考场以后,满纸的数学题一条也不会,急得惊醒过来,可见当年对考试的印象是极其深刻的。

虽然说苏高中的学生死读书,不大关心政治,但是你不关心政治,政治却要来"关心"你。抗日战争胜利以后,国民党日益腐败,物价飞涨,民不聊生,这自然就影响到学生的吃饭问题。学校里的伙食,是由校外的商人承包的,一个包饭商简直是个饮食公司,能包几个学校,几千人的伙食。我记得,那时候的伙食费好像是每月交五斗米钱。早晨喝稀饭,到了第三节课人人饿得饥肠雷鸣。中午是四菜一汤,名字好听,实际上是一扫便光。所以每桌都有个桌长,先由桌长在菜碗边上敲一下,然后大家便一拥而上,否则吃到第二碗饭时就只能白吞了。女生和男生不同席,因为她们不大会抢。饭堂便是礼堂,方桌子分行排开,没有凳子,都站着吃。这么多人临时进餐,实在不好对付,所以那时候许多学校都流行一首打油诗:"饭来菜不至,菜来饭已空;可怜饭与菜,何日得相逢!"当时物价飞涨,老板为了赚钱,米里面有沙子,发霉变质(粮商的变质大米都向学校里倾销),伙食情况每况愈下。每个学期为了伙食都要闹点儿小风潮。小闹是针对校方和承包商,大闹便针对国民党(反饥饿运动)。苏高中的学生没有大闹过,小闹年年有,中闹也有过 次。所谓小闹大多是在夏天,大家相约多吃一碗饭,结果饭不够了,闹着要厨房里再烧,烧好了便一哄而散,饭只好馊掉。承包商很熟悉这种把戏,第二天便加个菜,或者是"逢犒"时肉片加厚点(每星期吃两次肉,每次一薄片,叫逢犒)。学生也组织伙食委员会,选举最能办事的人来监督，每天还派人去监厨，但也没有用，因为承包商总是和校方有关系，学生中流传着某人收贿赂，某人拿回扣等等的消息（也许是谣言吧）。有一次学生发怒了，吃晚饭的时候，不知是谁先把电闸拉了，饭堂里一片漆黑。突然哗啷一声，有人摔碗（菜碗是承包商供给的）。大家一听便明了，一起把碗祭起来，有的连桌带碗全掀掉。饭堂里哗啷啷响成一片，一阵碗声，一阵欢呼，胆小的都吓得躲在桌子底下。训育主任闻讯赶来弹压，但因漆黑无光，又怕为流碗所伤，只好作罢。这一次中闹也争得了一点权利，寄宿生可以不在学校里吃饭，到外面包饭也可以，悉听自便。那时候沧浪亭一带有许多包饭作，夫妻二人包十来个学生的伙食，价钱和学校相同，却比学校里地道。但也有人倒了霉，碰上了应运而起的骗子。交掉一个月的饭费，开头吃得非常满意，不到一个星期，包饭的夫妻二人抢购得不及时，半个月不到，物价涨了一倍，一个月的伙食钱吃不到二十天。到时候丈夫叹气，妻子哭诉着原委，学生都是懂理的人，只好加钱。凡此种种，许多争得了权利而出去吃包饭的人，只好又回到学校里，还受到包饭商的一点讽刺和打击。

读高中的学生，在高一、高二时比较安心，到了高三便惶惶不可终日。要考虑出路，甚至要考虑今后的一生怎样度过。当时的中学生，除掉考大学以外似乎有三种去路，一是回家结婚，当小老板、少奶奶、大少爷，这是极少数；一种是去当个职员、练习生什么的，这要有关系；一种是到农村里去当个小学教员，走这条路的人很多，据说在苏州地区这样比较富饶的农村里当个小学教员，每月也能拿到三石米。所以死读书的学生到了高三便对政治和经济发生了"兴趣"。我到了高三便不大认真读书了，和几个同学忙于看小说，看各种杂志，想着要改革那个黑暗的旧社会，可是怎么改革法，却也是茫然无知的。后来听说哲学这门学问是专管人生和社会的，便到图书馆里去借了几本皮面

操作自己改装的专用车床（1958年）

向参观者介绍技术革新项目（1959年）

烫金、无人问津的哲学书来,躺在草地上拼命地看,这些唯心主义的哲学也实在太玄,怎么也看不懂。后来,不知道从哪里流传来了《大众哲学》、《新青年的新人生观》、《新经济学》等等的书籍,还有党在香港出版的文艺刊物(第一次读到了赵树理的作品),再后来还偷读了《新民主主义论》,这些书我一读便懂,决定不再徘徊,毕业以后便卖掉了所有的书籍和用不着的衣物,买了一双金刚牌的回力球鞋(准备跑路、打游击),一支大号的金星钢笔,直奔苏北解放区而去……

我在苏高中的三年,纯粹是一个学生,知道的事很少,只能回忆一些学生生活的片段。

原载《苏中教育》1980 年第 1 期

苏州人到广州来

热

《花城》好客,邀我与高晓声作广州之行。本来想赶花市,可我们都怕挤,我倒还可以凑合,高晓声已经少了四根肋骨,挤不起,所以一拖便拖到了三月初头。

三月初高晓声从常州来约我启程,那时苏州正受寒流袭击,窗外飘着小雪。我见了高晓声第一句便问:"你怎么不带大衣?"

高晓声笑笑:"是到广州去哟!"

是的,三月初来广州,带不带大衣几乎是个常识问题。可是常识一旦碰到了稍有见识而绝无真知的人就成了问题。

我蛰住苏州多年,自诩为江南人、"天堂"客,生平只有北上,从未南行,虽然知道岭南春早,却认为比苏州也早不到哪里去。江南三月莺飞草长了,可是外面还在下雪。江南农民也有穿着棉衣栽秧的。某年有个朋友从北京来苏州,他对"暮春三月,江南草长,杂花生树,群莺乱飞"之句印象特别深刻,却没有把阴历三月与阳历三月加以区别。以为阳历三月苏州已经春暖花开了,不仅不带大衣,还脱掉一件毛衣交给送行的人带回去,结果到了苏州冻得簌簌抖,大呼上当倒霉。我根据这位朋友的教训,同时也根据自己到北京的经验:人家都说北京冷,我到了北京也觉得并不比苏州冷到哪里去,因为北京家家都有炉子,有暖气,不像苏州室内无火、堂屋穿风,有点阴死鬼冷。我根据此种经验教训便作出结论,自以为苏州是个天堂,气候居全国之中,不干不湿,不冷不热,除掉北极、赤道和大西北以外,到哪里都是差不多的。我有点儿夜郎自大了,逢到有人北上,我便劝他:"不要穿那么多,冷不到哪里去。"逢到有人南行,我也说:"不要穿那么少,也热不到哪里去。"不管南北东西,都有暖流与寒流,旅人行色匆匆,也有碰上的,回来告诉我:"你的话不错,果然也热不到哪里去。"我听了不免自恃,更加据苏州而知天下了。所以我临行时眼睛还盯着衣架上的那件大衣,结果没有带,那是因为突然来了点什么心理:高晓声没有带大衣,他冻得起我应该冻得起,如果高晓声在广州冻得簌簌抖,我却穿着大衣而怡然自得,那也是于心不忍的,要抖就抖作一团,缩在一起,用苏州话说叫作"行一记"。

人们最容易犯两种错误,一是轻信,一是不信。我的那位朋友从北京到苏州来不带大衣,那是犯了轻信;我到广州想带大衣是犯了不信。轻信与不信都有个前提,那就是"没有来过",缺乏此时此地的实际体验,或者说距离那种体验的时间太久,而目前又处在另一种体验之中。就像人年轻的时候,到了夏天就不想收藏棉衣,汗流浃背的时候,想到人身上居然要裹那么多的棉花,实在有点不可思议。窗外飘着雪花的时候想到要穿衬衫,这想法的本身就带来了一股冷气。

火车向南疾驰,高晓声开始脱毛衣了,说明真的暖起来了,可我那个主观意志还有点顽固性,我认为还可以。车厢里有许多广东人,他们穿得都很少,也可以证明是暖和了,可我还有经验,我在苏州曾经碰到过一位"老广东",他冬天只穿一件衣毛,而且跞着海绵拖鞋到外面来看下雪。我以为广东人是不怕冷的,所以还要把那个可笑的"差不多"坚持到底。

车窗外的田野并不像我可笑,它是顺乎自然而发展。我们一路上注视着田野，从苏州出发时那麦子和油菜还没有起身，绿油油地紧贴着地面。到了浙江的金华，那菜便抬起头来了。到了湖南的郴州，油菜便开花了。到了广东的韶关，我猛地一看，以为田野里是什么新奇的作物，不识了。仔细一看，油菜已经结了籽，那麦穗也像箭也似的竖在田里了！秧田上的薄膜已经揭开，梯田水满，牛、机往返，准备插秧了。我侍弄过油菜、小麦和秧苗，知道油菜结籽、小麦灌浆的时候是什么天气，耳边仿佛听到了布谷鸟的叫声，仿佛有热烘烘的西南风迎面扑来。奇怪，我陡然感到车厢里很热，身上的负担沉重，只好把毛衣毛裤一件件地脱下来，只好承认那个"差不多"的哲学彻底失败，庆幸那件大衣没有带来，否则真是个累赘。我暗中嘲弄自己，一个以所居的位置和气候而自命不凡的人，只要乘三十三个小时的火车，便不得不一一地剥了下来，如果是乘飞机，那会剥得更快！

我承认广州是热，一承认就感到更热，到了广州穿件衬衫在窗前坐了半天，结果又感冒，发了两个寒热。广州人曰："啊，这几天广州正受寒流的袭击！"

吃

到了广州天色已晚，过了吃晚饭的时间。热情的主人领着我们来到了珠江边，说是一来可以领略珠江的夜景，二来可以在饭摊上随便吃点东西。广州人把摊说成档，卖饭的叫饭档，卖肉的叫肉档，相当于苏州人所说的饭摊头和肉摊头。提到吃，苏州人和广东人都是有点儿名气的。八月中秋吃月饼，月饼就分两大类：苏式的、广式的。解放前的上海滩上，就有小苏州食品公司、老广东食品商店。小而称公司，老而称商店，异曲同工，平分秋色。听说近些时来，广州的吃有了很大的发展，个体经营的饭档比比皆是，是这个城市的特点之一。因为个体经营的饭档的增加,也促使国营和集体饭店的作风有了改变。我和高晓声都非常乐意去光顾饭档,因为我们二人都欢喜观察有特点的事物,从而推论出某种似是而非的道理。

我对饭摊的印象是很深刻的。年轻时,苏州的玄妙观里有许多的小吃摊,大约花五分钱就可以吃一样,花两毛钱就可以把肚子填得饱饱的。后来到上海去,那时上海的马路边也有许多"荒饭摊",品种繁多,价廉物美,是穷学生和黄包车夫的乐园。听说羊城的饭档增多,减轻了吃饭难的问题,而且还对国营和集体饮食店起了促进作用,便埋怨苏州有点儿落后。苏州的"小吃摊"虽有恢复,但恢复得不快,目前还成不了气候,而上海的"荒饭摊"似乎还不大多见。

向广州的饭档里一坐,才发现广州的饭档所以能够增多,似乎有其地利。广州这个城市有个特点,马路两旁有许多骑楼。我在《羊城晚报》上也曾读到过骑楼这个名称,窃以为骑楼也者,大概相当于苏州小街小巷里偶尔可见的过街楼。非也。广州的骑楼实际上是把楼房伸到了人行道上面,或者说高楼的底层就是人行道。那新增的饭档有许多就设在骑楼下,或者是炉灶半隐,而桌椅就散放在人行道上面,可以避风雨,可以躲烈日。这里的人行道都比较宽,即使稍有侵占,行人还是可以无阻的(有的也成问题)。如果这饭档是设在苏州那一二米宽的人行道上,那吃饭的便会堵住过路的,交通警是绝不会允许的。如果这饭档是设在上海的马路边,那潮水般的行人会把你的台凳桌椅、锅瓢碗盏踢得翻翻的!事物的兴起都有它的特殊条件,不能妄加非议;更不能忽发奇想,要求苏州和上海都造骑楼。

广州的饭档品种繁多,我们这两个被北方人称作南方人的人,也不懂得那是些什么东西,而且语言不通,人家说了也不懂。主人建议"你们喝点粥吧",好,我们吃晚饭最喜欢稀饭加馒头。

"粥"拿上来了,还有两盘"炒面"。一看,并不是什么稀饭,如果硬要翻成苏州话,只能叫作"肉丝咸泡粥",可惜苏州人通常只吃肉丝咸泡饭,"肉丝咸泡粥"是我杜撰的。那盘"炒面"也不是面,广州人叫炒粉,是米粉做的。

粥和炒粉味道很鲜美,而且不用久待,几乎是立等可取,我们两人都很满意,所以第二天就不在招待所里吃早饭,还是到那个饭档上去"连一连"。昨晚是主人会账,我们也不知道价钱。这时候才知道,粥是两毛五一小碗,炒粉每盘是五毛钱。我想,这样的"饭档"如果开设在苏州,那是不会有人光顾的。苏州人绝不会花两毛五去喝一碗"肉丝咸泡粥",更不会花五毛钱去吃一小盘白菜肉丝炒面。如果我在苏州请高晓声去上"饭档",家里的人一家要劝阻:"洋盘,勿去!"如果这粥和炒粉的价格都按照苏州人那精细实惠的要求降下来,那么广州的"饭档"就不会发展得这么快。每个城市的消费水平和生活习惯都是不相同的,一种事物的发展,除掉天时地利以外,那人和也是不可忽略的。

穿

到广州来之前,就存心要看看广州人的衣着,特别是青年男女的衣着和发式。因为近年来关于青年人的喇叭裤和长头发有很多议论、义愤和反对,认为是世风日下,是颓废的表现。最近听说苏州某工厂的领导,为了加强对青年的政治思想教育,便在大会上宣布:"从明天开始,凡穿喇叭裤和留长发的不许进厂!"看样子形势还有点紧张!

据说,这喇叭裤和长头发等等,是由外国传到了香港,香港传到广州,又由广州向内地蔓延。这种说法当然不一定准确,因为这种事儿的流通渠道很多,可以飞可以跳,也可以通过电影和画片,不能把账都算在广州人的头上。可是广州地近香港,得风气之先倒也是可能的。所以在我的想象中广州人的衣着一定很"洋",说不定那人行道上都是一尺多宽的大裤管,像把大蒲扇似的在那里啪哒啪哒地扫地皮。

一看之下,发现我那"合理的想象"又碰了壁。广州人一般的衣着都很朴实,朴实之中还显得有点随便,使我怀疑广州的裁缝铺大概并不拥挤(其实不然),穿衣服都是买现成的。只有大、中、小号之分,但对每个人不一定都那么合身。虽然也有些服装使我这个乡巴佬看来有些奇异,但混在大批的港澳同胞和海外华侨之间也不大引人注意,如果放在苏州倒是要使行人侧目的。我对这种初步的观察并不满意,觉得不够深入,不全面。三月里没有花市,也没有传统的节日,绝大多数的人都在工作,穿着裤管那么大的喇叭裤去爬建筑架,去挤公共汽车,那是要摔筋斗出事故的!于是,我们晚上来到了珠江边。

广州的珠江边,好像是老年人和青年人的乐园。老年人占有了白天,在那里打扑克、下象棋;青年人则占有了夜晚,一对对的情侣沿着珠江在榕树下漫步,或者是依偎在那些铁栏杆上面。我估计,情人相会总要着意打扮一番,不会亚于看花市和过春节,也不会马马虎虎地穿一套工作服去赴约会(特殊情况例外)。这一次的"合理想象"果然有点道理,那些在爱河里游泳的人穿着都是很考究的。可惜夜晚的灯光暗淡,我也不便于走近去盯着人家看,怕人家以为我是在窃听。某总统因为窃听下了台,我虽然无台可下,被人家用广东话骂那么一两句也不是没有可能的。虽然骂了我也听不懂,但那语气和神情还是听得出、看得出的。所以我也只好和高晓声沿着珠江散步,对那些情侣投以匆匆的一瞥。要详细描述情侣们的打扮是很繁琐的,只好言归正传,把话题集中到喇叭裤和长头发上面去。是的,广州的青年男女有长头发,也有喇叭裤,不过看了以后使我产生了一种疑难,不知道如何来给长发和喇叭裤下一个恰当的定义。我的脑子里本来有个概念,喇叭裤就是腿弯处收紧,小腿肚以下突然放大到一尺几,像鸭蹼似的。长头发并无准确的尺寸,总之是男女不分。这个概念已经过时了,落后了,鸭蹼式的喇叭裤已不多见,代之而起的是小喇叭或稍有喇叭形,而且在向一种长而大的直筒裤的方向发展。男士们的头发虽然比我长,男女还是能辨的,女的长发披肩,男的那一点长发是在后颈项脖子的上面。当我们坐在办公室里议论长头发和喇叭裤的时候,它们却没有停留。就像我们议论珠江里的某个漩涡,议论还未结束,那漩涡已经到了虎门炮台的东面,后面那无数的漩涡又到了你的面前。衣服和发型,年年月月、朝朝代代都在不停地变化和发展,在这种变化与发展中青年人是主力,因为他们有这种天赋和情趣来充分展示那青春的魅力。白发苍苍或两鬓已斑的人,至多只能买点儿染发药水,过多的打扮往往是适得其反,被苏州人叫作"干瘪老阿飞"。记得我在读中学的时候,男学生有许多都是留长头发的。不修边幅的人往往就让长发垂在额前,演讲起来常常把长发向后这么一甩,那种神态至今想起来还觉得很美。那些爱修边幅的人天天向头上抹"凡士林"、"士的光",也吹也烫,梳成大包头、小包头、飞机头、波浪式等等的。对这种现象也有过非议,"油头滑脑"就是其中之一。后来我的那些同学不再抹"士的光"了,那也不是因为别人的议论而改变,是因为年纪大了,结婚生孩子了,就懒得去搞这些玩意。须知抹"士的光"、梳飞机头也是很麻烦的,经常要上理发店,那被子和枕头上也"士的光",厚厚的一层油腻。爱人也不在乎他的飞机头了,洗起被单来倒要用碱水泡两遍,嘀嘀咕咕的。于是乎"歇搁",来个小分头,经济简便。

如此说来对"奇装异服"就不该议论,不该反对啰?可以,但不要一下子便提到思想原则的高度,说成是颓废没落的表现,更不要"不许进厂",不进厂他上街行不行呢?同时,我觉得目前情况也有点不正常,喇叭裤和长头发等等,多是产生在青年人的身上,而议论和反对的却多是中老年人。秋末的衰草去议论春天的野花,说它形状不美,是否也多少具有点讽刺意味？据我观察,青年人对"奇装异服"也是有议论,有反对的。我在苏州的街道上走的时候,如果有一个奇异的男士招摇过市,那姑娘们往往掩口而笑,轻轻地说一声:"恶劣得来!"如果是一位奇装异服的女士招摇过市,那男的只用两个字:"妖怪!"这种议论和反对是很厉害的,可能比"不许进厂"还灵验。不过,青年人的议论和反对往往和吸收改进联系在一起。你可以留神一下,如果有个穿着新奇服装的人从街上走过,青年人盯着看的时间,往往要比中老年人看的时间长些。尽管他们也会说"恶劣得来",可是过不多久,那不太"恶劣得来"的式样就会在她们的身上出现,是从"恶劣得来"的基础上加以改进与发展而来的。大喇叭变成小喇叭,变成直筒裤,将来又可能变成竹管筒,恐怕都和这种情况有关系。要想使青年人不在服饰上翻花样,那是不可能而且也是不应该的。所以最好的办法是发动他们自己讨论,用"恶劣得来"和"妖怪"来相互制约,在制约中求得发展。对于某种服饰,如果姑娘们认为"神气",小伙子们认为"漂亮",那你老头老太再反对也是没有用的。老头老太、半老头半老太也有事可做,就是多设计一些式样让青年人来挑选,搞"时装展览"、"发型观摩"。因为青年人常常容易想美而又想不出办法来,就把一些并不美的东西往身上一拉,来满足他那思变的心理。当然,我们绝不能也不会再搞"江青服"那一类蠢事的。

花

到了广州来便目不识树了,识花更是谈何容易。一路上我们把桉树当作杨树,把广柑的母枝当作茶叶,又把荔枝树当作杨梅。只有榕树依稀可辨,因为它是长胡子的有气根挂在外面。公路两旁的水松和黄山上的"迎客松"大不相同,叶子是松针,枝条像杨柳。红棉原来是棵大树啊!满树的红花却不见一片绿叶。白兰花是我们苏州花房中的娇客,一对白兰花要卖两毛钱,姑娘们买来吊在纽襻儿上,香气四溢。这里的白兰花却随便种在马路边,高达二层楼。凤尾草虽然姓名不改,叫作凤尾树恐怕更适合点。桄榔树那么高高而挺直,只是在头顶尖上有几片大叶;与其说是树,倒不如说是立在地上的一支大毛笔。仙人鞭是种在花盆里的,这里却是满山满谷,长达数丈,相互纠缠,远望像覆盖山坡的草皮……乱套了,乱了概念!

花木是生活的伴侣,它不仅增添了生活的情趣,而且用它的衰荣报告着时令和节气。桃红柳绿是春天的象征,落叶知秋带来了寒冷的消息。我们在越秀山上远望红棉似火时,却嗅到附近有一股幽静的香气,仔细寻找,原来路边有几棵银桂。桂花开放幸福来,在苏州,满城桂子飘香的时候,正值中秋佳节,民歌里唱十二月花名的时候,也是把桂花放在八月里,八月里生的女子,往往都叫桂英。广州的桂花不知道一年几发,却开在江南春寒的三月里。苏州的柳树已经是青绿依依了,广州的垂柳却还在冬眠,你也不能怪它偷懒,因为你不知道它昨夜何时入睡?比如说苏州的莲花已经睡着了,广州的睡莲还没有入睡,那明媚的眼睛还是睁得大大的。九月里来菊花黄呀,这是江南民歌里唱的;可是广州三月在款待远客的时候,却剪来菊花放在瓶子里。生活在苏州的人,四时看花木都有个规矩。早春到"香雪海"去看春梅,秋天到灵岩山去看枫叶,夏天看花是在藕塘边,冬天到"冷香阁"踏雪寻腊梅。到了广州就乱套了,你也不知道叶落花开是何季节。据说广州有些树木一年到头不落叶,一年到头都在落叶,落叶纷纷却是在盛夏季节。如果苏州的花木据此而向广州的花木提出抗议,说:"你这样搞是不行的,乱了生活,乱了季节,不符合发展的规律!"那么,广州的花木就会回答:"何必死守你那规矩呢,如果我也和你一样,谁还会把我称作花城呢?人家把你称作天堂,我也是很羡慕的!"

  在越秀公园的镇海楼上,我又读到了黄巢的菊花诗,"百花发时我不发,我若发时百花杀"。在苏州读这首诗时还觉得有点气派,和节令也是比较吻合的。到了广州再读这首诗时便觉得大而无当,十分可笑了,因为你若发时百花并不杀,想杀也是杀不掉的!

1981 年 4 月

煎熬中的起飞

评论一个作家的作品很不容易,因为作品的时价有高有低,有时候连作家们自己也弄不清楚,怎么会一忽儿热起来,一忽儿又冷下去。所以有许多作家就不去管什么炎凉了,不分严寒酷暑、春夏秋冬,挥汗哈手地去耕耘那不到一尺见方的土地。我以我血荐轩辕,尽责而已矣。

艾煊就是这样的一位作家,该热的时候他没有热起来,该冷的时候也没有把手相笼在袖管里。世界上的热闹往往要去凑的,艾煊最怕凑热闹,如果有十个人在那里轧闹猛,他情愿一个人躲在角落里。

艾煊怕冷又怕热,他总是想买一架没有噪音的空调机,终年生活在没有烦躁的恒温里,安静地写点儿东西。可是这种空调机他买不起,买了也付不起电费,于是只好熬了,在煎熬中作艰难的起飞。

说起来也叫人难以相信,有件事儿把艾煊煎熬得不轻:他怕当官,偏要他去当官。除掉当右派的时候没有官儿当之外,其余的时间官运倒是亨通的。有人想当官儿当不上,艾煊怕当官儿也不成。有时候他也发牛劲,说什么也不干了。不行,领导上劝说,朋友们包围:"为了江苏省的文学事业,你再干两年……"这实在是个奇特的悲剧,当官儿也能煎熬人。煎熬别人也许煎不上,越煎还越热乎哩!艾煊痛苦了,他会管理花草,却不会管人;他善于写优美的文章,却不善于处理人间的纠纷。人间的纠纷在小说里都好处理,纠得愈紧处理起来就愈带劲。在生活里就不那么好办了,一件小事儿都很伤脑筋,伤感情。艾煊是个爱优美、爱平和的人,他欢喜在文学中抒写自然的美、灵魂的美和理想的光辉,他把这种苦活儿当作圣职,当作享受。可是当他刚刚埋下头,拿起笔,刚刚有点儿美感来潮的时候,对不起,艾书记,请你去开会。晚上再写点儿吧,有人敲门了,你别美,白天的那件事儿又生了枝节!人际的冲突和创作的冲动把艾煊向两边撕裂,弄得他五心烦躁,弄得平和而有君子之风的人也免不了发脾气。也许只有夜半醒来的时候情绪比较稳定,美感油然而生,所以艾煊往往是在凌晨的三点爬起来写东西。人们只可能阅读一个作家的作品,却不大知道那作品是怎样煎熬出来的。曹雪芹还写下了"满纸荒唐言,一把辛酸泪",艾煊除掉淡淡一笑之外却从不吭气,要么只为别人叫唤几声:创作不容易!

我也不太了解艾煊的作品是怎样煎熬出来的,只是在尝到他煎熬出来的浓汤时才感到惊奇。一九五七年初,当我读到他的《大江风雷》的初稿《红缨枪》时便惊奇不已,那深厚的生活、人物的命运、理想的光辉、优美的文笔是我那时所读到的当代长篇中屈指可数的。老实说,如果《大江风雷》赶在反右斗争之前出版,或者说反右斗争再推迟几年,艾煊肯定会热起来的。那时候,一个短篇已经可以使人热得发昏了,何况是一部那么优秀的长篇。可是艾煊太慎重了。他不肯立即发稿,而是把初稿打印,广泛地征求意见。意见还没有听完,他就被《探求者》拉下了水。直接去拉的是我,轻轻地一吊就使他滚进了泥塘里。也怪他自己太不懂得保身价了,一个不小的官儿竟和《探求者》那帮毛头小伙子如兄若弟。这以后艾煊就很难热起来了,有顶帽子在头上呢!《大江风雷》几经修改以后终于出版了,出版时已是一九六五年,"千万不要忘记阶级斗争"又来了,谁还敢为有过帽子的人加温呢?

我知道《大江风雷》是怎样改出来的,知道他在修改这部长篇时生活又来把他熬煎。官儿不当了,工资降掉三级,家庭又生变异,一个人住在朝北的小房间里,严冬没有炉子,木板床上只有一条薄薄的小棉被,好像是他当新四军的时候用过的,曾经因劳累过度而昏倒在马路边。不管怎么样,那大江还是在"文化大革命"的风雷中日夜奔流,而且从中国流到了外国。也许是因为作品的身价也有时间差和地区差价吧,国外的评论家对《大江风雷》热情赞美。洋人只看作品,不太理解所谓的帽子是个何等厉害的东西,也不管你国内的行情是看涨还是看跌。当国外的信息回传到国内来的时候,艾煊也许会热一热吧,出口转内销可以造成抢购。可是艾煊不会凑热闹,把国外的评论和信件都压在抽屉里,照样去煎熬自己,熬出了巨著《乡关何处》,以及其他的许多散文和短篇,还写了个电影剧本《风雨下钟山》。皇天有眼,艾煊倒因此而热了一下,还得了个奖什么的,其实并没有搔着痒处,在艾煊所有的作品中,《风雨下钟山》不在排头。

有人说艾煊善于写散文,这话当然也对。艾煊的散文写得舒展、优美,作为当代的散文名家可以当之而无愧。他爱平和,爱自然,当他面对着湖光山色和淳朴的村民时,眼目明亮,心地坦然,忘却了烦恼,忘却了是非,凭他那文字的功力,写来当然是得心应手的。可我同时也认为艾煊是善于谱写交响乐的,两部巨著已经证明了这一点。半个多世纪的路程他不是坐着飞机过来的,而是一步一个脚印走过来的。金戈铁马,忧患丛生,晴空万里,大雨倾盆,随时随地都有动人的旋律。这旋律也许被烦恼和忧虑纠缠住了吧,可是一旦能跳出来之后就会跌落在一个艺术的宝库里,那时候,烦恼与忧虑也会变成回纹织锦的经纬,问题是文学之外的煎熬要少一点。

对于艾煊来说,文学之外的煎熬也许快结束了吧,他自己也急于摆脱这一点。听说他今年冬天买了个什么取暖器,想把室内的温度升高点,写的时候可以轻装上阵,心不冷,手不抖。可千万别买那种红外线加热炉,那玩意儿是滑头戏,放在头边头上暖,放在脚边脚上热,噪音倒是没有,可那耗电量也了不起。倒不如把炉火烧旺些,把那些乌亮闪光的块煤投进去,恒温的世界永远也不会有,暖和暖和还是可以的。

1986年1月5日

乡曲儒生

我六岁的时候开始读书了,那是一九三四年的春天。

当时,我家的附近没有小学,只是在离家两三里的地方,在十多棵双人合抱的大银杏树下,在小土地庙的旁边有一所私塾。办学的东家是一位较为富有的农民,他提供场所,请一位先生,事先和先生谈好束脩、饭食,然后再与学生的家长谈妥学费与供饭的天数。富有者多出,不富有者少出,实在贫困而又公认某个孩子有出息者也可免费。办学的人决不从中渔利,也不拿什么好处费,据说赚这种钱是缺德的。但是办学的有一点好处,可以赚一只粪坑,多聚些肥料好种田,那时没有化肥。

我们的教室是三间草房,一间作先生的卧室,其余的两间作课堂。朝北的篱笆墙截掉一半,配以纸糊的竹窗,可以开启,倒也亮堂。课桌和凳子各家自带,八仙桌、四仙桌、梳桌、案板,什么都有。

父亲送我入学,进门的第一件事便是拜孔子。"大成至圣先师孔子之位"的木主供在南墙根的一张八仙桌上,桌旁有一张太师椅,那是先生坐的。拜时点燃清香一炷,拜烛一对,献上供品三味:公鸡、鲤鱼、猪头。猪头的嘴里衔着猪尾巴,有头有尾,象征着整猪,只是没有整羊和全牛,那太贵,供不起。

我拜完孔子之后便拜老师,拜完之后抬头看,这位老师大约四十来岁(那时觉得是个老头),戴一副洋瓶底似的近视眼镜,有两颗门牙飘在外面。黑棉袍,洗得泛白的蓝布长衫,穿一条扎管

"文革"期间,全家下放至黄海之滨,夫妻二人在三间茅屋前

写作中

棉裤,脚上套一双"毛窝子",一种用芦花编成的鞋,比棉鞋暖和。这位老师叫秦奉泰,我所以至今还记得他的名字,那是因为我曾把秦奉泰读作秦秦秦,被同学们嘲笑了好长一阵,被人嘲弄过的事情总是印象特深。

秦老师受过我三拜之后,便让我站在一边,听我父亲交待。那时候,家长送孩子入学,照例要作些口头保证,大意是说孩子入学之后,一切都听先生支配,任打任骂,家长决无意见,决不抗议。那时的教学理论是"玉不琢不成器",所谓琢者即敲打也。

秦老师也打人,一杆朱笔、一把戒尺是他的教具。朱笔点句圈四声,戒尺又作惊堂木,又打学生的手心。学生交头接耳,走来走去,老师便把戒尺一拍,叭地一响,便出现了琅琅的读书声。

秦老师教学确实是因材施教,即使是同时入学的学生,课本一样,进度却是不同的。我开始的时候读《百家姓》、《三字经》。每天早晨教一段,然后便坐到课桌上去摇头晃脑地大声朗读,读熟了便到老师那里去背,背对了再教新的。规定是每天背一次,如果能背两次、三次,老师也不反对,而是加以鼓励。但也不能充好汉,因为三天之后要"总书",所谓温故而知新,要把所教的书从头背到尾,背不出来那戒尺可不客气。我那时的记忆力很好,背得快,不挨打,几个月之后便开始读《千家诗》、《论语》。秦老师很欢喜,一时兴起还替我取了个学名叫陆文夫,因为我原来的名字叫陆纪贵,太俗气。

我背书没有挨打,写字可就出了问题。私塾里的规矩是每天饭后写大、小字,我的毛笔字怎么也写不好,秦老师开始是教导我:"字是人的脸,写得难看是见不得人的。"没用。没用便打手心,这一打更坏,视写字为畏途,拿起毛笔来手就抖。直至如今,写几个字还像蟹爬的。

秦老师是个杂家,我觉得他什么都会。他写得一手好字,替人家写春联、写喜幛、写庚帖、写契约,合八字、看风水、念咒画符、选黄道吉日,还会开药方。他的桌子上有一堆书,那些书都不是课本,因为《论语》、《孟子》之类他早已倒背如流,现在想起来可能是属于医卜星相之类,还有一只罗盘压在书堆的上面。秦老师很忙,每天都有人来找他写字、看病,或者夹起个罗盘去看风水。经常有人请他去吃饭,附近的人家有红白喜事,都把老师请去坐首席。

抗日战争爆发以后,办学的农民怕出事,把私塾停了。秦老师到另外的一个地方去授馆,那里离我家有十多里,穷乡僻壤,交通不便,可以躲避日寇。秦老师事先与办学的东家谈妥,他要带两个得意门生作为附学(即寄宿生),附学的饭食也是由各家供给的,作为束脩的一个部分。一个附学姓刘,比我大五六岁,书读得很好,字也写得很漂亮,秦老师来不及写的春联偶尔也由他代笔。此人抗战期间参加革命,后来听说也是做新闻工作的。还有一个附学就是我了,那时我才九岁,便负笈求学,离家而去,从此便开始了外出求学的生涯,养成了独立处理生活的能力。

新学馆的所在地确实很穷,偌大的一个村庄,有上百户人家,可学生只有十多个。教室是两间土房,两张床就搁在教室里,我和姓刘的合睡一张竹床,秦老师睡一张木床,课桌和办公桌就放在床前。房屋四面来风,冬天冻得簌簌抖,手背上和脚后跟上生满了冻疮,冻疮破了流血流脓,只能把鞋子拖在脚上。最苦的要算是饭食了,附学是跟随先生吃饭,饭食是由各家轮流供给,称作"供饭"。抗战以前供饭是比较考究的,谁家上街买鱼买肉,人们见了便会问:"怎么啦,今朝供先生?"那吃饭的方式确实也像上供,通常是用一只长方形二层的饭篮送到学校里来,中午有鱼有肉,早晚或面或粥,或是糯米团子、面饼等。我走读的时候同学们常偷看先生的饭篮,看了嘴馋。等到我跟先生吃供饭的时候可就糟了,也许是那个地方穷,也许是国难当头吧,我们师生三人经常吃不饱,即使吃不饱也不能吃得碗空钵空,那是要被人家笑话的。有一次轮到一户穷人家供饭,他自家也断了顿,到亲友家去借,借到下午才回来,我们师生三人饿得昏昏。这是我第一次体验到饥饿的滋味,饿极了会浑身发麻、头昏、出冷汗。当然,每月也有几天逢上富有的人家供饭,师生三人可以过上几天好日子,对于这样的日期,我当年记得比《孟子》的辞句都清楚。

日子虽然过得很苦,可我和秦老师的关系却更加密切,毛笔字还未练好,秦老师大概见我在书法上无才能,也就不施教了,便教我吟诗作对,看闲书。吟诗我很有兴趣,特别是那些描绘自然景色的田园诗,我读起来就像身临其境似的。作对我也有兴趣,"平对仄,仄对平,反正对分明,来鸿对去雁……"有一套口诀先背熟,然后再读秦老师手抄的妙对范本。我至今还记得一些绝妙的对联,什么"屋北鹿独宿,溪西鸡齐啼"、"和尚撑船篙打江心罗汉,佳人汲水绳牵井底观音"。当然,最有兴趣的要算是看闲书了,所谓闲书便是小说。

前面说到秦老师的桌上有许多不属于课本之类的书,这些书除掉医卜星相之外便是小说。以前我不敢去翻,这时朝夕相处,也就比较随便,傍晚散学以后百无聊赖,便去翻阅。秦老师也不加拦阻,首先让我看《精忠岳传》,这一看便不可收拾,什么《施公案》、《彭公案》、《七侠五义》、《三国演义》都拿来看了,看得废寝忘食,津津有味,其中有许多字都不识,半看半猜,大体上懂个意思,这就造成后来经常读白字,写错字。

秦老师的书也不多,他很穷,无钱买书。但是,那时有一种小贩,名叫"笔先生",他背着一个大竹箱,提着一个包裹,专门在乡间各个私塾里走动,卖纸、墨、笔、砚和各种教科书,大多是些石印本的《论语》、《孟子》、《百家姓》、《千家诗》。除掉这些课本之外,箱子底下还有小说,用现在的话说都是些通俗小说。这些小说不卖给学生,只卖给老师,乡间的塾师很寂寞,不看点闲书很难受。只是塾师们都很穷,买的少,看的多,于是"笔先生"便开展了一种租书的业务。每隔十天半月来一次,向学生们推销纸、墨、笔、砚,给塾师们调换新书,酌收一点租费。如果老师叫学生多买点东西,那就连租费都不收,因此我们经常可以看到新书。那时,我经常盼望"笔先生"的到来,就像盼望轮到富人家供饭似的。

秦老师不仅让我看小说,还要和我讨论所看过的小说,当然不是讨论小说的做法,而是讨论书中谁的本领大,哪条计策好,岳飞应当"将在外君命有所不受",不应当被十二道金牌召回临安,待他日直捣黄龙,再死也不迟。看小说还要有点儿见解,这也是秦老师教会了我。当然,秦老师这样做不会是想把我培养成一个作家,将来也写小说,可这些都在幼小的心灵中生下了根,与文学结下了不解之缘。

一年之后因为家庭的搬迁,我便离开了秦老师,从此以后就再也没有见到他,可他却没有忘记我。听我父亲说,他曾两次到我家打听过我,一次是在解放的初期,一次是在困难年,即六十年代的初期。抗战胜利以后私塾取消,秦老师失业了,在家靠儿子们种田过日子,日子过得很艰难,据说是形容枯槁,衣衫褴褛,老来还惦记着他的两个得意门生,一个是我,一个是那位姓刘的。大概他想起还教过一些学生的时候便可以得到一些安慰吧。前些年我回乡时也曾经打听过他,却没有人知道这世界上还有或曾经有过叫秦奉泰的。"乡曲儒生,老死翰墨,名不出闾巷者何可胜道。"我记起了秦老师曾经教过我的古文观止。

1987 年 5 月

得 壶 记 趣

我年轻时信奉一句格言,叫作玩物丧志。世界上的格言多如过江之鲫,有人信,有人不信;有人此时信,彼时非;有人专门制造格言叫别人遵守,自己根本就做不到等等,都是有原因的。

我所以信奉"玩物丧志",是因为那时确实有点志,虽然称不起什么胸怀大志,却也有些意气风发的劲头,想以志降物,遏制着对物的欲念。另一个很实际的原因是想玩物也没有可能,一是没有时间,二是没有金钱,玩不起。换句话说,玩是也想玩的,只是怕分散精力和囊中羞涩而已。事实也是如此,我对字画、古玩、盆景、古典家什、玲珑湖石等等都有兴趣,也有一定的欣赏能力,只是不敢妄图据为己有而已。

想玩而又玩不起,唯一的办法只有看了,即去欣赏别人的、公有的。此种办法很好,既不花钱,又不至于沦为物的奴隶。苏州是个文化古城,历代玩家云集,想看看总是有可能的。

五十年代,苏州的人民路、景德路、临顿路上有许多旧书店和旧货店。所谓旧货店是个广义词,即不卖新货的店都叫旧货店。旧货店也分门别类,有卖衣着,有卖家什,更多的是卖旧艺术品的小古董店。有些不能称之为店,只是在大门堂里摆个摊头,是破落的大户人家卖掉那些既不能吃,又不能穿的非生活必需品的玩意。此种去处是"淘金"者的乐园,只要你有鉴赏的能力,偶尔可以得宝,捡便宜。

那时我已经写小说了,没命地干,每天都是从清晨写到晚上一两点,往往在收笔之际已闻远处鸡啼,可在午餐之后总得休息一下,饭后捉笔头脑总是昏昏沉沉的。休息也不睡,到街上去逛古董店。每日有一条规定的路线,一家家地逛过去,逛得那家有点什么东西都很熟悉,甚至看得出哪件东西已被人买去了,哪件东西又是新收购进来的。好东西是不能多看的,眼不见心不动,看着看着就想买一点。但我信奉"玩物丧志",自有约法三章,如果要买的话,一是偶尔为之,二是要有实用价值,三是不能超过一元钱。

　　小古董店里的东西五花八门,有字画、瓷器、陶器、铜器、锡器、红木小件和古钱币,还有打簧表和破旧的照相机。我的兴趣广泛,样样都看,但对紫砂盆和紫砂茶壶特有兴趣,此种兴趣的养成和已故的作家周瘦鹃先生有关系。很多人都知道,周瘦鹃先生的盆景是海内一绝,举世无双。文人墨客、元帅、总理,到苏州来时都要到周家花园去一次。我也常到周先生家去,多是陪客人去欣赏他的盆景,偶尔也叩门而入,小坐片刻,看看盆景,谈谈文艺。周先生乘身边无人时,便送我一盆小品(人多时送不起),叫我拿回去放在案头,写累了看看绿叶,让眼睛得到调剂。我不敢收,因为周先生的盆景都是珍品,放在我的案头不出一月便会死掉的。周先生说不碍,死掉就死掉,你也不必去多费精力,只是有一点,当盆景死掉以后,可别忘记把紫砂盆还给我。盆景有三要素,即盆、盆架、盆栽,三者之中以好的紫砂盆、古盆最为难求。周先生谈起紫砂盆来滔滔不绝,除掉盆的造型、质地、年代、制作高手之外,还谈到他当年如何在苏州的古董市场上与日本人竞相收购古盆的故事,谈到得意时,便从屏门后面的夹弄里(那儿是存放紫砂盆的小仓库)取出一二精品来让我观摩。谈到紫砂盆,必然语及紫砂壶,我们还曾经到宜兴的丁蜀去过一次,去的目的是想发现古盆,订购新盆,可那时宜兴的紫砂工艺已经凋敝,除掉拎回几只沙锅以外,一无所获。

由于受到周瘦鹃先生的感染,我在逛小古董店的时候,便对紫砂盆和紫砂壶特别注意,似乎也有了一点鉴赏能力。但也只是看看罢了,并无收藏的念头。

有一天,我也记不清是春是夏了,总之是三十三年前的一个中午。饭后,我照例到那些小古董店里去巡视,忽然在一家大门堂内的小摊上,见到一把鱼化龙紫砂茶壶。龙壶是紫砂壶中常见的款式,民间很多,我少年时也在大户人家见过。可这把龙壶十分别致,紫黑而有光泽,造型的线条浑厚有力,精致而不繁琐。壶盖的捏手是祥云一朵,龙头可以伸缩,倒茶时龙嘴里便吐出舌头,有传统的民间乐趣。我忍不住要买了,但仍需按约法三章行事。一是偶尔为之,确实,那一段时间内除掉花两毛钱买了一朵木灵芝以外,其他什么也没有买过。二是有实用价值,平日写作时,总有清茶一杯放在案头,写一气,喝一口,写得入神时往往忘记喝,人不走茶就凉了,如果有一把紫砂茶壶,保温的时间可以长点,冬天捧着茶壶喝,还可以暖暖手。剩下的第三条便是价钱了,一问,果然不超过一元钱,我大概是花八毛钱买下来的。卖壶的人可能也使用了多年,壶内布满了茶垢,我拿回家擦洗一番,泡一壶浓茶放在案头。

这把龙壶随着我度过了漫长的岁月,度过了很多寒冷的冬天,我没有把它当作古董,虽然我也估摸得出它的年龄要比我的祖父还大些。我只是把这龙壶当作忠实的侍者,因为我想喝上几口茶时它总是十分热心的。当我能写的时候,它总是满腹经纶,煞有介事地蹲在我的案头;当我不能写而下放劳动时,它便浑身冰凉,蹲在 口玻璃柜内,成了我女儿的玩具,女儿常要对她的同学献宝,因为那龙头内可以伸出舌头。

"文化大革命"的初期要"破四旧",我便让龙壶躲藏到堆破烂的角落里。全家下放到农村去,我便把它用破棉袄包好,和一些小盆、红木小件等装在一个柳条筐内。这柳条筐随着我来回大江南北，几度搬迁，足足有十二年没有开启，因为筐内都是些过苦日子用不着的东西，农民喝水都是用大碗，哪有用龙壶的？

直到我重新回到苏州，而且等到有了住房的时候，才把柳条筐打开，把我那少得可怜的小玩意拿了出来。红木盆架已经受潮散架了，龙壶却是完好无损，只是有股霉味。我把它洗擦一番，重新注入茶水，冬用夏藏，一如既往。

近十年间，宜兴的紫砂工艺突然蓬勃发展，精品层出，高手林立，许多著名的画家、艺术家都卷了进去。大陆、香港、台湾兴起了一股紫砂热，数千元，数万元的名壶时有所闻，时有所见。我因对紫砂有特殊爱好，也便跟着凑凑热闹，特地做了一只什景橱，把友人赠给和自己买来的紫砂壶放在上面，因为现在没有什么小古董店可逛了，休息时向什景架上看一眼，过过瘾头。

我买壶还是老规矩，前两年不超过十块钱，取其造型而已。收藏紫砂壶的行家见到我那什景架上的茶壶，都有点不屑一顾，实在是没有什么值得称道的。我说我有一把龙壶，可能是清代的，听者也不以为然，因为他们知道我没有什么收藏，连藏书也是寥寥无几。

一九九〇年五月十三日晚，不知道是刮的什么风，宜兴紫砂工艺二厂的厂长史俊棠，制壶名家许秀棠等几位紫砂工艺家到我家来做客，我也曾到他们家里拜访过，相互之间熟悉，所以待他们坐定之后便把龙壶拿出来，请他们看看，这把壶到底出自何年何月何人之手，因为壶盖内有印记。他们几位轮流看过之后大为惊异，这是清代制壶名家俞国良的作品。《宜兴陶器图谱》中有记载："俞国良，同治、道光间人，锡山人，曾为吴大㵯造壶，制作精而气格混沌，每见大㵯壶内有'国良'二字，篆书阳文印，传器有朱泥大壶，色泽鲜妍，造工精雅。"

我的这把壶当然不是朱泥大壶，而是紫黑龙壶。许秀棠解释说，此壶叫做坞灰鱼化龙，烧制时壶内填满砻糠灰，放在烟道口烧制,成功率很低,保存得如此完整,实乃紫砂传器中之上品。史俊棠将壶左看右看,爱不释手,拿出照相机来连连拍下几张照片。

客人们走了以后,我确实高兴了一阵,想不到花了八毛钱竟买下了一件传世珍品,穷书生也有好运气,可入《聊斋志异》。高兴了一阵之后又有点犯愁了,我今后还用不用这把龙壶来饮茶呢,万一在沏茶、倒水、擦洗之际失手打碎这传世的珍品,岂不可惜!忠实的侍者突然成了碰拿不得的千金贵体,这事儿倒也是十分尴尬的。

世间事总是有得有失,玩物虽然不一定丧志,可是你想玩它,它也要玩你;物是人的奴仆,人也是物的奴隶。

1990 年 5 月

壶 中 日 月

我小时候便能饮酒,所谓小时候大约是十二三岁,这事恐怕也是环境造成的。

我的故乡是江苏省的泰兴县,解放之前故乡算得上是个酒乡。泰兴盛产猪和酒,名闻长江下游。杜康酿酒其意在酒,故乡的农民酿酒,意不在酒而在猪。此意虽欠高雅,却也十分重大。酒糟是上好的发酵饲料,可以养猪,养猪可以聚肥,肥多粮多,可望丰收。粮——猪——肥——粮,形成一个良性的生态循环,循环之中又分离出令人陶醉的酒。

在故乡,在种旱谷的地方,每个村庄上都有一二酒坊。这种酒坊不是常年生产,而是一年一次。冬天是淌酒的季节,平日冷落破败的酒坊便热闹起来,火光熊熊,烟雾缭绕,热气腾腾,成了大人们的聚会之处,成了孩子们的乐园。大人们可以大模大样地品酒,孩子们没有资格,便捧着小手到淌酒口偷饮几许。那酒称之为原泡,微温,醇和,孩子醉倒在酒缸边上的事儿常有。我当然也是其中的一个,只是没有醉倒过。孩子们还偷酒喝,大人们嗜酒那就更不待说。凡有婚丧喜庆,便要开怀畅饮,文雅一点用酒杯,一般的农家都用饭碗。酒坛子放在桌子的边上,内中插着一个竹制的长柄酒端。

十二三岁的时候,我的一位姨表姐结婚,三朝回门,娘家置酒会新亲,这是个闹酒的机会,娘家和婆家都要在亲戚中派几个酒鬼出席,千方百计地要把对方的人灌醉,那阵势就像民间的武术比赛似的。我有幸躬逢盛宴,目睹这一场比赛进行得如火如荼,眼看娘家人纷纷败下阵来时,便按捺不住,跳将出来,与对方的酒鬼连干了三大杯,居然面不改色,熬到终席。下席以后虽然酣睡了三小时,但这并不为败,更不为丑。乡间的人只反对武醉,不反对文醉。所谓武醉便是喝了酒以后骂人,打架,摔物件,打老婆;所谓文醉便是睡觉,不管你是睡在草堆旁,河坎边,抑或是睡在灰堆上,闹个大花脸。我能和酒鬼较量,而且是文醉,因而便成为美谈:某某人家的儿子是会喝酒的。

我的父亲不禁止我喝酒,但也不赞成我喝酒,他教导我说,一个人要想在社会上做点事情,需有四戒,戒烟(鸦片烟),戒赌,戒嫖,戒酒。四者涵其一,定无出息。我小时候总想有点出息,所以再也不喝酒了。参加工作以后逢场作戏,偶尔也喝它几斤黄酒,但平时是决不喝酒的。

不期到了二十九岁,又躬逢反右派斗争,批判、检查,惶惶不可终日。我不知道与世长辞是个什么味道,却深深体会世界离我而去是个什么滋味。一九五七年的国庆节不能回家,大街上充满了节日的气氛,斗室里却死一般的沉寂。一时间百感交集:算啦,反正也没有什么出息了,不如买点酒来喝喝吧。从此便一发不可收拾……

小时候喝酒是闹着玩儿的,这时候喝酒却应了古语,是为了浇愁。借酒浇愁愁更愁,这话也不尽然,要不然,那又何必去饮它呢?

借酒浇愁愁将息,痛饮小醉,泪两行,长叹息,昏昏然,茫茫然,往事如烟,飘忽不定,若隐若现。世间事,人负我,我负人,何必何必!三杯两盏六十四度,却也能敌那晚来风急。

设若与二三知己对饮,酒入愁肠,顿生豪情,口出狂言,倒霉的事都忘了,检讨过的事也不认账了:"我错呀,那时候……"剩下的都是正确的,受骗的,不得已的。略有几分酒意之后,倒霉的事情索性不提了,最倒霉的人也有最得意的时候,包括长得帅,跑得快,会写文章,能饮五斤黄酒之类。喝得糊里糊涂的时候便竞相比赛狂言了,似乎每个人都能干出一番伟大的事业,如果不是⋯⋯不过,这时候得注意有不糊涂的人在座,在邻座,在隔壁,在门外的天井里,否则,到下一次揭发批判时,这杯苦酒你吃不了也得兜着走。

一个人也没有那么多的愁要解,"问君能有几多愁,恰似一江春水向东流。"愁多得恰似一江春水,那也就见愁不愁,任其自流了。饮酒到了第二阶段,我是为了解乏的。

一九五八年"大跃进",我下放在一爿机床厂里做车工,连着几个月打夜工,动辄三天两夜不睡觉,那时候也顾不上什么愁了,最大的要求是睡觉。特别是冬天,到了曙色萌动之际,浑身虚脱,像浸泡在凉水里,那车床在自行,个把小时之内用不着动手,人站着,眼皮上像坠着石头,脚下的土地在往下沉、沉⋯⋯突然一下,惊醒过来,然后再沉、沉⋯⋯我的天啊,这时候我才知道,什么叫瞌觉如山倒。这时候如果有人高喊八级地震来了!我的第一反应便是:你别嚷嚷,让我睡一会。

别叫苦,酒来了!乘午夜吃夜餐的时候,我买一瓶粮食白酒藏在口袋里,躲在食堂的角落里喝。夜餐是一碗面条,没有菜,吃一口面条,喝一口酒;有时候,为了加快速度,不引人注意,便把酒倒在面条里,呼呼啦啦,把吃喝混为一体。这时候,我倒不大可怜鲁迅笔下的孔乙己了,反生了些许羡慕之意。那位老前辈虽然被人家打断了腿,却也能在柜台前慢慢地饮酒,还有一碟多乎哉不多也的茴香豆!

喝了酒以后再进车间,便添了几分精神,而且浑身暖和,虽然有点晕晕乎乎,但此种晕乎是酒意而非睡意;眼睛有点蒙眬,但是眼皮上没有系石头。耳朵特别尖灵,听得出车床的响声,听得出走刀行到哪里。二两五白酒能熬过漫漫长夜,迎来晨光微曦。苏州人称二两五一瓶的白酒叫小炮仗,多谢小炮仗,轰然一响,才使我没有倒在车床的边上。

酒能驱眠,也能催眠,这叫化进化出,看你用在何时何地,每个能饮的人都能灵活运用,无师自通。

一九六四年我又入了另册,到南京附近的江陵县李家生产队去劳动,那次劳动是货真价实,见天便挑河泥,七八十斤的担子压在肩上,爬河坎,走田埂,歪歪斜斜,摇摇欲坠,每一趟都觉得再也跑不到头了,一定会倒下了,结果却又死背活缠地到了泥塘边。有时候还想背几句诗词来代替那单调的号子,增加点精神刺激。可惜的是任何诗句都没有描绘过此种情景,只有一个词牌比较相近:《如梦令》,因为此时已经神体分离,像患了梦游症似的。晚饭以后应该早点上床了吧,不行,挑担子只能劳其筋骨,却不动脑筋,停下来以后虽然浑身酸痛,头脑却十分清醒,爬上床去会辗转反侧,百感丛生,这时候需要用酒来化进。趁天色昏暗,到小镇上去敲开店门,妙哉,居然还有兔肉可买。那时间正在"四清",实行"三同",不许吃肉。随它去吧,暂且向鲁智深学习,花和尚也是革命的。急买半斤白酒,兔肉四两,酒瓶握在手里,兔肉放在口袋里,匆匆忙忙地往回走,必须在不到二里的行程中把酒喝完,把肉啖尽。好在天色已经大黑,路无行人,远近的村庄上传来狗吠三声两声。仰头,引颈,竖瓶,将进酒,见满天星斗,时有流星;低头啖肉,看路,闻草虫唧唧,或有蛙声。虽无明月可邀,却有天地作陪,万幸,万幸!

我算得十分精确,到了村口的小河边,正好酒空肉尽,然后把空瓶灌满水,沉入河底,不留蛛丝马迹。这下才可以入化了,梦里不知身是客,一夜沉睡到天明。

饮酒到了第三阶段,便会产生混合效应,全方位,多功能,解忧,助兴,驱眠,催眠,解乏,无所不在,无所不能。今日天气大好,久雨放晴,草塘水满,彩蝶纷纷,如此良辰美景岂能无酒?今日阴云四合，风急雨冷，夜来独伴孤灯，无酒难到天明；有朋自远方来，喜出望外，痛饮；无人登门，孑然一身，该饮；今日家中菜好，无酒枉对佳肴；今日无啥可吃，菜不够，酒来凑，君子在酒不在菜也……呜呼，此时饮酒实际上已经不是为了什么，就是为了饮酒。十年动乱期间，全家下放到黄海之滨，现在想起来，一切艰难困苦都已经淡泊了，留下的却是有关饮酒的回忆：

那是个荒诞的时代，喝酒的年头，成千的干部下放在一个县里，造茅屋，种自留地，养老母鸡，有饭可吃，无路可走。突然之间涌现出大批酒徒，连最规矩、最严谨，烟酒不入的铁甲卫士也在小酒店里喝得面红耳赤，晃荡过市。我想，他们正在走着我曾经走过的路："算啦，不如买点酒来喝喝吧。"路途虽有不同，心情却大体相似。我混在如此众多的故交新知之中，简直是如鱼得水。以前饮酒不敢张扬，被认为是一种堕落不轨的行为，此时饮酒则是豪放、豁达、快乐的游戏。三五酒友相约，今日到我家，明日到他家，不畏道路崎岖，拎着自行车可以从独木桥上走过去；不怕大河拦阻，脱下衣服顶在头上游向彼岸。喝醉了倒在黄沙公路上，仰天而卧，路人围观，掩嘴而过。这时间竟然想出诗句来了："醉卧沙场君莫笑，古来征战几人回！"

那时，最大的遗憾是买不到酒，特别是好酒。为买酒曾经和店家吵过架，曾经挤掉了棉袄上的三粒纽扣。有粮食白酒已经不错了，常喝的是那种用地瓜干酿造的劣酒，俗名大头瘟，一喝头就昏。偶尔喝到一瓶优质双沟，以玉液琼浆视之，半斤下肚，神采飞扬，头不昏，脚不浮，口不渴，杜康酿的酒谁也没有喝过，大概也和双沟差不多。

喝到一举粉碎"四人帮"，那真是惊天动地，高潮迭起。中国人在一周之间几乎把所有的酒都喝得光光的。我痛饮一番之后拔笔为文，重操旧业，要写小说了。照理说，而今而后应当戒酒，才能有点出息。迟了！酒入膏肓，迷途难返，这半生颠沛流离，荣辱沉浮,都不曾离开过酒。没有菜时,可以把酒倒进面碗,没有好酒时,照样把大头瘟喝下去;今日躬逢盛宴,美酒佳肴当前,不喝有碍人情,有违天理,喝下去吧,你还等什么呢?!

喝不下去了,樽中有美酒,壶中无日月,时限快到了。从一九五七年喝到一九九〇年,从二十九岁喝到六十二岁,整整三十三年的岁月从壶中漏掉了,酒量和年龄成反比的,二两五白酒下肚,那嘴巴和脚步便有点守不住。特别是到老朋友家去小酌,临出门时家人千叮万嘱,好像我要去赴汤蹈火。连四岁的小外孙女也站在门口牙牙学语:"爷爷你早点回来,少喝点老酒。"

"爷爷知道,少喝,一定少喝。"

无奈两杯下肚,豪情复发:"咄,这点儿酒算得了什么,想当年……"当年可想而不可返,豪情依然在,体力不能支,结果是跟跟跄跄地摇回来,不知昨夜身置何处。最伤心的是常有讣告飞来,某某老酒友前日痛饮,昨夜溘然仙逝,不是死于心脏病,而是死于脑溢血,祸起于酒。此种前车之鉴,近几年来每年都有一两次。四周险象环生,在家庭中造成一种恐怖气氛,看见我喝酒就像看见我喝"敌敌畏"差不多。儿女情长,英雄气短,酒可解忧,到头来又造成了忧愁,人间事总要向反方向逆转。医生向我出示黄牌了:"你要命还是要酒?"

"我……"我想,不要命不行,还有小说没有写完;不要酒也不行,活着就少了点情趣:"我要命也要酒。"

"不行,鱼和熊掌不可兼得,二者必取其一。"

"且慢,我们来点儿中庸之道。酒,少喝点;命,少要点。如果能活八十岁的话,七十五就行了,那五年反正也写不了小说,不如拿来换酒喝。"

医生笑了:"果真如此,或可两全,从今以后,白酒不得超过一两五,黄酒不得超过三两,啤酒算作饮料,但也不能把一瓶都喝下去。"

我立即举双手赞成,多谢医生关照。

第三天碰到一位多年不见的酒友,却又喝得昏昏糊糊。记不清是喝了多少,大……大概是超过了一两五。

1990 年

领奖台上

二十世纪八十年代

绿 色 的 梦

近些年来,梦特别多。没有美梦,没有噩梦,更没有桃色的梦;所有的梦几乎都是些既模糊,又清晰,大都十分遥远的记忆。生活好像是一部漫长的纪录片,白天在录制和放映后半部,晚上却在睡梦中从头放起,好像一个摄影师在检查他那即将摄制完成的样片。

在那纪录片的开头,在那些清晰而遥远的记忆里,天空是蓝色的,大地是绿色的,一片柔和的绿蓝使生命得以舒展。那大地的油绿是青青的麦苗,是柳树的绿叶,是还青的春草,是抽芽的芦苇……那好像是梦,我曾经躺在那铺满春草的田岸上,看那油绿的麦苗在蓝天下闪光,在微风中起浪,听那云雀在云端里唧唧地歌唱。

麦浪,在缭绕的魂梦中经常出现这种绿色的波浪,这种波浪的翻滚能使人感到平和、安静。麦浪不是海浪,没有拍岸的惊涛,没有隆隆的响声,没有海水的咸腥,只有一种细微的沙沙声,大概是麦叶和麦叶相互碰撞。有阵阵野花的香味,却看不见花在什么地方;听得见云雀的叫声,却看不见云雀的身影,她像箭也似的从麦垄间直插穹窿,飞鸣欢唱过一阵之后,又像箭也似的射入麦浪之间。

人平躺着,眼迷蒙着,和煦的阳光像一条温暖的、无形的被,躺在这绿色的巨床上,是醒着,是睡着,是梦境还是记忆?

那不是梦,那是半个世纪之前。在家乡的田野上几乎看不见村庄,远眺村庄都是些黑压压的林带,十分整齐地排列在绿色的田野上。如果一个村庄上没有树,没有参天的树,而使低矮的房屋裸露在外面,行路的人就会说:"那是一个穷地方。"连叫花子都会不进那个村庄。

农民虽然不知道什么叫生态平衡,却知道林木是财富,是财富的象征。穷人家的屋前屋后都没有树,不是早伐了就是当柴烧掉了,所以农民嫁女儿首先要看看男家是否有竹园,是否有大树。小时候,祖母老是要跟我讲一个故事,说我家屋后那棵两个孩子都抱不过来的大叶杨,当年只有孩子的手臂那么粗。那年闹春荒,缺草也缺粮,她拿着斧头去砍那棵小树,砍了两下没有舍得,情愿饿着肚子到芦苇滩里去划草叶。那棵大杨树是我们家的骄傲,是我玩乐的天梯,那树上有无数的知了,有十多个鸟窝,可以捉知了,可以掏鸟窝,可以捡蝉蜕卖给中药铺。

我们的村庄上家家都有很多树,大多种在门前小河的两岸,有些柳树和桃树长大了以后就斜盖在河面上,两岸的树像一条绿色的天篷,沿着村庄逶迤而去。这天篷下的小河就成了儿童们的乐园,特别是男孩子们的乐园,因为男孩子们大都会游水、会爬树,只要好玩,都无所畏惧。农村里没有幼儿园,都是村庄上的大孩子带着小孩子,整天在这种绿色的乐园里转悠,摸虾、捉鱼、采果实、掏鸟窝、放野火,说是烧过的野草明年会长得更好、更绿。

每逢暮色苍茫,你可以听见村庄上时不时有三声两声,那声音尖锐、悠长、焦急、慈祥,那是母亲在呼唤孩子,那拖得很长呼唤声,能把一里路之内的孩子从绿色的天地里召回来,洗脸,吃饭,然后便进入梦乡,那梦当然也是绿色的,能使人没齿难忘。

我家那时没有竹园,这是我祖父的一大憾事,他当年造老家的草房时只想到前程远大,有一个大晒场;没有想到后步宽宏,种一片竹园。

竹园是个绿色的海洋,而且是不管春夏秋冬都是绿色的,即使严冬积雪,那绿色的枝条也会弹起来,露在皑皑的白雪上面。

我家虽然没有竹园,可我就读的私塾却在大片竹园的旁边,那个村庄上家家户户有竹园,一家一家连成片,绵延两三里。

读私塾是很寂寞的,整天坐在长板凳上摇头晃脑,念书、写字,动弹不得。没有上课下课,没有体育游戏,只能是两耳不闻窗外事,一心只读圣贤书。八九十来岁的顽童难以做到这一点,便以上茅厕为借口,跑到竹园里去,每次去两三个人,大家轮流,不被老师发现。其实老师也知道,只是睁只眼闭只眼罢了。

竹园是小小蒙童的迪斯尼乐园,迪斯尼乐园是大人们造好了给孩子们看,给孩子们玩的。竹园却是大自然给孩子们的恩赐,让孩子们自己动手,自己去寻找游乐的天地。那竹园的地下有蟋蟀,有刺猬,有冬眠的青蛇,有即将出土的蝉蛹。一场春雨之后会有蘑菇出现,只是当春笋出土的时候在竹园里走路得当心点。那竹园的上面有竹叶蜻蜓在枝叶间穿梭飞舞,有拖着长尾巴的大粉蝶,还有那种通身墨墨闪耀着金色花纹的大蝴蝶,那种蝴蝶一个人生平难遇几回。

竹园里的游戏也可以有声有色,可以在里面打仗,可以制造武器。用细竹和野藤制成的弓箭,能把栖息在高枝上的老鹰射得羽毛乱飞。可以用竹制成机关枪,摇起来照样咯咯地响。还能够制造小手枪,用豌豆做子弹也能射出三四丈。竹园还能变成运动场,可以爬高,可以荡秋千,可以玩单杠,只需砍下几根竹,用野藤横缚在两根粗壮的竹头上。

最有趣的是夏天,教室里闷热,老师也热得受不了,同意学生们把课桌搬到竹园里去学习。十几个蒙童散坐在幽篁里,有的玩耍,有的和老师一起打瞌睡,有的用野藤做吊床。躺在那种悠悠荡荡的吊床上,很快便能熟睡,直到大风吹动竹叶,发出松涛、海涛似的响声,才能把你惊醒,暴风雨来了!

绿色的梦又悄悄地来到枕边,带来了麦叶的响声,带来了野花的香气,似乎还有竹涛的沙沙,还有云雀的唧唧……突然间一阵轰鸣,好像天崩地裂!一辆装着钢筋的大卡车急驰而过,把好梦惊醒,那摹仿虫叫的电子钟正报早晨六点。

　　这也是一种天地,是城市的天地,在这个天地里长大了的孩子,他们将来的梦可能是灰色的、白色的、五颜六色的。不是绿色的。可在所有的颜色之中,绿色最有生命力。

1992年2月

花 开 花 落

今年在庭院中种了一棵樱花,想不到当年种下当年就开了花。虽说是树小花也不多,但她终究是樱花,是我常见的那种樱花。樱花不一定是日本才有,在我的一生中经常见到她。可我以前见到她时都是在别处,有时甚至是在异国他乡。见到大片樱花盛开时也不免为之动容,但总感到是赏心乐事谁家园。现在竟然有一棵樱花在自家的庭院中开放,绕树三匝,感到惊讶:"我家里也有花!"

其实,当我生下来的时候我家里就有花,那时我家也并不富有,房子是麦秸盖顶,上无片瓦,墙壁是芦笆上糊着泥巴。我们村庄上的房子家家如此,可是家家的房前屋后庭院和窗下都有花。暮春三月从远处看我们的村庄,简直是花的海洋:杏花、桃花、李花、梨花、油菜花、紫云英花……

有一个卖唱的瞎子在我们的村庄上唱小调,有一处唱道:"桃花红,杏花落,朵朵落在我窗前,奴家妹子苦黄连……"唱的时候正是花开花落之际,情景交融,那么逼真,那么美,因为我知道,村庄上的那些奴家妹子,家家窗前都有桃李。

我的窗前也有一棵桃花,塾师教我读"春眠不觉晓,处处闻啼鸟,夜来风雨声,花落知多少"的时候,桃花就在我窗前纷纷落地。我到学校里去的时候要穿过那片满开着紫云英的田间小道,我上小学的时候要走过一条三里长的桃花大堤,花对我来说好像是与生俱来,形影不离。

不知道是从什么时候开始,对一个"花"字就有了意见:花花世界,花天酒地,花花公子是要强奸良家妇女的,如花似玉的女子是不能劳动的,花前月下是偷情的,拈花惹草是很不正派的,写点儿风花雪月也是吃饱了撑的……

那时候对花儿有点意见也许还情有可原,民族灾难深重,人民生活困苦,连鲁迅也写道:"岂有豪情似旧时,花开花落两由之。"人在艰难困苦之时也就没有了赏花的情趣,甚至见了花还会掉眼泪。林黛玉葬花时就曾经哭哭啼啼。即使如此也不是花的本身有什么不对,是人的心情的转换,与花的本身根本就没有什么关系,花儿总是美丽的。五十年代初期,我们都怀着一种美好的心情,要把我们的祖国建设得像花园一样的美丽。有一首民歌里还曾经唱过:"我们的祖国似花园,花园里的花儿真美丽……"五十年代中期,苏州曾经用丁香和桂花作行道树,其目的也就是想把城市建设得像花园一样的美。人在走出灾难,吃饱肚皮之后就想看花,你心情不好,你生活困难,那是你的事,与花何涉?

谁也没有想到,到了"文化大革命"期间,连花也遭了劫,说种花看花等等都是资产阶级的老爷少爷们干的,无产阶级是抓革命促生产,哪有闲情去看花呢?张春桥在上海的群众大会上公开地点周瘦鹃的名,说他在苏州种花弄盆景,是典型的修正主义。造反派闻风而动,把周瘦鹃的花木盆景砸的砸,挖的挖,偷的偷,弄得荡然无存,把爱花如命的周瘦鹃迫得跳井自杀,随花而去。

这一场狂风暴雨,把个苏州城打得落英缤纷,吓得苏州公园里的花工也不敢种花。庭院里不种花,室内无盆花倒也罢了,那公园本来就是花园,怎么能没有花?花工们想出了急办法,在公园里种棉花。棉花也开花,但它能织布,能纺纱,谁也不敢批它。

其时也,我家里正好也有一盆花,是一棵十姐妹(蔷薇的一种),种在一只破漏的脸盆里,平时也不去管理,只是把吃剩的茶叶倒在上面。想不到它倒也长得很好,而且越长越大,到了那火红的年代竟然开得红艳艳的一大片,吓得我不敢把它放在房里,放在北窗外的屋面上,那里谁也看不见。我和孩子们想看花时便开窗向外探头,看完了再把窗子关得紧紧的,种花竟然和做贼差不多,十分可笑也十分可悲。

后来我们全家下放到黄海之滨去,全家一致的意见,要把那盆十姐妹带走,在那广阔的天地里,应该是容得下一盆花的。没有想到那花是在苏州长大,是生长在沃土之中,是靠茶叶发酵作肥,它受不了那海滨的严寒和那贫瘠的盐碱地。第一年没有开花,第二年竟然死去。

死去的十姐妹也早已得到了平反昭雪。如今,虽然有人遇事要问是社会主义还是资本主义,却很少听说花儿是属于资产阶级的,说不定那些"子入太庙每事问"的人,倒也很欢喜花花世界和花天酒地。当我看到那些新造的住宅区前鲜花盛开,看到马路两旁的碧桃艳红似火的时候,我又想到了种花,想种桃花,种樱花,插蔷薇,以纪念那死去的十姐妹。可是总觉得没有时间,没有条件,总觉得有什么重要的事情要做,还不是种花的季节。有一位年轻的朋友知道了:"啊呀,你还等什么呢,这事儿又不难,我叫人替你种几棵下去!"

樱花种下去了,桂花种下去了,蔷薇是前年插下的,今年也见了花蕾。樱花开在蔷薇的前面,我早晨下床就到窗前看樱花,就像儿时醒来看到了桃花似的。我突然感到人生是走了一个大圆圈,桃花与樱花呼应,童年与老年碰头,等到两头相遇时,一个圆圈就画圆了,一个句号就形成了。等桃花与樱花见面时,他们会手拉着手向世界谢幕,并对人生作出总结:人呀,没有花的世界是痛苦而寂寞的。

1992年4月24日

清高与名利

中国的文人好像都轻名利,或者说是心里并不轻视,口头上却是轻视的。陶渊明不为五斗米而折腰,有骨气!为了不低声下气,连工资也不要了。

李白却是另一种表现,钱嘛,有什么了不起,花光拉倒。"天生我才必有用,千金散尽还复来。""五花马,千金裘,呼儿将出换美酒,与尔同销万古愁。"

我受李白的影响最深,从青年时代起就不把钱放在心上,虽然不当阔佬,却也从不吝啬。后来有了工资,又拿到稿费,更是不把钱放在眼里。"天生我才必有用,千金散尽还复来。"李白教导我们说。

其后恭逢反右派和"文化大革命",工资降级,稿费全无,孩子长大,负担增加,下放劳动,夜卧孤村时想想就有点后悔,觉得上了李白的当。"天生我才没有用,千金散尽不复来"啊!早知道应该多存点钱。你怎么能跟李白相比呢?李白有五花马,千金裘,你只有自行车和棉大衣。昔日的清高者曾想"腰缠十万贯,骑鹤下扬州"。按照现在的市价折算,他是带了十万美金,乘飞机去了美国的夏威夷,你呢?陶渊明不为五斗米而折腰,可他家田里的收成恐怕决不止五斗米。他可以"采菊东篱下,悠然见南山"。日子过得还是挺悠闲的。即使茅屋为秋风所破的杜工部,他的穷也只是暂时的,他后来在成都营造的草堂,虽然不像现在那么好,看起来总比当年的平民要好得多,比现在差不多的文化人也要好上几倍。由此观之，那些崇尚清高的人倒也颇有点经济实力，如果他连饭都吃不上的话，清高恐怕就困难了一点。

说白了，自命清高的人往往也是出于不得已，因为相对的贫困，也只能以清高来聊以自慰；因为还没有穷得叮当响，所以还能清高几天。清高者的追求是穷而不移其志，其所以安于清贫是不愿移其志也，一旦碰到那种可以不移其志，又可以获取名利的机会那也是抓紧不放的。我很少见到哪一位文化人是对名利毫无兴趣的，有的只是曾经沧海难为水，在大海里扑腾了多年，而今耄耋老矣，想坐在沙滩上休息休息。古代有许多隐士，似乎远避名利，其实这也是一种手段，因隐居而成名，因成名而出仕，隐士隐仕，因隐而仕也，这和学而优则仕同出一辙。诸葛亮高卧隆中，那是随时随地准备出山的，要不然的话，他又何必花那么多的精力来通晓天下大事呢？所以要刘备三顾茅庐，一方面是搭搭架子，一方面是对成败得失一时间拿不定主意。姜子牙最最危险，一直隐到了八十岁才遇文王，差点儿就要隐到底。所以说，当隐士也得担点儿风险，也有人终生不仕，但也有办法流芳百世。失败的人当然有啰，历史都不记载了，现在所知道的隐士都是隐出了一点名堂来的。

我觉得中国知识分子心目中的所谓轻名利，实际上是一种理想主义，是希望这个世界上的人不要去争名夺利，不要因名利而纷争不息。这是儒家的一种基本概念，君子何必曰利，亦有仁义而矣。这种思想到了解放以后更有发展，不停地斗私批修，就是不许曰利，斗到后来私也未除，修也未了，剩下的就是斗，你斗我，我斗你，斗得大家都奄奄一息。

如此说来所谓的清高都是虚伪的，都只不过是一种变相的获取名利的手段而已。这也不能一概而论，有人是一种变相的手段，有人是一种理想，是一种追求，是自我对名利的一种制约。

因为名利是个无穷大,是没有极限的,疯狂的追求会带来人类的灾难和自身的毁灭。人对名利、权威、占有等等的追求是以加速前进的,设若没有自身和外界的制约,必然是以爆炸而终结。轻者把自己炸为尘灰,重者造成战乱,祸国殃民。清高实际上是主张人对物的有限地占有,是想让人做物的主人而不是做物的奴隶;是以精神的追求为首,作为身内;以物质的追求为次,作为身外。清高者并非不食人间烟火,但也不那么亟亟乎于名利与权威。

如果把清高当作一种理想,当作一种对待生活的态度,那么,清高也并非文人所特有,从政者有,经商者有,工人有,农民也有。中国的某些文人有个极坏的习惯,即认为只有自己才是最了不起,"万般皆下品,唯有读书高。"高在哪里呢?"书中自有黄金屋,书中自有颜如玉。"那还不是赤裸裸的,和炒房地产,养"金丝鸟"也没有什么区别。

1993 年 7 月 23 日

脚　步　声

我走过湖畔山林间的小路,山林中和小路上只有我;林鸟尚未归巢,松涛也因无风而暂时息怒……突然间听到自己的身后有脚步声,这声音不紧不慢,亦步亦趋,紧紧地跟随着我。我暗自吃惊,害怕在荒无人烟的丛林间碰上了剪径。回过头来一看:什么也没有,那声音是来于自己的脚步。

照理不应该被自己的脚步声吓住,因为在少年时我就在黑暗无人的旷野间听到过此种脚步。那时我住在江边的一个水陆码头上,那里没有学校,只有二里路外的村庄上有一位塾师在那里授馆,我只能去那里读书。那位塾师要求学生们苦读,即使不头悬梁,锥刺股,却也要"闻鸡起舞",所谓闻鸡起舞就是在鸡鸣时分赶到学塾里去读早书。农村里没有钟,全靠鸡报时。"雄鸡一唱天下白",那是诗句,实际上鸡叫头遍时只是曙色萌动,到天下大白还有一段黎明前的黑暗。我在这黑暗中向两华里之外的学塾走去,周围寂静无声,却听到身后有沙沙的脚步声,好像是谁尾随着我,回头看时却又什么也没有。那时以为是鬼,吓得向前飞奔,无论你奔得多快,那声音总是紧紧相随,你快它也快,你停它也停。奔到学塾里上气不接下气地告诉塾师,塾师睡在床上教导我说:

"你不要怕鬼,鬼不伤害读书人。你倒是要当心人,坏人会来剥你的衣裳,抢你的钱。"

老师的教导我终身不忘,多少年来我在黑暗的旷野中行走时从来不怕鬼,只怕人,怕人在暗地里给你一拳,或者是背后捅你一刀。不过,这种担心近年来也淡忘了,因为近年来我很少在黑暗的旷野中行走,也很少听到自己的脚步。

是的,我听不到自己的脚步声已有多年了,多年来在繁华的城市里可以听到各种各样奇妙的声响:有慷慨陈词,有喊喊私语,有无病的呻吟,也有无声的哭泣;有舞厅里重低音的轰鸣,也有警车呼啸着穿城而过……喧嚣,轰鸣,什么声音都有,谁还能听到自己的脚步?

要想听到自己的脚步声,好像必须是在寂寞的时候,在孤苦的时候,在泥泞中跋涉或是穿过荒郊与空林的时候,这时候你才能清晰地听到自己的脚步声:那么沉重,那么迟疑,那么拖沓而又疲惫;踯躅不前时你空有叹息,无故狂奔后又不停地喘息。那种脚步声能够清楚地告诉你,你在何处,你是从哪里来,又欲走向何处?那脚步声还会清楚地告诉你,它永远也不可能把你送到你心中的目的地。

在都市的喧嚣声中,凡夫俗子们不可能听到自己的脚步声,你一出门、甚至不出门便可听到整个的世界有一种嗡嗡的轰鸣,分不清是哭是笑是咽哽,分不清是争吵不休还是举杯共饮,分不清是胡言乱语还是壮志凌云,分不清那事物到底是假是真,分不清来者是哪个星球上的人。弄到最后你自己也分不清自己了,人人都好像不是用自己的脚在走路,而是被一种看不见的力量在向前推。很难听到自己的脚步声了,只听得耳边价呼呼风响,眼面前车轮滚滚,你不知道是在何处,忘记了是从哪里来,又到哪里去。行动就是一切。

偶尔回到空寂的林间来了,又听到了自己的脚步声。听到这种声音的时候,似乎觉得有一股和煦的风,一股清洌的水穿过了心头。好像又回到了青少年时代,好像又回到了孤寂的时候。仔细听听,还是那从前的脚步声,悠闲而有些自信,只是声音变得更加轻微,还有疲惫之意。是的,我从乡间走来,迈过泥泞的沼泽,走过碧野千里,那脚步当然会失去了原有的弹跳力,可它还是存在着,还是和我紧紧相随,有这一步也就聊以自慰。我不希望那脚步会把我送到我心中的目的地,那个目的地是永远也不会到达的,如果我能到达的话,后来者又何必去跋涉?

心中的目标虽然难以达到,脚步却也没有白费,每走一步都是有收获的。痛苦是一种收获,艰难是一种收获,哭泣也是一种必不可少的体验,要不然你怎么会知道欢乐、顺利和仰天大笑是什么滋味? 能走总是美好的。我不敢多走了,在湖边的岩石上坐下来,想留下前面的路慢慢地走,不必那么急匆匆地一下子就走完。

太阳从不担心明天的路,一下子便走到了水天相接处,依偎在一座青山的旁边。我向湖中一看,突然看见有一条金色的光带铺在平静的湖水上,从日边一直铺到我面前,铺到我脚下的岩石边,像一条宽阔的金光大道,只要我一抬脚,就可以沿着这条金光大道一直走到日边,走到天的尽头,看起来路途也不遥远,走起来也十分方便。这种景象我见过多次了,它是一种诱惑,一种人生的畅想曲,好像生活的路就是一条金色的路,跃身而下就可以走到天的尽头,走到你心中设想的目的地。可你别忙,你只须呆呆地在岩石上多坐片刻,坐到太阳下沉之后,剩下的就只有一片白茫茫的湖水,你没有金光大道可走,还得靠那沉重的脚步老老实实地挪向前。

1994年5月10日

秋钓江南

每逢秋高气爽时，便会想起那垂钓的乐趣。那几年下放在工厂里劳动，境遇不好，身体很好，暂且把过去忘却，倒也有不少的快乐，其中的一乐便是和几位老师傅们去钓鱼。

那时候，出去钓鱼是一件大事，就和现在出国是差不多的，几天前就要开始准备。鱼饵、渔具、吃的、喝的、草帽、雨衣，还有可以折叠的小板凳等等，样样都得备齐，全部都绑在一辆打足了气的自行车上面。

三点钟出门，街巷昏暗，阒无一人，车行如飞，到了城门口时，黑暗中便有几辆自行车尾随而来。放心，这不是歹徒，是钓友，早就约好了的。钓鱼最好是有两三人同行，一来是不会寂寞，二来是有个照应，三是相互帮助。一次，一位钓友钓上了一条十八斤重的大青鱼，他挺着钓竿和那鱼搏斗了一个多小时。鱼没有力气了，肚皮朝天；人也没有力气了，躺在河岸下面。最后还是两位钓友跳下河去，把鱼捧了上来。

钓友们在途中都不讲话，省下力气蹬自行车，要在天蒙蒙亮时到达目的地。那目的地经常是姑苏城外的河网地区，离城至少三四十里，那里从未有人去钓过。经常被钓的鱼会学乖，不易上钩，不像未被钓过的鱼那么傻乎乎的。

我们到达目的地时，大体上都是正逢日出，河面上、湖面上飘浮着阵阵水汽，那情趣和到海边看日出是一样的。当然，我们摸黑出门绝不是为了看日出，而是想争取时间。有些鱼，特别是我们最喜欢的鲫鱼,它们进食的时间大体上是早晨六点到十一点,下午要到两点钟之后,好像也有午休似的。四五点以后鱼有个进食的高潮,它们要把肚子填饱了过夜,很容易上钩。可是我们也不能恋战,必须在四五点钟时收竿,赶回城里,钓鱼是只能起早,不能带晚的。

在野外垂钓和在养鱼塘里钓鱼是大不相同的,硬是要有研究,要积累经验。首先要看准什么地方,什么时候,什么季节,什么天气是有鱼可钓的。水清则无鱼,一眼看到底的河,非常美丽,想钓鱼可别去白费力气。河底的水草太多也不行,你的钩子会搁在水草上,沉不到底,大多数的鱼都是在水底觅食的。在一条陌生的河流上,你想垂钓首先得相天时,度地利。天气较凉时,早晨要在向阳面下钩,那里暖和,鱼多。天气较热时,要在背阴处下钩,那里凉快。光秃秃的大河边或湖面上,都不是垂钓的好地方,那里的鱼都是过客,不大停留。最好是大河边的拐弯处,草丛边,如果在大湖边有一条弯进来的小河浜,绝沟头,那是垂钓的理想之地,鱼在大湖中颠簸动荡,便到小河浜里来休息,来觅食,进来了就不大肯出去,这种地方往往是鱼儿的聚会之地。

天气对垂钓也是决定性的,如果天气闷热,鱼儿在水面上喽喋,你别以为这是鱼多,马上下钩。不对,这是气压低的表现,鱼儿在水中呼吸不畅,要到水面上来透气。这时候的鱼就像高山缺氧,胸闷难受,什么东西也不想吃,再好的鱼饵也引不起它的兴趣。碰到这种天气你就倒霉了,只有收起鱼竿回家,或是耐心地等待一阵雷雨之后。下雨,或是雨后初晴时,倒也是垂钓的好机会⋯⋯

钓鱼是一门学问。大概是在三四十年代,苏州沧浪美专有一位教授,常在沧浪亭边钓鱼。沧浪亭曾是那位写《浮生六记》的沈三白的泛舟之处,沈三白当年只知道浪游记快,却没有想到钓鱼,其实,沧浪亭的池塘中有很多鲫鱼。苏州美专的那位教授天天钓鱼,钓出经验来了便写了一本书,叫《钓鲫术》。"文化大革命"中红卫兵从谁家抄出了这本书,传给了我的钓友,我的钓友又传给了我,对我的钓鱼生涯很有帮助。

钓鱼和捕鱼不同,不是强取,而是诱惑,即所谓的愿者上钩。鱼在河里觅食,嬉戏,是漫无目标的,你必须用诱饵来引诱它,让它向你的鱼钩靠拢,这叫"打塘子",诱人也要"打塘子"。诱人用的是权位、金钱和美女。诱鱼用的诱饵也很考究,通常是用菜籽饼,或是把米、麦、大豆炒焦,冲碎,再加点炒熟的芝麻碾碎后加在里面,使其有香味。把此种诱料用塘子罐头送入水底,然后,你就在这塘子里下钩,不能偏离。鱼是有嗅觉的,它老远就闻到香味,就馋涎欲滴,就纷纷向你的鱼钩靠拢,就有很大的可能来吞食你那钩上的鱼饵。钩子上的鱼饵是一种红色的小蚯蚓。诱饵是五谷杂粮,是素的;鱼饵是红色的小蚯蚓,是荤的。鱼吃东西也是欢喜荤素搭配,何况那红色的小蚯蚓也是有色有味。不过,这也不是绝对的,有时候,鱼是只吃素,不吃荤,好像是佛教徒的斋日,这时候你得另换鱼饵了,用白色的小面粉团装在钩尖,沉入水底。

鱼到塘子里来吞食诱饵,也和人接受贿赂是一样的,它们都以为是在水下,别人看不见。错了,任何事情总是有进有出,水下有动作,水面总是有反应的。鱼在水中架空着游泳,一见河底有食物便下沉,鱼下沉需要排气,就会有气泡冒出水面。这时候钓者就会知道:有鱼来了!鱼在吞食鱼饵时,吃进一点食物便要排出一点空气,这时候钓者就会知道塘子里有几条鱼,有几条什么样的鱼,因为各种鱼的排气状态都不同,鲫鱼排出来的气泡是成双,而且要在水面停留一会儿。一出水就炸裂的气泡是沼气,有沼气的地方你别钓了,鱼是不会来的。

钓鱼的人把鱼的规律研究得十分透彻,千方百计地要引鱼

在欧洲

在丹麦

上钩,其目的是想得到鱼,想吃鱼。可是钓鱼的人又说:"吃鱼没有取鱼乐。"这话倒也是真的,吃鱼的时候总是没有钓鱼的时候那份悠闲自在,那样忘我、那种专注、那么兴奋和突然而来的强刺激!一条大鱼脱钩了,又是那么的痛苦、懊恼和后悔。人们把钓鱼作为体育运动是有道理的,不过,这种体育运动不是通常的那种体力的运动,更主要的是一种神经的运动,是锻炼一个人能经得起大起大落,大喜大悲。突然而来的兴奋,颤抖,狂乱,大喜!然后又是无穷无尽的等待,却又不能把目光从浮标上离开,只能在浮标的近处看看水中的蓝天。久经此种锻炼,可使人能应付世界上各种巨变,可以宠辱不惊,可以于无声处听惊雷,可以把希望寄于无望之中,可以在无望中见到一点春的消息……

《儒林外史》里面的范进肯定是不会钓鱼的,所以他中了举人之后便发了疯。姜子牙可是个钓鱼的专家,他在渭水之滨钓到八十岁,耐心地等待圣明天子来访贤。果然被文王发现了,可他没有高兴得像发了疯似的。

衷心地感谢鱼,它不仅养活了我们的祖先,还锻炼了我们如何去对待得与失,喜与悲,升与降,贵与贱。当今世界以高速旋转,到处充满了大起大落,大喜大悲,这时候,钓鱼运动倒是可以提倡的。

1994 年 10 月 15 日

身上冷,腹中饥

读小学的时候,音乐老师曾经教给我一首难忘的歌:慈母心像三春晖,只有温暖只有爱,身上寒冷腹中饥馁,整天都由慈母关怀……是的,母亲总是关心着孩子的两件事:冻与饿。我的祖母和我的母亲最怕我受凉、挨冻,因为我一受凉便要伤风、咳嗽、哮喘。每年冬天,当我在母亲或祖母身边时,总是盖家里最暖和的一条棉被,还要把一个铜脚炉放在被窝里。

到了一九四八年的冬天,正是淮海战场上硝烟弥漫捷报频传的时候,我要离家去投奔革命了。那时我的血很热,外面的天气却很冷,每日清晨站在大门口远眺北方,田野上总是白霜一片。

母亲看着那遍地的霜冻,看着即将离她远去的儿子,忧心忡忡。她总觉得这个瘦弱、怕冷、容易伤风咳嗽的儿子会病倒在这遍地霜冻的田野里。她不能让我背着那条八斤重的棉被上路了,她也知道,革命就是行军打仗,只能背一个小背包,如果背一条八斤重的棉被,那就跑不动也跑不快,跑不快会被敌人抓住,跑不动会累倒在冰天雪地里。

母亲下了决心了,把家里唯一的一条丝绵被拿出来。这条丝绵被是当年我的姨妈送给我母亲的,丝绵被又轻又暖,对上了年纪的人特别适宜。母亲平时也舍不得用,这时拿出来让我背着上路。

进入革命队伍之后,每人都发一套棉制服,一条大概是不足两公斤重的棉被,我有丝绵被,那公家的棉被就免了。何况这丝绵被确实也有它的优越性,背在身上轻,盖在身上热,在四面通风的破庙里打地铺,晚上还能够把脚伸直。

到了渡江的前夕,为了适应急行军的需要,大队部命令要检查每个人的背包,背包的总量不得超过两点五公斤。我的背包超重了,主要是因为一条丝绵被。丝绵被虽轻,却比公家发的棉被重了点。那时候很严格,多一点都是不行的,便找到一家裁缝店,请裁缝帮忙,替我把被子里的丝绵剥掉一半,把剥下来的丝绵送给那位裁缝。那位裁缝不肯白收这份厚礼,便买了几斤肉请我们几个人肥吃了一顿。

渡江后又回到了苏州,那条丝绵被不行了,丝绵散成了一个圆圈圈,被子的当中是空的。好在不久便成家了,凭结婚证可以申请购买到两条棉被。

母亲到苏州来看我了,发现我挨饿的可能性已经不存在,可那受冻的危险还不能排除,因为她看到我们的棉被太薄,棉布、棉胎已经是计划供应了,母亲想为我添置也无法买到,她为了这件事又念叨不息。回乡以后她便在仅有的一点自留地上种棉花,要为我制作出一条大棉被。那时候,农村里已经批判过"要发家,种棉花"了,规定农民的自留地上不许种棉花,只能种一点蔬菜和粮食。母亲便偷偷地在我祖母的坟茔的后面种了几十棵棉花,那里的地形我了解,是在远离大路旁的小河边,不会被干部发现。母亲曾经很神秘地告诉我,说是奶奶在地下保佑,那几十棵棉花年年都长得很好,长得足有半人高。奶奶当年也是最怕你受凉,当然会在地下帮助棉花生长。母亲所以这样说也是有原因的,因为我自幼是跟我的祖母长大的,长到七岁才回到母亲的身边。祖母关心我的冷暖,那比母亲还要当心些。我当然不相信这些话,可我相信一个惦记着儿子的母亲,像照管儿子似的去照管几十棵棉花,哪有长不好的!

从祖母坟茔上收下来的棉花当然是籽棉,母亲把籽棉收回来,夜晚再把一朵朵棉花中的棉籽剥掉,变成皮棉。从棉花变成棉被还要有几道工序,其中有一道是网纱,网纱要用棉纱,当年没有棉纱卖,我的母亲本来会纺纱,纺车呜呜地哼哼,曾经是我小时候的催眠曲。可那时已经找不到纺车了,只能用纺槌来捻棉纱,用此种最原始的工具,捻出网棉胎所需要的纱。人们常说慈母手中线,游子身上衣,我可以想得出来,慈母手中的纱要比慈母手中的线更长,更艰辛些。

大概是花了四五年的时间吧,母亲终于背着一条十斤左右的棉花胎爬到我的楼上来了,她高兴极了,觉得是完成了一项伟大的事业,她的宝贝儿子从此再也不会受冻了,她活在世界上所有的意义就是为了儿子,至于她自己,什么艰难困苦都在所不惜。我们都领会老母的心意,却也认为老太太有点过虑,城里不比乡下,冷也冷不到哪里,用不着那么厚重的棉被,再说,那时虽然没有电热毯,汤婆子却是可以买得到的。所以一直也没有看重这条棉胎的实用意义。

想不到隔了十多年,我们全家被下放到黄海之滨去了,那里的冬天可不是闹着玩儿的,凛冽的寒风好像城里的工人上下班。天气正常的时候,早晨开始刮风,刮得你的脸和耳朵都失去了知觉,刮得你穿着棉衣的身躯好像是没有穿衣服似的。夜晚风下班了,可那空气也像被冻结了似的,四野寂静无声,偶尔会听到小河里的冰冻得炸裂。这时候,母亲手制的棉胎可就派上用场了,我们把它铺在床上作垫被,懂得生活的人都知道,寒气是从床下面上来的,盖得多不如铺得厚。母亲的这条将近十斤重的棉花胎,伴着我们度过了十个寒冷的冬天。

1996 年 6 月 14 日

夜不闭户

在各种各样的书籍里,提到太平盛世,民风淳朴时,常常欢喜用"夜不闭户,路不拾遗"来形容。我们在五十年代、六十年代时,某些地方也曾经有过夜不闭户,路不拾遗的时候。上了年纪的人常常要提起那一段时期,提起来就不胜唏嘘。现在谈不上什么夜不闭户了,装上了防盗门也不保险,走路时还要防着点强盗或小偷。如此说来,我们这个社会是进步了,还是退步了呢?

我不了解古代的太平盛世是什么样子,可我却是从五十年代过来的人。我觉得那时候所以能夜不闭户(也不是绝对的),主要原因是实行单一的计划经济,统一管理,没有人东窜西跑地做生意,农民也不能进城,没有介绍信你哪里也不能去,来人暂住要到居委会去登记。再说,那时候有什么东西可偷呢,谁也没有巨额的现金,没有钻戒,没有项链,没有美金,没有……一切可以移动的财富,各种诱人的玩意儿全没有;有的是几斤粮票,几尺布票,还有各式各样的票证。

强盗和小偷们抢了、偷了钱财,总是要花掉的,或是买各种物品,或是人鱼人肉猛吃痛饮,这就被人看出来了,叫作生活情况不正常。什么叫生活情况正常呢,正常的生活情况就是大家都是一样,什么样的人有几斤粮食,几尺布票,几包香烟,大体上是什么牌子,都是有规定的。那个一般的人物,怎么会突然抽中华牌的香烟?唔,有问题……这就会受到怀疑,被人调查。

那时候是以阶级斗争为纲,也没有什么严格的法律,每一个单位都可以处罚人,管制人,一个居民委员会就可以把那些不三不四的人管得死死的,谁要是敢于自称是"山上下来的"!好呀,那劳改农场里又多了一个劳动力。还有一个更重要的原因,那时候的人以穷为光荣,有钱财、拿定息的人是资产阶级,被人瞧不起。如果有位干部被人叫一声老板的话,那是一种最大的侮蔑,简直可以定谁谤罪。所以说,五十年代和六十年代所以能"夜不闭户",主要是物质匮乏、管理严格、价值概念不同的综合表现。

　　改革开放迎来了经济大潮,这真是一种大潮,钞票、股票、金银财宝;汽车、洋房、现代装潢、高档用品、新潮服装……金钱幻变出各种诱惑人的玩意儿有如黄河决口,铺天盖地而来!穷了几辈子的中国人懵了,固有的道德防线一下子被这种大潮冲垮,猛地一个大转弯,从越穷越光荣转到一切向钱看。这一转可不打紧,那"夜不闭户"也就可望而不可即了。原因也很简单,如果金钱的作用是像潮水那么猛烈,如果金钱的来源是像潮水那样四面八方,那盗贼就有了滋生的土壤,有了发展的余地。一个人只要有了钱就可以进出高级饭店、豪华舞厅、卡拉OK,招女三陪,骑摩托车,玩大哥大,说不定还可以买公寓,养金丝鸟什么的,何等的风光,何等的惬意!谁也不会问你这钱是从何而来,谁也弄不清那钱是从何而来的,高工资、高奖金、做生意、炒股票、拿回扣、制假贩假、走私逃税、贪污盗窃,或者是偷来的、抢来的……金钱上没有烙印,谁占有谁神气,这就引发了部分不法之徒,用非法的手段去获得金钱。他们一部分人存有侥幸心理,一部分人明知没有好下场,却也要"潇洒走一回"。滋生盗贼的土壤已经十分肥沃了,再加上一个时期以来那种非法所得没有受到道德的谴责,更没有完备的法律加以制裁,这就更加助长了拜金主义。

　　世界是一架天平,一头高起来,一头便要低下去。物质匮乏,人人都做苦行僧,都过着清教徒一般的生活,那社会治安倒也很安稳,安稳得可以"夜不闭户"。可是在那"夜不闭户"的后面,在那生活的深处,我们可以发现那夜不闭户里的女主人却是"夜不能寐",大人吃不饱,孩子营养不良,家庭成员之间往往为了那有限的一点食物,闹得夫妻反目,子女分开,五口之家分三锅烧饭,那种日子想起来也是令人心酸的。

  人人都希望社会的天平是水平的,公正的,实际上却是不可能,那天平永远处在摇摆之中,不是这头高,就是那头低,只是那高低摇摆的幅度有大有小,那要看经济的发展和道德文化的发展处在一个什么样的水平线。我曾经有机会到北欧的几个国家访问过,曾经在挪威的诗人、丹麦的教授家里做过客,发现他们对防偷、防盗并不十分介意。据称他们那里基本上没有小偷,因为实在也没有什么可偷的。他们没有什么可偷的并不是因为穷,而是因为富,一般的生活用品好像也用不着偷,冰箱、彩电、洗衣机等等的大件想丢掉还得出搬运费。谁家也没有大量的现金,都是用信用卡支付的,所以说他们那里基本上没有小偷,有几个小偷还是进口的。他们那里有强盗,可那强盗也不抢一般的居民,抢的是银行和珠宝店。我们现在正在奔小康,前面的路还远着呢!

1996 年 7 月 3 日

上山的和下山的

山阴道上游人如织,络绎不绝。在同一条石板小道上,那上山的和下山的擦肩而过。上山的人兴致勃勃,汗流浃背,满怀着希望问那下山的:"山上好玩吗?"

下山的人疲惫不堪地摇摇头:"一个破庙,几尊菩萨,到处都是差不多的。我劝你不必上去。"

上山的人不以为然:"噢,是吗,上去看看再说。"上山的人挥舞着竹杖,擦拭着汗水,继续攀登上去。

过了若干时日,那位上去看看的人看过了,下来了,又碰上那些兴致勃勃向上爬的人。

向上爬的人问道:"喂,山上好玩吗?"

看过了的人答曰:"没有什么了不起,一个破庙,几尊菩萨……"

上山的人又不以为然:"噢,是吗,上去看看!"

如此这般,周而复始……

在人生的山路上,上山的和下山的也会在同一条石板小道上擦肩而过。

一位老人从人生的山路上下来了,他穿着一套五十年代的高级时装,银灰色纯毛华达呢的中山装,手里拄着一枝竹杖,他平静地环顾着山岗,一副曾经沧海的模样。

这时候,一对青年的男女在人生的山路上爬上来了,两个人是相互依偎着,半拥抱式地爬上来的。那女的穿一套白色的针织衫、紧身超短裙,光脚穿丝袜,一双高跟鞋却拎在手里,很像李后主写他与小周后偷情时的情景:"划袜步香阶,手提金缕鞋。"不过,这位姑娘"划袜步石级,手提高跟鞋"不是怕高跟鞋在石级上发出声音,而是因为那高跟鞋已经磨破了她的脚后跟。他们愿意天下人都看见他们正沉浸在幸福的爱河中,故意做出种种"示爱"的举动。

那下山的老人看着,微笑着,摇摇头,从内心的深处向那小青年喊话:"年轻人,我劝你不要沉浸在爱河里而忘乎所以,我也曾有过像你这样的时候,那时候她是多么的千娇百媚,柔情似水。可是现在,那千娇百媚变成了百无遮拦,柔情似水变得呼来喝去,这时候你才感到爱情并不如你当初所想象的那么美妙,相比之下,事业还是永恒的。朋友,你千万别以为我是在说教,我认识到这一点差不多花了半个多世纪!"

那上山的青年也从内心的深处产生感应:"啊啊,是这么回事吗……可怜的老头,你大概是在爱情上摔过跟头吧,你当初就受了她的欺,受了她的骗,你的她能和我的她相比吗?我的她就是我的一切,没有她也就没有我的事业,事业也许就是为了她而存在的,事业的荣耀是我对她的报答。你快点儿下山去吧,老人家,趁这太阳还没有落下去的时候。"

下山的老人又下了几个石级,看见一个浑身穿着名牌,手里拿着大哥大的大款缓步走了上来,身边还有个女秘书。

"金钱,金钱又算得了什么呢?这玩意儿一半是天使,一半是魔鬼,如果你只看到那天使的一面,你将被这魔鬼吞没。别咋呼吧,大款,灯红酒绿,声色犬马都是没有好下场的!"

上山的大款嗤之以鼻:"老头儿,看你的穿着就知道你过去是有钱的,有权的,只是现在有也不多了,几个退休工资刚好是够用的。你过好日子的时候我哪一点能和你比?不错,你在'文化大革命'中受到了冲击,可是后来平反时工资都补给了你。我呢,我被你们鼓动起来去武斗,还在劳改农场里蹲了三年。收起你的那一套吧,老头,你能得到的大概也都得到了,得不到的也就没法再得到了;我呀,我能得到的还没有得到,你不能得到的我还要得到,早着呢!"

下山的老人摇摇头,觉得和这种人是说不清楚的。适逢一个干部模样的人性急冲冲地爬上来了,老人的内心在呼喊:

"同志,你不必那么急吼吼地往上爬,想升官?好极了,想升什么样的官,为什么要升官?不要爬得太急,你在升官之前就必须对这一点加以考虑,拿定了主意之后就不能改变,因为有很多人开始时都是想当一个清正廉洁的官,天长日久之后就忘记了初衷,从清正廉洁滑向了贪赃枉法……嗨,大官儿也不是那么好当的,坐汽车、赴宴会、坐在主席台上,都只是一种表象,内心的苦衷也是不足与外人道也。"

上山的干部不以为然:"老同志,您走好,当心摔跤,安度您的晚年吧,当今的事儿您就别管了,您当官儿的时候为什么不说这样的话呢……"

下山的老人无言以对,在一块大青石上坐了下来,看着那些兴致勃勃向上爬的人,一个个从他的身边擦过去,其中有想成名的,想成家的,想当歌星、电影明星的,想当作家、画家的……

"上面好玩吗?"

"没有什么了不起,都是差不多的。"

"是吗,上去看看……"

老人突然感到自己也要回过头来看看了,如果没有这么多的人上去看看的话,这山阴道上肯定是玄古洪荒,一片死寂,谁来铺下这么多的石阶?

又一对年轻的恋人手挽着手爬上来了,男的问道:

"老先生,山上好玩吗?"

"好……好好地往上爬吧,三道弯的边上有一块石板是活的,当心掉下去。无限风光在险峰,在险峰上看风光的时候要站得稳些,最惬意的时候最容易出事体!"

男的说:"谢谢您,老先生。"

女的说:"走吧,亲爱的,这是个好老头……"

1996 年 7 月 11 日

吸烟与时髦

吸烟早就不是什么时髦的事了，已经成了一种不良的嗜好，一种不文明的行为，几乎是所有的公共场所都禁止吸烟，每年五月的最后一天还被定为世界无烟日。在某些国家和地区，吸烟好像是做贼似的。烟民们的声誉如此地一落千丈，这在半个世纪之前是不可想象的。

想当年，抽香烟的人都是时髦人，能在市面上走走的大人先生，常常是头戴一顶礼帽，手拿一根拐杖，嘴咬一根烟嘴，烟嘴里插着一枝燃烧着的香烟……哇，有派头，是新潮人物！和现在的大款是一样的。

抽香烟为什么会被认为是时髦呢，因为那时的中国人都是抽旱烟，抽水烟。老农民穷得揭不开锅，也有一根旱烟杆儿别在腰眼里。

烟杆儿的种类很多，从最简单的竹根烟杆到名贵的紫檀烟杆、玉石烟杆、银烟杆、铜烟杆，短的只有五六寸，长的要有一丈多。劳动者多用短烟杆，不抽的时候便插在腰带上，或者是插在后颈的领圈里。士绅们多用长烟杆，拖在手里像一根拐杖，抽烟的时候要别人替他点火，或者是凑到火苗上，伸进火盆里。长烟杆还可以打人，地主打农民往往用烟杆在农民的头上笃一下，这一下很疼，可以把你的头上打出一个瘤，打出一个洞也可以，因为那烟锅是铜做的。中国的武侠小说里有个怪侠欧阳德，他就是用烟杆做武器，天下无敌。

抽水烟通常要比抽旱烟高一个档次了，用的是水烟袋，这玩意儿设计得十分巧妙，实际上是一个铜壶，壶内灌了一定数量的水，烟经过水的过滤再吸进嘴里。中国的烟民直到今天还引以为荣，认为这是世界上最科学的吸烟工具，可以把烟中的焦油、灰尘和部分尼古丁都溶在水里，比现在用的过滤嘴要高明百倍。

在中国的中上层人士中，抽水烟曾经是很流行的，甚至产生了一种烧水烟的职业，即在茶馆酒肆、牌局宴席上，有人用一种特制的水烟袋侍候那些吸烟的，那水烟袋弯弯的烟管长约一米，烧烟人站在一米之外把烟嘴凑到你的嘴边，让你手脚不动地吸几口。没有规定吸一口是多少钱，用现在的话说是收取服务费，服务费高低从来就没有定规。

时髦的事情来了——抽香烟。说起来也很奇怪，大凡时髦的玩意儿都是从外国传来的。

香烟肯定不是国产的，我最早见到的香烟是老刀牌，商标是一个拿着大刀的海盗，人们都称之为强盗牌。香烟是从上海流传到我们家乡的乡镇。乡镇的烟民开始时抵制香烟，不敢吸，说是吸了香烟之后就不会生孩子，是洋人用来亡国灭种的，这可能和英国人向中国贩卖鸦片有关系。

烟草商也有办法，派出推销员深入小镇和码头，把香烟摆在地摊上，免费请大家吸，推销员自己吸个不停，说明吸香烟没有问题，你要买也可以，比黄烟丝还要便宜。当然也有勇敢的人带头，吸了也没有什么问题，于是，香烟就流行开了，烟价也就立即涨上去，弄得一般的人也吸不起，还是抽旱烟，学时髦也很花钱。

我的祖父开始是抽旱烟，后来抽水烟，他有两个白铜的水烟袋，一个是自用，一个是待客的。我童年时对祖父的印象便是在清晨的睡梦之中听见他咕咕地抽水烟，如果半夜醒来还听见那咕咕的声音，那就是家中有了什么疑难的事情。

我的父亲经商，他抽香烟，四十年代听装的香烟质量很好，抽起来香气四溢,中国人把纸烟叫作香烟即是由此而来的。

我的父亲"教子有方",当我十五六岁的时候便鼓励我抽香烟:"你将来要到社会上去混,抽烟是一种必不可少的交际,迟早都要学会。"那时谁也不知道抽烟会短命或是要生癌症的。

我父亲的话没有说错,自从香烟风行之后,请人抽烟就成了一种礼节。家里来了客人首先是泡茶、敬烟。如果自己不抽烟,又未准备烟,那就必须道歉:"对不起了,没有烟敬你。"如果是求人办事,婚丧喜庆,朋友聚会,请人做工,那,没有烟是不行的。早在四十年代,我们家乡的农民通常都买一包香烟放在土灶上的炕洞里,那里干燥,烟不会霉,成年累月地放着,以防贵客临门。于是,烟的意义已经不仅是一种嗜好,发展而成为一种社交礼仪和拉关系的手段,愈演愈烈,直至今天。前两年社会上流行着一种说法,如果有什么环节打不通的话,那就先用手榴弹去摔(送酒),再用爆破筒去炸(送烟),因为送收烟酒也算不上贪污行贿。中国的烟民之众,烟草的消耗量之大,在当今的世界上居于首位,吸烟不仅是个嗜好问题,而且是个社会问题,是社会习俗和社会心理的一个组成部分。比如说八个人在一起开会或聊天,其中有六个人抽烟,第一个掏出烟来的人就必须向其他的五个人每人敬一枝,否则的话你就有点瞧不起人,或者是小气。来而不往非礼也,第二个人便掏出烟来每人敬一枝。如此轮番一遍,每人就抽了六枝烟,根据烟瘾的需要抽两枝也就行了,其余的四枝是"被动吸烟"。那你不能不抽吗,这就要看情况了,有时候不能不抽,不抽便是瞧不起敬烟的人,或者是嫌他的烟不够高级。中国人的戒烟之难,实在是因为敬烟和吸烟已经成了人际关系中的一种礼节。

一个人吸什么样的烟,竟然成了一种身份的标志,四十年前我和一个朋友到一家高级宾馆去找人,门房不让进,要我们出示身份证明。我们都拿不出,便和看门的人磨嘴皮。我的那位朋友灵机一动,便从口袋里摸出一包中华牌的香烟,一人一枝抽了起来。那看门的见我们居然能抽中华牌的香烟,决非等闲之辈,便挥挥手,让我们进去。由此可见,香烟已经不是一个有毒的物质,而是一种不良的精神状态。

小小的一枝香烟,从时髦到不时髦甚至有害,人们对它的认识差不多花了一百年,认识是一个多么漫长的过程啊,赶时髦可得当心点!

1997年5月

故乡情

　　一个人不管走到什么地方,总要想起自己的故乡,抬头望明月,低头思故乡;远行天涯常相问,何处是故乡?异国他邦,赏心乐事谁家园,不免又想起了自己的故乡……

　　故乡不是一个籍贯的概念,对许多漂泊不定的人来讲,故乡应该是童年或少年时代生活过的地方;故乡也不仅仅是一个村庄,一条小巷,而是在童年或少年时代曾经到过,并留下了难忘之情的地方。

　　按照我们家乡的习俗,孩子生下来之后要把胎盘埋在家前屋后的泥土里,这土地便称作衣胞之地。不管这孩子在这块土地上生活多久,这衣胞之地就算是他的故乡。

　　我的故乡不是苏州,虽然我在苏州已经生活了五十多年。我的衣胞之地是长江边上的一个小小的村庄,那村庄叫作四圩,属于江苏省的泰兴县。从"四圩"这两个字就可以看得出,这里是长江上围垦出来的圩田。当年开垦时无以名之,便用数字代替,有头圩、二圩……我的外婆家就住在八十三圩。

　　四圩离开长江很近,小时候我站在家门口向南望,就会知道江水是不是猛涨,江水猛涨时大轮船好像是浮在江边人家的屋顶上,那大烟筒在江边的树林中移动。

　　用现在的眼光来看,当年的故乡是个很偏僻、很贫困的地方,因为村庄上的人大多是移民,是到这块新开垦的土地上来求发展的。我的祖父便是从江南的武进县迁徙到江北的泰兴来

在纽约街头

在法国与读者交谈

的。所以当年的四圩只有一户人家有三间瓦房,其余的人家都是草房。这种草房造起来很容易,草顶,墙壁是芦笆,在芦笆的外面再糊上一层泥。我家在村庄上算是中上,有六间草房。不过,你从远处眺望我们的村庄,看不见房屋,只看见一片黑森森的树木竹林。树木是农家财富的象征,如果一户人家有几棵合抱的大树,有一片茂盛的竹林,那就说明这户人家是殷实的,要不然的话,那树早就砍了,卖了,当柴烧了。

清晨和傍晚村庄很有生气,你可以看见那炊烟从树林间升起;早晨的炊烟消失在朝阳中,傍晚的炊烟混合在夜雾里。白天的村庄静得没声息,只有几条狗躺在门口,人们都在田里。不过,如果有一个生客从村头上走过来的话,你可以听见那狗吠声连成一片。

我们的村庄排列得很整齐,宅基高于平地,那是用开挖两条小河的泥土堆积起来的。所以我家的前后都是河,屋前的一条大些,屋后的一条小点。这前后的两条小河把村庄上的家家户户连在一起。家家户户的门前是晒场,门后有竹园,两旁是菜地,围着竹篱笆,主要是防鸡,鸡进了菜园,破坏性是很大的。童年时,祖母交给我的任务就是拿着一根竹竿坐在门口看鸡。小河、竹园、菜地、鸡,这就是农家的副食品基地。小河里有鱼虾、茭白、菱藕;竹园里有竹笋、蘑菇。菜园子里的菜四季不断,除掉冬天之外,常备的是韭菜,杜甫在赠卫八处士的诗中就写过"夜雨剪春韭,新炊间黄粱",可见韭菜可备不时之需,何况春天的韭菜味极美。

那时候,我们家里来了客人也都是韭菜炒鸡蛋,再加上一些豆腐、百叶、鱼虾之类。农民很少有肉吃,当年的农村里有一个形容词,叫"比吃肉还要快活!"是形容快活到了极点。可见吃肉是很快活的,不像现在有些人把吃肉当作痛苦。

农民要买肉需要到几里外的小街上去,买豆腐和百叶却不必,村庄上有人专门做豆腐,挑着担子串乡,只要站在门口喊一声,卖豆腐的便会从田埂上走来做买卖,可以给钱,也可以用黄豆换。据说,磨豆腐是很辛苦的,有首儿歌里就唱过:"咕噜噜,咕噜噜,半夜起来磨豆腐。"祖母告诉我说,三世不孝母,罚你磨豆腐。在当年的农村里,打铁、撑船、磨豆腐是三样最苦的活儿。当然,种田也是苦的,只有手艺人最好,活儿轻,又有活钱。所谓手艺人就是木匠、皮匠(绱鞋)、裁缝、笆匠。笆匠是一种当地特有的职业,他们是专门做芦笆墙和铺草屋顶的。多种手艺之中,以裁缝为上乘,裁缝坐在家里飞针走线,衣冠整洁,不晒太阳,最受姑娘嫂子们的欢迎,其中的原因之一是裁缝们大多会偷布,套裁一点零头布带回家,送给姑娘嫂子们做鞋面。有本事的裁缝远走上海和香港,他们回家过年时,讨鞋面布的人简直是门庭若市,因为在上海和香港能够偷到好料子,全毛华达呢、藏青毛毕叽、呢绒、法兰绒之类。在当年的农村里,如果能用全毛华达呢做一双鞋送给相好的,那比现在的意大利皮鞋还要高贵。

我总觉得农村里的孩子要比城市里的孩子自在些,那里天地广阔,自由自在。小男孩简直是自然之子,冬天玩冰,夏天玩水,放风筝,做弓箭,捉知了,掏鸟窝,捞鱼摸虾,无所不为。小小孩跟着大小孩,整天野散在外面,等到傍晚炊烟四起时,只听见村庄上到处有母亲在唤孩子:"小登林,小根林,家来啦!"小登林,小根林回来了,像个泥猴,有时候衣裳和裤子都撕破了,那小屁股上就得挨两记。

我家经常搬迁,但在我读初中之前,搬来搬去都在长江边,有时离长江远些,有时离长江近点。最近是在靖江县的夹港,离开长江大概只有一两百米,每日清晨醒来和傍晚入睡时,都听见那江涛沙沙,阵阵催眠;狂风大作,惊涛拍岸,声如雷鸣,那就得把头缩在被窝里。

江河为孩子们带来无穷的乐趣,最有趣的当然不是游泳,游泳只是一种手段,捞鱼摸虾才是目的。捕捞鱼虾的手段多种多样,钓鱼是小玩意,是在天冷不宜入水的时候"消闲"的。用叉、用网、用罩,干脆用手摸,那比钓鱼痛快得多,而且见效快。家里来了客人时,大人便会把虾篓交给孩子:"去,摸点虾回来。"或者是把鱼叉拿出来:"去看看,那条黑鱼是不还在沟东头。"会捞鱼摸虾的人,平时总记着何处有鱼虾,以备不时之需。

  孩子们如果要取鱼去卖的话,那就得到芦滩里去找机会。江边的芦滩里有很多凹塘,涨潮的时候这些凹塘都没在水里,鱼虾也都是乘着潮水到滩上来觅食,退潮时便往水多的地方走,走着走着便聚集在凹塘里。取鱼的孩子便趁着退潮时去戽尽凹塘里的水,往往会大有收获,弄得好会捞起几十斤鱼虾。但也要有点本事,首先是要会选塘,要看得出哪一个塘里有丰收的可能,其次是要有力气,要赶在涨潮之前拼命地把塘水戽干,把鱼虾都收进竹篓,而且还要来得及往回逃,因为潮水涨起来很快,一会儿工夫便漫过下膝。我记得有一次在芦滩里迷了路,是背着虾篓,拉着芦苇,从港河里游回来的。江边上的孩子没有一个不会游水,水上人家的孩子游水和走路是同时学会的。

  长江有时也会带来灾难,会咆哮,发大水,冲毁江堤,淹没房屋和农田。每年阴历的六七月是危险期。初一月半如果是刮东南风,下大雨,潮水呼呼地涨,来不及退,大人们便愁上眉梢,夜里各家轮流上堤岸值班守夜,一旦出险便鸣锣为号。狂风大雨中那令人心惊肉跳的锣声是一种绝对的命令,锣声一响,各家的青壮年要全部出动,奔向险地。如果那锣声不停地响,说明险情严重,妇女、老人都要上堤,只有孩子们不上,因为那大浪扑向堤岸时有几丈高,会把孩子们卷走。江边上的人家有一种不成文的法律,如果有谁听见锣声不肯上堤的话,此人今后便会为人们所不齿,简直算不上是个人,婚丧喜庆,请人帮忙等等都会受到冷遇。

抢险也经常失败，眼看无法收拾时便有一个老人下令，各自回家收拾东西，把粮食和细软都搬至高处，准备家里进水。我记得我们家里曾经进过一次水，水把大门没掉了一半，划着木盆进出。大人们愁眉苦脸，孩子们却欢天喜地，因为水淹了一片西瓜地，成熟了的西瓜有的浮在水面上，有的沉在水底。种瓜的老人把浮在水面上的西瓜收集起来，沉在水底的瓜可以让孩子们去摸，谁有本事摸到了就归谁。孩子们早就垂涎着那些西瓜了，只因为老爷爷看得紧，平时难以得手，现在可以到水底摸瓜，把摘瓜和游泳集合在一起，何等有趣！我紧跟着大孩子们白天摸瓜，晚上捉虾。发大水的时候小虾特别多，一群群地在水面浮游。这种小虾在夜晚特别趋光，只要在水边点起一盏灯，灯光照着藏在水中的一只筛子。小虾成群结队地浮游过来了，在灯光下聚集，这时，迅速地把筛子提起来，小虾就躺在筛子上面，弄得好，一个晚上可以捕获几十斤。此种小虾晒干以后可以收藏，冬天用它来烧咸菜豆瓣汤很是鲜美……

我的童年和少年都是在长江边上的小村庄里度过的，我认为那些村庄是我的故乡，不管是看到海边的日出，还是看到湖上的月光，我都会想到那些长江边上的小村庄——我的故乡。

1997 年 7 月 22 日

得到的和失去的

偶尔去闲逛商场，并不是想买什么，而是想见见世面，因为现在的商场一个比一个巨大，一个比一个豪华，不去看看也就少了点体验。看着看着就觉得应该买点儿什么了，否则的话就白白地享受了人家的灯光、空调和自动扶梯。买什么呢……买双鞋吧，脚上的一双皮鞋已经穿了七八年，它忍辱负重的时间够长的了，也该让它到该去的地方去。

自动扶梯把我送到了三楼，三楼是卖鞋的。

上得三楼一看，愣了，那卖鞋的铺面足有一个篮球场那么大，鞋的陈列是从平面到立体，从女鞋到男鞋，童鞋还另有专柜。我站在这个鞋的海洋前眼花缭乱，无从下手，再加上那营业员的态度特好，你刚在鞋柜前一迟疑，她就笑容可掬地站在你的面前："老先生，你看这双……"

老先生多年来都是看惯了营业员的爱理不理，看惯了倒也习以为常，突然受到如此的关照倒反而有点不好意思，吓得不敢在鞋柜前停留。算了吧，脚上的这双鞋也没有坏，买不买都可以，世界上有这么多的鞋，要买时可以随手拈来，何必着急。

我在鞋的海洋里徜徉着，对周围的鞋并不介意，倒是勾起了这半个世纪来对鞋的许多记忆。想当年每得到一双鞋都不容易，都是那么的激动、满足，万分珍惜。几乎是每一双鞋都有一段故事，一番情意，都留下了一番辛酸和难忘的记忆，那不仅仅是鞋，实在是生命的行迹。

小时候从梦中醒来时,往往看见母亲在昏暗的灯光下纳鞋底,那细长微弱的拉线声充满了温馨,轻轻地催眠。那时候,如果能穿上一双新鞋,那就等于过节,连走路都有些轻飘飘的,把新鞋当宝贝。我至今还记得,那是一个夏天的早晨,我到镇上的姑妈家去。乡村里的路都是芳草小径,早晨的小草上挂满了露水,穿着新布鞋走路,等于是穿着新鞋去蹚水,罪过。于是我便脱下鞋来拿在手里,不怕戳痛脚,也不怕划破皮,赤脚走到街头的石板路上,然后再到石码头上去洗脚,穿上新鞋。脚划破了无所谓,明天就会长好的,母亲做一双新鞋却要几十个夜晚不能入睡。

　　等我读到小学五年级时,母亲的眼睛已经看不大清楚了,那鞋都是我的姐姐和表姐们替我做的。学校离家很远,每个学期只能回家一两次,所以每年开学的时候都要带五六双甚至七八双布鞋到学校里去。姐姐知道我的脚长得很快,怕我穿小鞋,所以那鞋的尺寸是一双比一双大一点。她没有想到我在学校里欢喜踢足球,还要做一种叫作"打监"的游戏,那游戏是在操场上不停地奔跑,学校的操场都是沙砾,布鞋的鞋底哪能经得起如此的打磨呢!特别是踢足球,嘣地一个高球,鞋口裂了,只好去找老皮匠,在鞋口上补块皮,在鞋底上打个掌。即使如此,也不能按照姐姐的设想,由小到大地去穿鞋,我不得不穿大鞋了。穿大鞋也不舒服,那鞋不肯跟脚走,只好用小麻绳绑在脚上,"打监"和踢足球就不方便了,嘣地一个高球,鞋与足球齐飞!

　　读高中时到苏州来了,我是穿着蓝布长衫和黑布鞋来的。那时候的同学有的是西装革履,有些也穿长衫,但往往都在长衫的里面穿一条笔挺的西装裤和一双擦得锃亮的皮鞋。我禁不住那种物质的诱惑,总觉得穿布鞋的人要比穿皮鞋的人矮了一截,要买皮鞋!

　　我带着所有的钱,跑遍了平时曾经留意过的皮鞋店。这是一种屈辱的购物经历,因为口袋里的钱和鞋价很难统一。那时候的售货员也把顾客当作上帝,可是他们的目光犀利,能从你的衣着和气派中看出你的钱包的大小,钱包大的人才是上帝,否则的话,你和他一样,大家都是上帝的奴隶。不过,钱包小的人也有去处,最后在一家关门拍卖,削价处理的小店里买了一双淡黄色的方头皮鞋。这是我生平第一次穿皮鞋,但那滋味并不好受,留下了一种受侮辱、受损害的记忆。

后来到了解放区,这才又感到了鞋的可亲与可贵。解放区的妇女支前主要是做军鞋,用鞋来表达她们对战士的关怀、祝福与敬意。妻子送郎上战场,小妹送哥参军去,没有一个不送鞋的。战士们从村庄上走过时,妇女们站在大路边,看见哪个战士的背包上没有鞋,便立即把一双新鞋塞到战士的手里,如果你不肯接受的话,她会跟着你走一二里。我们这些刚从蒋管区去的小知识分子,看了都感动得流泪,决心要为劳苦大众去浴血奋斗。在那长长的行军的行列里,你可以看见每个战士的背包带里都扎着一两双布鞋,有的鞋简直是艺术品,鞋底上还绣着许多花纹,你可以从这些花纹上看出人民的深情与祝福,不眠之夜,千针万线,一针一个祝福,盼望亲人平安地归来。有许多关于军鞋的故事至今听起来还会令人落泪……

我还在鞋的海洋里徜徉着,不是在寻找我所要的鞋,而是在寻找那些失去了的情结。商场里的鞋琳琅满目,万万千千,可有哪一双是慈母手中的线,是亲人心中的爱;是人民的祝福,是战士的眼泪。现在要得到一双鞋是十分容易了,可那失去的却永远也找不回来。

1997 年 8 月 9 日

茶　　缘

　　开门七件事，柴米油盐酱醋茶。这是古老中国对生活必需品的概括，茶也是其中之一，虽然是放在最后的一位。

　　开门能办七件事，那是中等之家的生活水平。贫苦的人家只有三件事，柴米盐，那油也是时有时无的。小时候，我家的大灶上有许多坑洞，最上层的是灶老爷，要靠他"上天言好事，下界保平安"。下层的几个坑洞里分别放着油盐酱醋。中层有一个洞里是放茶叶罐头的。那是一种镔铁罐，上面有字"六安瓜片"。祖母告诉我，茶叶要放在坑洞里，那里干燥，可以防霉。

　　我的祖父原籍是武进人，苏南的农民都有喝茶的习惯，农村里的小镇上都有茶馆。到了苏北，农民相对地比苏南要穷，茶馆很少，间或有一些茶篷，那是为路人解渴的，不像苏南的茶馆，天蒙蒙亮就有许多人坐在那里，有事没事地向肚皮里灌茶水。我的祖父在太平天国年间从苏南到了苏北，没法上茶馆了，自己独饮。他自制了一个小泥炉，劈了许多短柴禾，用一把锡水壶烧水。有一次忘记了向壶中加水，干烧，竟然把水壶的底烧穿了，烟火从水壶的嘴子里蹿出来。我看了觉得很奇怪，他骂我为什么不早说。从此以后他就用马口铁的壶烧水了，不用陶壶，陶壶传热慢，费柴。

　　祖父早晚都喝茶，没事更要喝茶。他不用坑洞里的"六安瓜片"，那是待客的，平时喝的茶叶也在坑洞里，用纸包着，是从南货店里论斤称回来的，很便宜。他把茶叶放在白瓷茶壶里，用滚开的水冲下去,然后就着壶嘴嗤呼嗤呼地喝。他不用茶杯,觉得洗茶杯又是多出来的事。可是,他那茶壶的嘴却经常被锄头镰刀碰碎,没嘴的茶壶就被祖母用来放酱油和醋,那坑洞里都是些没嘴的壶。

我跟着祖父上街时,常常站在南货店的柜台外面,看着那货架上巨大的锡罐,茶叶都是装在大锡罐里,上面写着雨前、明前、毛尖、瓜片等等。所以说我从小就认识了茶,知道它是开门七件事之一。

可我一直不喝茶,直到开始写小说之后还是不喝茶。写作的时候案头都是放着一杯水,一天要喝两瓶水。为了节省倒水的时间,还特地去买了一个有盖的大茶斗,上面有十个字"幸福的生活,愉快的劳动"。倒也是当时心情的写照。

直到一九五六年,我到了南京,经常和叶至诚在一起。叶至诚是个茶客,我很少见过像他这样喝茶的,他用玻璃杯泡茶,泡出来的茶三分之二是茶叶。他见我喝白开水时简直有点不可思议,一天三次向我的杯子里放茶叶,大概放了不到一个星期,不行了,一喝白开水就好像少点什么东西,从此就不可一日无君了。

我不后悔染上了茶瘾,它伴着我度过了多少不眠之夜啊!我用不着向别人诉说心中的痛苦,用不着揩抹溢出的眼泪,我喝茶,用茶水和着泪水向肚里咽。有人说晚上喝茶睡不着觉,我却是睡不着觉时就喝茶。茶不像酒,它不作任何强烈的反应,不使你哭,不使你笑,不叫你仰天长啸;不让你突发豪情,胆大包天!与茶作伴,是君子之交,你似乎不感到它的存在,却又无往而不在。文界中人有所谓的"三一律",即一杯茶,一枝烟,一本书。烟,有害;书,有好有坏;唯有茶是有百利而无一害,还能同甘共苦。你有钱的时候可以喝好茶,喝名茶,钱少的时候可以喝炒青,再少时可以喝茶末。茶末还有高低之分,喝不起高末可以喝灰末,我喝过十多年的高末,没有喝过灰末,听说一斤灰末只相当于一碗阳春面钱。

粉碎"四人帮"后我不喝高末了,但也高攀不起,定位于一级炒青。我在苏州生活了半个世纪,对苏州的名茶碧螺春当然是有所了解的。五十和六十年代,每逢碧螺春上市时,总要去买二两,那是一种享受,特别是在生病的时候,一杯好茶下肚,能减轻三分病情。当然,如果病得茶饭不思,那就是病入膏肓了。

我懂得碧螺春,也不止一次地喝过地道的碧螺春。近几年来,到处都在生产碧螺春,台湾也产碧螺春。前两年我到台湾访问时,到了高山区,在一家茶社里居然发现了台湾产的碧螺春。我想品尝一杯。可当老板知道我是来自苏州之后,连忙摇手,说是你不必喝碧螺春了,还是品尝我们台湾的冻顶乌龙吧。茶叶和药材一样,要讲究地道,特定的土壤、气候、生长的环境,对茶叶的特色有决定性的意义。碧螺春是产在苏州的东、西山,以产在果园中,果树下,山坡上的为上品。苏州的东、西山是花果山,可以说是一年四季都有花开,春梅、桃李,还有那山坡上、沟渠边的野玫瑰,野玫瑰有一种特殊的香味,满山飘溢。茶叶是一种很敏感的植物,善于吸收各种气味,山花的清香自然而然地就进入了早春的茶叶里。这不是那种窨花茶的香味,其清淡无比,美妙异常,初饮似乎没有,细品确实存在。有此种香味的碧螺春,才是地道的碧螺春,是任何地方都不能仿造的。此种珍品如今不可多得了,能多得我也买不起。

我买茶都是在清明的后三五天,一级炒青开始采摘,赶快和茶场的朋友联系,要买那晴天采摘的茶,最好是制成后不出三天就到了我家的冰箱里。绿茶最怕的是含水量高,室温高。春天的温湿度很容易使茶叶发酵,绿茶一发酵就变成"红茶"了,再好也是白搭。

每年的清明节前后我都注视着天气,不希望有春旱,但是盼望着晴天,天晴茶叶的产量高,质量好,这一年的日子就会过得舒畅点。

1998 年 1 月 14 日

做鬼亦陶然

汪曾祺的逝世对我是一个打击,据说他的死和饮酒有点关系,因而他就成了我的前车之鉴,成了我的警钟:"别喝了,你想想汪曾祺!"

可我一想起汪曾祺就引出了许多美好的回忆,回想起我们几个老酒友共饮时的情景,那真是妙不可言。

喝酒总是要有个借口,接风、送别、庆祝、婚丧喜庆、借酒浇愁……我和高晓声、叶至诚、林斤澜、汪曾祺等几个人坐在一起饮酒时,什么也不为,就是要喝酒。无愁可浇,无喜可庆,也没什么既定的话要说;从不谈论文章,更无要事相托,谈的多是些什么种菜、采茶、捕鱼、摸虾、烧饭……东一榔头西一棒,随便提及,没头没尾。汪曾祺听不懂高晓声的常州话,我也听不大懂林斤澜的浙江音,这都不打紧,因为弄到后来谁也听不清谁讲了些什么,也不想去弄懂谁讲了些什么。没有干杯,从不劝酒,酒瓶放在桌子上,想喝就喝;不想用酒来联络感情,更不想趁酒酣耳热之际得到什么许可;没有什么目的,只求一种境界:云里雾里,陶然忘机。陶然忘机乃是一种舒畅、快乐,怡然自得,忘却尘俗的境界,在生活里扑腾的人能有此种片刻的享受,那是多么的美妙而又难能可贵!

说起来也很奇怪,喝酒的人死了都被认为是饮酒过多,即使已经戒酒多年,也被认为是过去多喝了点酒。其实,不喝酒的人也要死,我还没有见到哪个国家有过统计,说喝酒人的死亡率要比不喝酒的人高些。相反,最近到处转载了一条消息,说是爱喝葡萄酒的法国人,死于心血管病的人倒比不爱喝葡萄酒的美国人少。我不相信喝酒有什么坏处,也不相信喝酒对身体有什么好处,主要是看你怎么喝,喝什么?喝得陶然忘机是一种享受,喝得烂醉如泥是一种痛苦;喝优质酒舒畅,喝劣质酒头疼,喝假酒送命。

如果不喝假酒,不喝劣酒,不酗酒,那么,酒和死就没有太多的联系,相反,酒和生,和生活的丰富多彩倒是不可分割的。纵观上下五千年,那酒造成了多少历史的转折,造成了多少千秋佳话,壮怀激烈!文学岂能无酒?如果把《唐诗三百首》拿来,见"酒"就删,试问还有几首是可以存在的。《红楼梦》中如果不写各式各样的酒宴,那书就没法读下去。李白是个伟大的诗人,可是他的诗名还不如他的酒名。尊他为诗圣的人,不如尊他为酒仙的人多。早年间乡村酒店门前都有"太白遗风"几个字,有的是写在墙上,有的是挑起幌子,尽管那开酒店的老板并不识字。李白有自知之明,他生前就已经知道了这一点,但他并不恼怒,不认为这是对他文学成就的否定,反而有点洋洋得意,还在诗中写道:"自古圣贤皆寂寞,唯有饮者留其名。"

饮者留其名中也有一点不那么好听的名声,说起来某人是喝酒喝死了的。汪曾祺也逃不脱这一点,有人说他是某次躬逢盛宴,饮酒稍多引发痼疾而亡。有人说不对,某次盛宴他没有多喝。其实,多喝少喝都不是主要的,除非是汪曾祺能活百岁,要不然的话,他的死总是和酒有关系。岂止汪曾祺,酒仙之如李白,人家也要说他是喝酒喝死了的。不过,那说法倒也颇有诗意,说是李白舟中夜饮,见明月当空,月映水中,李白举杯邀天上的明月共饮,天上的明月不应;水中的月儿却因风而动,笑脸相迎,李白大喜,举杯纵身入水,一去不回。

我想,当李白纵身入水时,可能还哼了两声:醉饮江中月,做鬼亦陶然。

1998 年 5 月 1 日

深巷又闻卖米声

在清晨的迷梦中依稀听到了春雨声,春雨本无声,是那雨点洒落在广玉兰的叶子上发出了沙沙声。此种声音可以使人重新入梦,不愿清醒。忽然间又闻巷子里有女子的叫卖声:"阿要大白米唉……"苏州女子的叫卖像唱吴歌,这歌声使我从迷蒙中清醒过来了,好像是听到了一首十分熟悉而又古老的乐曲,顿时间精神振奋,是的,我不闻其声差不多已经有半个世纪。

半个世纪前,我睡在苏州山塘一座临街的小木楼上,清晨的迷梦中总是听到两种叫卖声,一种是"阿要大白米唉……",一种是"阿要白兰花啊……"。这两种叫卖声的音调都一样,给人的感觉却大有区别,一种是浪漫的情调,一种是现实的感受。

"阿要白兰花啊……"是苏州姑娘在叫卖白兰花,那声音甜美、悠扬、清脆,好像带着清晨的露水和白兰花的香气,听到此种声音你就会想起陆游的诗句:"小楼一夜听春雨,深巷明朝卖杏花。"

"阿要大白米唉……"这就是现实主义的了,我听到这种声音肚子就有点饿,就要赶快起床去吃苏州的大白米。我刚到苏州时,觉得苏州的大米又糯又软又香,用不着菜,只要有点儿青菜汤,就可以吃两大碗。苏州真是个天堂,连米都是和人间的两样!

往后的几十年间,我对苏州的米就没有什么好印象了,又糯又软又香的大白米一去不复返了,米成了人们生活中的一种灾难和忧虑。

有人说"米"字是个象形字,好像是耶稣被钉在十字架上。耶稣被钉在十字架上不完全是为了米,可是中国人却背着一个米字九死一生地爬行了千百年。

苏州的大白米是好吃,可我在苏州没有安安稳稳地吃几天。抗日战争胜利后不久,米价像八月十五涨大潮,那种又糯又软又香的大白米吃不起了,一般的家庭只能吃中白米,次白米,还有那种掺着石子、发了霉的"配给米"。我永远也忘不了苏州人排队买配给米的情景。深夜里,小街上的灯光昏暗,粮店的门口黑压压的人排着长队,一个紧挨着一个,贴墙站在屋檐下,长长地越过十多家店面。如果粮店是在左边的话,那右臂上便有用粉笔编写的号码。号码只能是写在左臂或右臂上,防止前拥后挤时擦掉那羞辱人的标记。我总觉得那些排队的人像一串编着号码的囚徒,通宵不眠为的是那么一点霉变而又被掺进了石子的米,那米和又糯又软又香的大白米有天渊之别。

那时候我在苏州中学读书,寄宿,每个月的伙食费是五斗米钱。在物价飞涨的时候伙食的状况当然好不到哪里去,特别是米,发黄、有霉味、烧烂饭,千方百计地省点米。我记得曾经为此闹过风潮,向包饭的商人和学校当局示威,晚餐时突然把电闸拉掉,在黑暗中呼喊着把饭桌掀掉,把碗盆都打碎。为此争得了一份自由,寄宿生可以出校门,到附近的包饭作里去吃包饭。那时候,沧浪亭附近有许多小包饭作,夫妻二人经营,冬天热汤热水,比学校里的大锅饭好得多。可也往往是上半月好,下半月差,到了月底老板娘哭出呜啦地说,米价飞涨,明天开不出饭来了,每人要补交二斗米钱。有些人受不了此种没有保障的包饭,只好又回到了学校里。

苏州小巷里叫卖大白米的声音从那时起就消失了,一晃就是半个世纪。在叫卖声沉寂的这半个世纪中,米成了灾难和忧

与邓友梅、李国文、从维熙在苏州虎丘合影

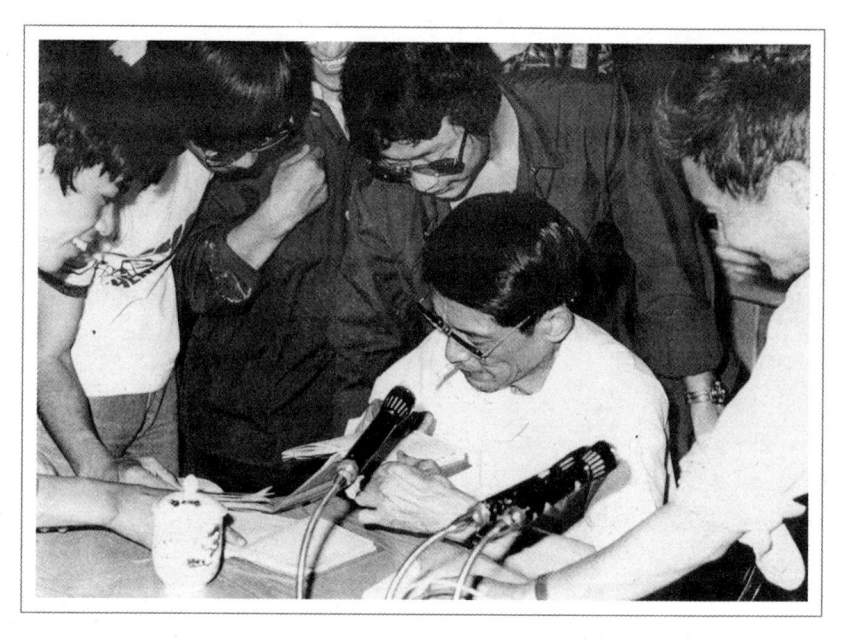

在铁道师范学院讲课后（1986年5月）

虑的象征,好像不是人吃米,而是米吃人,或者说是人被米不停地折腾。关于米,或者说是关于粮食,每一个中国人都能讲出许多悲惨的故事,即使是最幸运的、四十岁左右的苏州人也都有一段不堪回首的经历,都能讲述一段不那么好听的故事,催人泪下的故事。那年头的家庭纠纷多半是为了米,为了粮食闹得一家人分锅造饭,一个像模像样的人因为遗失了十斤粮票而泣不成声;孩子们在一碗米饭前欢呼雀跃,母亲把油粮省给孩子宁愿自己生浮肿病……

人是很容易健忘的,好像已经记不清楚改革开放以来什么时候这米慢慢地就不凭票,不定量,不定销售点了,只要有钱到处都能买到。转眼间那命根子一般的粮票已经成了废票,成了玩家们的收藏品。这一切好像都是虚幻,却又是真实的。

"阿要大白米唉……",小巷里又传来了女子的叫卖声,这声音并不慷慨激昂,除掉想做点买卖之外,也不想对谁说明什么伟大的意义,可我却被这声音激动得再也无法入睡了,不由得想起了那些有关于米的心酸事,还有那些为了提高粮食产量荒唐透顶的行径……往事像一江春水似的翻腾。那一声"阿要大白米唉……"却又使翻腾的江涛归于平静。半个世纪总算熬过来了,粮食问题虽然还有很多麻烦,但那米字也不会把人钉到十字架上去,悠闲的苏州人又能在大门口买到又糯又软又香的大白米了。

"阿要大白米唉……",那悠扬的歌声渐渐地消失在春雨里。

1998年6月4日

生命的留痕

陆文夫散文

　　一座半圮的石桥，一幢临河的危楼，一所破败的古宅，一条铺着石板的小街，一架伸入河中的石级……这些史无记载的陈迹，这些古老岁月漫不经心的洒落，如今都成了摄影家们的猎物，成了旅游者的追逐之地。那些旧时代的老照片，也成了书店里的卖点。人们在走向现代化的时候，为什么又回过头来重温那逝去的岁月？

　　曾几何时，我们向往过西方的大桥，汽车的洪流，摩天高楼，乡间的别墅和那如茵的草地；我们把石桥、危楼、古宅、石级视为贫穷与落后。如今，在国内的某些大城市和开发区，与西方的距离正在缩短，一样的高楼林立，汽车奔流，一望无际；那些新建的公寓楼，小别墅，明亮宽敞，设备齐全，冷热任意调节，真有点儿不知今夕是何夕？

　　提前进入或超过了小康的人呀，尽情地享用吧，这一切多么地来之不易！可又不知道为什么，他们在得到的同时却又感觉到失去了什么，而且越来越怀念那已经失去的，难以捉摸的一切。他们不把高楼大厦放在眼里了，对那些水泥的森林再也不感到有什么新奇，甚至把大街上汽车的洪流视为洪水。旅游业兴起来了，人们花了钱去重温旧梦，去寻找石桥、石宅、危楼与石级，寻找那些"贫穷与落后"。人啊人，你到底想要什么呢？

　　人们什么都想要，最想要而又最不可得的是韶华永驻，生命长存。现代化的高效、高速、高产，使人们感到生命也在高速地旋转,像轻烟,似云团,被社会流行的风尚弄得动荡不定,四处飘浮,好像什么地方都去过了,却也好像什么地方都不曾停留。

你走过的桥太多了,汽车驶上了水网地区的高速公路,风驰电掣,无数的桥在车轮下滚过,你感到了吗,你记住了吗,有哪一座桥能在你的记忆中停留？是的,你知道那些现代化的桥,铁路桥,公路桥,斜拉桥,立交桥,所有的桥都似乎离你很近,也离你很远。

可你还记得村头上的那座石桥吗,那桥栏的条石已经沉入河底,那桥头的石板已经陷落,涨水时要先涉水,后上桥,然后才能到达彼岸。每天上学的时候你都痴等在桥头,等着她像蝴蝶扑在你的肩上,然后轻轻地把她背上桥去……那是属于你的桥,你那萌动的青春永远停留在那里。诗人陆游在将就稽山土的时候,还忘不了沈园的那座石桥:"伤心桥下春波绿,曾是惊鸿照影来。"

危楼,你看见那危楼的长窗了吗,那不是窗户,是岁月的屏幕,你也许曾经看见过一部人生的悲喜剧在那里上演过,至今回想起来还是不胜唏嘘。你也许什么也没有看见过,可你读过那首诗:"闺中少妇不知愁,春日凝装上翠楼,忽见陌头杨柳绿,悔教夫婿觅封侯。"在你的想象里那昔日的翠楼就是眼下的危楼了。你也许会在窗下徘徊,想领略一下那游子归来的情趣。

一座破败的古宅,那里面阴暗潮湿,和别墅不能比,连富起来的农民也不愿居住。那些参观的人也不想住在这里,他们是想了解前人所留下的故事,想象那前人生活的画图。那大门前的铁环上曾经系过高头大马,那门厅里曾经停讨八抬的花轿,那廊屋里曾经有过自缢的女子……

那铺着碎石的小街,曾经有许多历史上的名人走过,那深入河中的石级,曾是妇女们的捣衣之处。"长安一片月,万户捣衣声。"你可以在月光下顺着石级往上走,去倾听那历史的回声……

　　石桥、危楼、古宅、小街、石级,那些历史随意的洒落,却是生命的永驻,历史的残留;是往事的画图,似乎把自己也画在里面。

　　你在现代化的城市中驱车而过,看见那摩天高楼上有无数的窗户,谁知道那里面是些什么,受了电视剧的影响,好像那里面有色情、暴力和阴谋;那一幢幢编着号码的住宅区,今天搬进一个住户,明天搬出一个住户,进进出出的都差不多;那四车道、六车道的柏油路,谁能讲得出有什么名人走过,好像谁都走过,留下了一溜烟,早就被风吹走。现代化意味着高速、方便、舒服,到处留下的是时代的标志与科技力量的显示。人在巨大物质力量的面前显得那么渺小,生命变成了群体。几千人造出一个软件,几亿人在一个软件中疾走,人的寿命在延长,可在感觉上却是那么匆忙,好像未曾在某个地方停留过。于是,有那么为数不多的人,突然想起了过去,过去虽然艰苦,却在那悠悠的苦难中留下了不可磨灭的记忆,留下了他和我,于是便在历史的残留中去寻找生命的遗痕,在汹涌的潮流中去寻找那失去的自我。

2000 年 6 月 7 日

写写文章的人

叶圣陶老先生的墓在吴县市的角直镇,在他曾经教过书的地方。他的墓地如今也成了一个景点,成了一处供人游览的所在。人们到角直古镇看了小河、小桥、小庙里的大菩萨——唐塑罗汉之后,都要去瞻仰一下叶圣陶先生的墓;中小学生们更是排了队到叶老的墓前对着他的座像三鞠躬,表示对这位老教育家、老作家、老编辑的敬意。

我一直怕到叶老的墓前去,我总觉得他坐在那里很不舒服,因为他在生前便有过交代:不要为他造陵墓,不要为他留故居。他认为造陵墓是浪费土地,留故居是空关房屋。他说过,现在的故居太多了,可却有些人没有房子住。然而,他的这一些交代都未曾被我们遵守,包括我自己在内。

叶老在世的时候,把他在苏州的一座房子交给我,要我设法修修好,供各地的作家来苏州旅游时居住,作家们多穷,住不起宾馆。他关照,不要叫什么故居,可称作为招待所。

我把叶圣老捐赠房产的字据交给了苏州市文联,由文联来办理此事。可是我们着手办理此事时,不能说是要修什么招待所,只能说是为叶老修故居。

叶老的房屋年久失修,里面住了五户人家,要请房管局拿出五套住房让居民搬迁。如果说是要办什么招待所的话,那就免开尊口了,谁也不会理睬你。只好打出牌子,说是要为叶老修故居。我们还真的挂起了牌子,因为故居后面的宾馆要扩建,有人动议,要把叶老的破房子拆除。我们得到消息之后,赶快找了一块木板,手写了"叶圣陶故居"五个大字钉在门上,同时四处扬言,说是叶圣陶故居应该作为文物保护单位而加以保护。

在修复叶老的故居时,特地请书法家瓦翁先生写了"叶圣陶故居"五个大字砖刻在石库门的上方,以昭千秋。我看着这五个字时只能暗自检讨:对不起了,叶老,不称故居的嘱咐我无法做到,不空关房屋倒是可以做到的,我们把叶圣陶的故居作了《苏州杂志》的编辑部。

叶圣陶先生所以反对别人为他修故居,修陵墓,那是因为他从不把自己当作是什么大人物,大作家,只承认自己是个"写写文章的人"。

叶老称作家为"写写文章的人",此话我是在一九五七年春天全国第一次青年创作者代表大会上听到的。那一次开会时,会议的主持人曾就大会的名称作了说明,说是大会所以称为青年创作者代表大会,而不是称为青年作家代表大会,是因为与会者虽然都写了一些好作品,但是现在就戴上一顶作家的桂冠似乎还早了一点,还是称为青年创作者比较合适。叶圣陶先生就是接着这个话题讲了他的看法,他认为古往今来能够称得起为作家的人不多,实实在在地讲,大家都是些"写写文章的人"。

叶老的此种说法不知道是他自己的发明呢,还是从英文译过来的。英文里一般地称作家为 Writer,英文 Write 是写,写文章等等,Writer 当然就是写写文章的人了。如果真是这样的话,叶老在将近五十年前已经与"国际接轨"了。

叶老的乡音不改,当年在大会上也是讲的苏州话,许多人都听不懂,听懂了的人也不大愿意接受,不管怎么样,称作家总比称写写文章的人简便而又好听些。评职称更方便,一级作家,二级作家,好,职改办能接受。一级写写文章的人,二级写写文章的人……什么!没人会认的,涨不了工资也分不到房子。

叶老的说法不可能被普遍地接受,他大概也不希望能被大家接受,只是希望大家心里明白:不要以为自己有什么了不起,只不过是一名写写文章的人罢了。

叶老的苏州话我是听得懂的,听懂了以后也是隔了将近三十年才能领会其中的深意。写写文章的人,这种称谓多么随和、纯朴、真诚,它会使作者与读者之间的距离消失;也能使作者放下架子,减轻负担,老老实实地写写文章,老老实实地做人,懂就是懂,不懂就是不懂,不必因为头上有一道光环而去装腔作势,不必花那么多的力气去推销自己,特别是年纪稍长的人,精力又不旺盛,装腔作势也吃力得很。

如果能把自己看作是个写写文章的人,还可借来一双慧眼,识别各种高帽子,不会真的把自己当成是什么"灵魂的工程师"。灵魂的工程师能当吗,你设计人们的灵魂,万一灵魂坏了呢,你担当得起?!有些罪犯已经在为自己开脱了,说是受了某种小说的影响才走上了犯罪的道路。这话不知道是真的还是假的,我总怀疑,这种人是在把灵魂崩塌的责任推给别人,要把那些自我感觉良好的灵魂工程师们推上道德法庭。

前些时我又到了叶老的墓前,这一次我不怕了,我倒是想说服叶老,请他老人家安坐在陵墓前,不要感到不舒服,更不能如坐针毡,造陵墓,留故居,这都不是你的本意,实在是后生小子们要求你老人家死后再作点贡献,不仅是要你的道德文章垂训后世,还要请你老人家再为后代谋点福利。你的陵墓已经成了一个景点,在这旅游事业大发展的年代,甪直古镇的人民也可以托您老人家的福,增加了不少的收入;请您老不必觉得这是什么负担,鲁迅先生的负担比您还要重些,他不仅是贡献了故居和书屋作为景点,连他手下的没出息的阿Q和孔乙己也被用来创收,看样子祥林嫂也守不住了,说不定会开爿小饭店,出卖鲁迅曾经参与偷吃过的罗汉豆,外加祥林嫂水饺什么的。有人说,如果鲁迅还活着的话,他会写几篇文章来加以鞭挞。这也不一定,鲁迅先生是个明白人,此种无损于众而有利于人的事情鲁迅先生也不一定就会反对。

死者已矣,只能被人任意解读,活着的人却可以因此而得到一些教益,心里要明白:所谓作家者,一般地讲都是些写写文章的人。别人称之为作家,那是对某种职业的尊敬,或者是一种礼节。如果在作家之上还要加上点形容词,什么名作家、著名作家、大作家、实力派作家、当红作家……这可能并非是对你的恭维,而是人家自己的需要,很可能是一种广告行为,与你真正的价值并无多大的关系。当然,你也不要不识抬举,去提出诉讼,去发明一种"捧杀"罪。好听的话你听了也就算了,不能乐滋滋地吸进去,吸多了会上瘾,一旦吸不着的时候就会情绪低落,哈欠连天,怨张怪李。这样的人我见过,这样的情愫我也曾有过,这时候我就会想起叶圣陶先生的话:写写文章的人。

我不主张故作清高,或者说是视名利如草芥,这实际上是做不到的,但有一点可能做到:对文章之外的各种生动活泼的演出心里有数,由它自去上演,切不可把假戏当真,自己按捺不住,跳上台去,亲操刀枪剑戟,打得灰尘四起!这一下可有点惨了,写写文章的人也许从此再也写不出什么好文章来。

2000年6月7日

难忘的靖江夹港

我生在江苏省的泰兴县,但从懂事起便到了靖江县的夹港。靖江县和泰兴县对于我家来说仅仅是一河之隔,跨过一顶小小的柏木桥就从泰兴到了靖江。大概是在一九三四年吧,我跟着奶奶从泰兴的一个叫作四圩的小村子里来到了靖江县的夹港口。那时候,我的父亲在夹港口开设了一个轮船公司,在那里造起了十二间大瓦房,六间我们家住,六间作为公司办公的地方。我记得那公司的门前有一座高大的门楼,门楼的上方有两头狮子,两头狮子的前爪搭在一只地球上,十分的威风。狮子下面是六个大字"大通轮船公司"。准确点说,这是大通轮船公司在夹港口设立的一个轮船码头,是由我的姑父承包,由我的父亲当经理。

当年的大通轮船公司是一家很大的民营公司,总部设在上海,它有四艘客货两用的大轮船,往返于上海和汉口之间,停靠长江两岸的各个港口。我的父亲还单独承包了一家小轮船公司,这小轮船是往返于江阴与镇江之间,短途,但是停靠的码头多,客流量大,还可以买联票,从江阴乘汽车到无锡。

那时候的夹港口是很热闹的,靖江和泰兴县全下河地区的客货,很多都通过水陆两路汇集到夹港,再由夹港转到上海、南京、汉口等地。大宗的货物是生猪和酒,还有长江里的水产品,特别是螃蟹和鲥鱼。那时候的螃蟹和鲥鱼都算不了什么,螃蟹待运时那竹篓在河岸上堆得像小山;鲥鱼运往上海时要装冰箱,那不是现在的冰箱,是在大木箱里垫上草,放一层天然冰,放一层鲥鱼。我家的附近有一个冰窖,冬天把天然冰藏在里面,运鲥鱼时取出来用。现在的人听到鲥鱼好像就有点了不起,那时也不把鲥鱼当回事,八斤重以下的不装箱。螃蟹就更不用说了,农民不欢喜吃螃蟹,太麻烦,没油水,抓到螃蟹去换肉吃。抓螃蟹也太容易了,专业的是用蟹簖,业余的是点马灯放在水闸口,那螃蟹会自己爬过来。

来往的客商一多,商业也就跟着兴起,夹港口上有旅店,有饭店、茶馆、酒馆,当然都是在小小的草房子里,跟现在的不能比。那时候乘轮船也没有什么准时的说法,来了算数,不来的时候大家就坐在公司里等,或者是散在各处游玩,喝茶,吃饭,喝酒。偶尔还有卖唱的,卖狗皮膏药的,拉洋片的,乘着客人等船的时候来赚点钱。

公司的门口有一根很高的旗杆,白天升一面旗,是向轮船指示,说明此处是夹港码头;升两面旗,说明港口有客货,请停靠。晚上是挂灯,灯有红绿两种,也和现在一样,红灯停靠,绿灯不停。那时候,我经常帮着父亲升旗、挂灯。

公司里有两架望远镜,一架是单筒的,一架是双筒的,从上海来的大轮船,只要从江阴开出,水手们就能用望远镜看出来,到差不多的时候便拉开嗓门大喊:"上水来了……"所谓上水就是溯江而上往汉口方向的轮船,顺江而下往上海方向的便叫下水。那位喊叫的人很有功夫,他能拖长着声音一口气叫得港口上等船的人都听得见。客人们听到叫喊,便纷纷走上一条大木船,这船叫做划子,就是用人摇橹、划桨的大驳船。大驳船载着人与货划到江心中,等待大轮船来到。那大轮船像一座青山似的慢慢地驶到驳船的旁边,但是不停车,只是速度放慢,从那高处甩下一根碗口粗的缆绳来,驳船上的水手要准确地把缆绳接住,迅速地挽在驳船的千斤柱上,使得驳船与轮船系紧,搭起跳板来上下客货。这时候,我的父亲便从轮船外面的舷梯上爬上三层楼高的账房间,去交报单,办手续。奇怪的是这时候轮船还是不停车,相反地却加快了速度,把驳船拖着走,等到客货都上下结束,驳船已经被拖出去三五里路,然后再慢慢地摇回来,还唱歌似的喊着号子。长江上也不是风平浪静的,大风大雨,险象环生,水手们吃的是一碗英雄饭。

那时候长江的航运很繁荣,除掉轮船之外,大量的是木帆船。那种木帆船很大,而且是一帮一帮的,分宁波帮、湖北帮、安徽帮等等。他们都是结帮而行,少的三五艘,多的有十几艘。逢到顶头风或风浪太大时,这些船队便进入夹港来避风,上岸吃饭,买东西。这时候,夹港口上生意兴隆了,连那打更的老头也来劲,他用布袋绑在一根长竹竿的头上,伸到船上去收更钱,有的船家不肯给,有的也只给几个铜板,积少成多,也够老头儿生活的。老头儿也很负责,不管风雨,夜夜敲着更锣……

在抗日战争之前,夹港口一片平和繁荣,三里路外的太和镇上,有个老板还买了一辆摩托车回来玩玩。那时摩托车叫马达卡,老百姓管它叫啪啪车,见了害怕。那位玩马达卡的老板寻开心,叫朋友把自行车系在他的车后,由马达卡拖着走,过一顶叫瑞望桥的时候连人带车都下了河。人爬上来了,那马达卡还在水里啪啪地冒气,看的人都啧啧称奇,这马达卡真厉害!结果是花了几斗米钱请农民从河里捞上来,再通过我的父亲送到上海去修理。

平静而繁荣的生活被日本侵略者的炮火粉碎了,长江的航运停止了,上海人开始了大逃亡。夹港口上的人忧心忡忡,整日站在江岸上看,看那逃难的船布满了长江,一眼望不到头;有轮船,有帆船,甚至还有那种多年都不开动的所谓的"黑楼子",那是一种又高又大,用喷水推进的古老的轮船,极慢,半天都离不开我们的视线。从上海沿江而上的抗日宣传队也经过夹港,我看过他们演出的《放下你的鞭子》。从上海撤下来的东北军,也在夹港驻防,他们大骂蒋介石不抵抗。江阴要塞为了防止日本的飞机轰炸,把两艘鱼雷快艇疏散到夹港来,在我家门口的杨柳树下搭了个很大的芦席棚,棚顶用树枝伪装,那两艘鱼雷艇白天就藏在里面,晚上出来活动。鱼雷艇上的官兵都是从军官学校里出来的,讲礼貌,待人和气,和我的父亲相处得很好,他们不大骂老蒋,只是对时局摇头叹气。

日本飞机开始狂轰滥炸了,站在江岸上看得见飞机在江南俯冲,炸无锡,炸常州,炸江阴要塞。那时候的孩子们都会唱许多抗日的歌曲,我也记不清是谁教的了,可能是小学里的老师,因为那时候已经实行了"私塾改良",学校里来了几个从上海回来的大学生当老师,可能是他们教的,也可能是鱼雷快艇上的那些官兵们教的。总之我会唱:我的家在东北松花江上……还会唱:工农兵学商,一齐来救亡,拿起我们的武器刀枪……抗日的歌曲不仅仅是歌曲,它是一种抗日的动员令,因为日本鬼子的飞机就在我们的头顶上飞,遥望江南见飞机俯冲,接着便是雷鸣似的爆炸声。"百万财富,一霎化为灰烬,无限欢笑,转眼变成凄凉……"歌曲里所唱的,正是眼前的情景。当时的青年人,包括夹港口上的一般人,抗日的情绪都十分高涨。

日本的飞机加紧轰炸江阴要塞了,他们的海军要进长江。有汉奸通报,使得日本人知道有鱼雷快艇疏散在外面,飞机开始沿江搜索,日夜不停。鬼子有水上飞机,飞来了便在江面上停息。那该死的汉奸居然向鬼子发信号弹,报告鱼雷快艇的方位,我们站在家门口看着那信号弹飞向天空。鬼子的飞机超低空飞行,我看得见机上飞行员,带着头盔,真的像鬼。他们发现了那庞大的芦席棚十分可疑,便用机枪扫射,可那枪法也不准,都打在江面上与港河里,激起的水柱有几丈高。鱼雷快艇上的艇长知道已被发现,与其停着挨打,不如拼搏一场。趁着飞机拉高盘旋的时候,两艘快艇箭也似的射向江面,用高射机枪对飞机射击。鬼子的飞机一次又一次地俯冲,扫射。但是鱼雷快艇高速作"之"字式的航行,双方都不易击中。那时的小孩子也不怕,扒在江岸上看着这场大战。终于一艘快艇被击中起火,沉没江底,艇上的官兵一个也没有逃生,据说那位我们熟悉的艇长到死还握着驾驶盘。夹港口上的人都很伤心,家家在门前烧纸烧香,祝这些英勇的官兵早日升入天堂。所幸的是那个汉奸第二天就被港西的人发现了,二话没说,捆捆扎扎投进了长江。

江阴要塞上发出了一声声震天动地的巨响,这不是鬼子的飞机轰炸,是要塞被迫撤退时把大炮炸毁。

日本鬼子的舰队开进来了!我们都站在江岸上看,这舰队很长,当头的是一艘庞大的旗舰,舰队沿着江北岸走,舰上的鬼子兵我们都看得清楚。那旗舰上有一列军乐队,站在那里奏乐,军号吹得叭叭地响,庆贺他们开进了长江。有一个东北军也在岸上看,气得不行,他奶奶的,端起步枪叭叭两下。两枪一打,军乐停下了,大炮开始轰鸣。站在江岸上看的人都吓得躲到江岸的里面,听着震耳欲聋的炮声。可那大炮却是射远不射近,都打到了离开我们几十里外的地方,听说是打死了一条老牛,轰倒了几棵大树。那舰队边打边走,示威性的。

鬼子兵占领了江阴要塞之后,经常出来骚扰,他们乘坐着那种木制的运兵船,敞篷,装着一种单汽缸的马达,开起来嘣嘣作响,人们都把它称作嘣嘣船。每条船能乘坐三四十个人,人分两排坐在两边,当中放着步枪和机枪。此种嘣嘣船最坏,它可以随时随地停下来,上岸奸淫掳掠,他们有时从夹港进来,有时候从其他的港口登陆,农村里的人天天在"逃反",惶惶不可终日。

一九三八年麦子快要成熟的时候,有两艘嘣嘣船由夹港进来,到里面的太和镇上去奸淫掳掠。有一支游击队,恨透了日本鬼子,他们知道鬼子还要从夹港出来回江阴要塞。十几个人带着步枪和手榴弹埋伏在港岸上,居高临下,准备打死那些强盗。

到了傍晚，鬼子果然回来了，岸上的游击队一齐投弹，射击。由于鬼子的船是在进行中，那些射手们也没有经过正规训练，鬼子们的反应也很快，三八枪和捷克式机枪立即向两岸开火，同时开足了马力逃离。有没有打死鬼子没人知道，夹港口上的人却知道，这一下鬼子兵要来报复了，连夜做好准备，妇女和老人先逃走，少量的细软藏在麦田里，年轻力壮的人在家里随机应变。果然不错，第二天的一早鬼子就来了，他们不是从夹港登陆，而是从另一个港口登陆，分几路向夹港包抄过来，一路上见人就杀，见房子就烧。

到夹港这一路来的鬼子兵只有十多个人，从田岸上走过来，前面还举着一面太阳旗，那情景就和现在的电影片中差不多。我们站在港岸上看见鬼子来了，拔脚就跑。那时正是麦子快成熟的时候，江岸外又有大片的芦苇滩，我们仗着青纱帐的掩护，见了鬼子再跑也不迟。只要跑进了芦苇滩，鬼子也就没办法了，他们不敢下滩，那芦苇有一丈多高，滩里都是淤泥，不熟悉地形的人要陷进去。

我那时虚龄十岁，人长得高，跑得也很快，便和青壮年人混在一起，见到了鬼子才开溜。可那鬼子也来得快，趁我们还没有来得及下滩的时候便到了我们的身后，离开我们不到一华里。我们是在麦田里的田岸上奔跑，好处是大半身都隐藏在麦子里，坏处是那田岸笔直，人走成了直线。鬼子跪在田埂上，端起三八枪，把跑在我前面的两个人打死了。我所以没有死，那是因为我的鞋跑脱了，便在田埂旁让路，蹲在那里拔鞋，才没有被打中，夹港口上的人都说我命大。

等到鬼子走后，我们回来一看，到处是一片哭声，所有的草房子都化为灰烬，除掉被打死的那两个人之外，还被打死了一个老头，这老头的胆子也太大，鬼子来了他还要蹲在那种有木架子的粪坑上大便，那粪坑上搭着草棚，两边遮点草席，他以为鬼子看不见他,其实鬼子远远地就看见了,便一枪把他打翻在地。

我家的房子没有被烧,其原因可能有两点,一点是房子的门楼上有"大通轮船公司"几个大字,鬼子弄不清楚这公司是中国的还是英国的,那时候太平洋战争还没有爆发,英国的轮船公司在沿江也设有码头。二是我的父亲向鬼子兵行贿,他装了一筐鸡蛋放在大门口,意思是说你把鸡蛋拿去,把我的房子留下。果然,鬼子兵接受了贿赂,把鸡蛋拿走了,房子没有烧。也有人说不对,因为点火烧草房要比烧瓦房容易,谁知道呢。

夹港口从此衰落了,长江里再也看不见轮船,连那多得连天接水的帆船也不见了,上江没有木材下来,装着湘江桐油的湖北大船也不见了。港口再也没有了生意,却有鬼子兵经常来骚扰。大通轮船公司也不会再开业了,听说那四条大轮船都被沉在南京,一说是被炸沉在汉口。这四条轮船和我们家的关系太深了,直到今天我还记得这四条船的名字:洪大,降大,正大,智大。洪与智可能是音同字不同,因为我那时只是听父亲叨念。

夹港不能再住,也不必再住了,我的家又从靖江夹港搬回了泰兴的原址。后来又把夹港大部分的房子拆掉,用其砖瓦木料在泰兴造房子。我也于一九四〇年左右回到了泰兴读书,从此离开了夹港,再也没有回去过。但对夹港却难以忘记,一见到长江就会想起夹港,想起儿时睡在奶奶的身边,是那江涛的沙沙声为我催眠,伴我入睡……

我永远也忘不了夹港,那是我成长的地方,那里使得我的眼界开阔,懂事较早,特别是懂得了什么是国,什么是家,懂得了国与家的不可分离,国家的贫弱与富强不是与己无关,弱国之民要被人宰割的。这都不是从书本上得来的知识,是日本鬼子用枪炮教我的,使得我对国家和民族的忧患意识终身萦绕不去。

直到一九八四年,是我离开夹港将近半个世纪之后,有一次我到扬州去开会,那时候,江阴的长江大桥还没有造起来,车子从江阴摆渡到八圩港,然后经过泰兴、泰县等地到扬州。这一条从靖江到泰兴的路我是熟悉的,快到张桥镇(原名张家桥,我是在张家桥小学毕业的)时,我突然发现路边有个指路牌,上写着到夹港××公里,我知道路不远,立即要车子返回来:"到夹港去,看看我的老家。"

到夹港一看,不对了,怎么也找不着家了,这里的夹港现在是个轮渡码头,车子摆渡可以到常州,我问路边开小店的人,没有一个人知道我的家在哪里,好像不曾存在过似的。驾驶员认为我的记忆出了问题,我认为决不可能,怎么会把夹港记错呢?我不肯走,在路边找了一个茶摊坐下来,买了一碗茶,不是要喝茶,是想等人,等到一个老人,至少要等到一个与我年龄相近的人。果然,来了一个老者,我用那不改的乡音问老人,并且报出了我父亲的名字。老人明白了:"呀!你家吗,在上面,夹港已经改道了,改到了现在的地方,这里原来是九圩港。"一听九圩港我立刻弄清了方位,九圩港离开我家很近,小时候我也曾跟着大伙伴们到九圩港来捞鱼摸虾……

游子终于归来了,一切依稀可辨,只是看上去都变小了。这是人的通病,小时候看到的一切都很大,老来再回头看时却并不大到哪里。老邻居和长辈还有在世的。表哥的两个孩子还在太和镇上,改革开放之后他们都富起来了,夹港口与太和镇上新造了许多楼房,当年那了不起的"大通轮船公司",现在如果还在的话,看起来也可能像是路边搭起来的棚子。半个多世纪过去了,我们终于打败了日本鬼子,搬走了三座大山,走上了改革开放的道路,夹港口、太和镇的繁荣与升平的景象都是当年所无法想象的;当年那位老板玩弄的马达卡,现在到处都是,连轿车还要看一看是什么牌子。多灾多难的中国人终于盼望到了这一天。

2000年8月6日

与王蒙合影

与原中国文联党委书记周巍峙、阿英的女儿钱璎在一起

人走与茶凉

常言道:"人一走,茶就凉。"此语出自何处,不得而知,仅知流行于世已久,而且还会流行下去,因为有人从某种位置上一下来之后,就会领略到这句话的滋味。

我自己也常常因此而发出感叹:是啊,人走茶凉,人情冷暖,世态炎凉,没有意思。话听熟了,感慨也发得多了,突然间产生了一种逆想:人走了如果茶不凉的话,谁来向茶杯里续水?每个走了的人都要保留一杯茶,而且是杯热茶,这茶馆店就只能关门大吉了,新来的茶客坐在哪里?老年间,茶馆店里倒是有个规矩,茶客临时离开,可以把茶壶盖翻过来,表示临时出去一下,等歇还要回来。茶博士照样向壶里加水,那茶倒是不会凉的。不过,这要有一个前提,就是走了还得回来,如果你走了就不回来,那茶杯当然要收掉,洗净收好,恭候新客,这是事物的规律,老茶客们又何必闷闷不乐,怨张怪李。

再细细一想,不对,事情并非如此简单,那茶杯可不是普通的杯子,那杯子里也不是普通的茶水;那杯子是个魔袋,除正常的工资以外,各种各样的好东西都装在里面。有精神,有物质,物质变精神,精神变物质,而且都是合理合法,合情合理,是一种无形资产。此种无形资产难以估价,因为那价值是依杯子里的水位的高低而定的;高位的价值不菲,低位的也值四两茶叶或一条香烟,或某种行事的方便。

人们向某种位置上一坐,双手捧起那杯热茶的时候,那魔杯的磁场效应就产生了,它能使人陡增力量、智慧、风采、魅力。在一定的场合下,走路在前面,讲话在后面,讲话虽然并不精彩,却也能使人连连称道,频频点头。如果真有精彩独到之处,那更是让人赞叹不已。公事当然如此,私事更有诸多方便,想为自己,为亲朋办点儿公事以外的事,只需作出某种示意,事情便会办妥,而且绝不是仗势欺人,也非强夺豪取,更谈不上行贿受贿,那些都是土佬儿或亡命之徒干的事,水平太低。

有人初登高位,开始捧起那只茶杯时,确实还有点不习惯,觉得自己没有这么大的能耐,要想办成一件事也没有那么容易。久而久之也就习惯了,上瘾了,甚至每天都要把那热茶嘬上几口,才能够血脉通畅,心旷神怡。

遗憾的是世界上没有不散的筵席,总有一天会离开那个茶座,放下那只茶杯。人一走,茶就凉了。人走茶凉还是一种比较客气的说法,实际上是人一走,茶就没了,连杯子都收掉了。洗净过后,被别人捧在手里。

茶杯不见了,磁场当然也就消失了,那些附加的力量与智慧,风采与魅力,也就乘风归去,消失在遥远的记忆里。讲话也不那么受到称赞了,也没有人连连点头,甚至还会有人提出不同的意见,表示他比你还要高明点。要为自己或为别人办点儿事情也不那么容易了,门庭也冷落了,只剩下了几个老哥儿们还有点来往。如果当年过分迷恋那手中的魔物,不和任何人交往的话,那就只能每天看看电视,读读《参考消息》。逢年过节也很少有人送鲜花水果,送补品礼品来了,倒不是贪图什么,现在的水果到处都是,补品也多有伪劣,物质转化为精神,使人产生了一种被人遗忘的感觉,一种茫然的失落。此时不禁长叹一声:人一走,茶就凉了!

谁想追求一个纯真的社会,谁想打碎那魔力无穷的茶杯,都是不可能的,也许有可能使那杯子的磁场效应小一些,杯子的透明度高一点,可那高明的魔术师照样可以在玻璃箱内变把戏。唯一的办法只有靠自己了,当你捧起那只魔杯时,你就只能把玩一番,认清它的魔力,用于对工作的推动,不要私自去饮那杯中的茶,宁可自备保健杯一只,渴了便饮几口。一旦走下某种岗位时,也不会觉得什么茶暖茶凉了。这时候,自己泡上一杯浓浓的香茗,慢慢地喝,细细地品,把那人生的三昧从头品尝,那会别有一番滋味在心头。

2005年2月25日

知趣、识趣、有趣

苏州方言里有一句贬人的话,说某人"呒趣"。呒即没,没趣。

呒趣不是坏,也说不上什么好与不好,即不讨人欢喜,不容易相处,还有点不三不四。"呒趣"不仅是指人,也指事,一件事情办得不光彩,不恰当,很尴尬,也称"那末呒趣哉!"

趣字是个常用词,如情趣、志趣、趣味等等,总之是指讨人欢喜,使人高兴的人与事。一个人如果活得无趣,那活着也就没有什么意思了。

人到老年要知趣、识趣、有趣;自己活得有趣,活着也使别人觉得有趣,不要做一个呒趣的老头。

其实,人人都愿意活得有趣,小孩欢喜玩,大人去旅游、看球赛、听相声,都是因为它有趣。一个人对某事有兴趣才能锲而不舍;一个人逼着自己做无趣的事,那是一种不得已,是不由自主。可是人生不是游戏,为了生活不能不做一些自己也无可奈何的事,甚至一辈子都在做着自己并不欢喜,而又不得不做的事。自己有兴趣的事往往没有时间去做,没有可能去做。比如说你爱好弹钢琴、爱好种花、养鸟、读书、写字、钓鱼……许多爱好年轻时都没有可能去做。特别是我们这一代人,当年很少有什么业余时间,业余时间里除掉读《毛选》之外,其余的各种爱好不是资产阶级思想,便是小资产阶级的情调。现在好了,离退休了,你有的是时间,还有那份离退休的工资,你可以做那些自己感兴趣,以前想做而未做的事。年老并非仅仅意味着失去,也意味着得到,得到了某种机缘,可以一了宿愿。

我经常走过一条铺着石子的小巷,那巷子的一面是围墙,墙内是几棵大树。就在那大树下面的围墙上,排着一排鸟笼,有十多个,各种鸟都有。那是一个老人养的。那老人就住在围墙对面的一个小门里,他忙得很,忙着为那些鸟儿喂食、戏水、清洗。然后坐在门前的一张旧藤椅上,一杯茶放在手边,喝茶、听鸟叫。那种怡然自得的样子叫看的人也觉得怡然。老人活得有趣,路人看得有趣,这世界也充满了情趣。

还有许多离退休的老人在那里练书法、学绘画、弄盆景,读那些多年来一直想读的书;更有人热心公益,服务社区,帮困扶贫,戴着红袖章在小区里巡逻,防偷盗,防止有人偷倒垃圾。这是一种更高尚的乐趣,是乐吾乐以及人之乐,是以别人的有趣作为自己的乐趣。

老来能自得一乐的人,大都活得十分有趣。可也有一种人,不知乐在何处。这种人没有离退休时只是开会、看文件、作报告,不苟言笑,没有私交,不做家务,一辈子没有说过多余的话,没有什么功绩,也没有犯过什么错误。一旦退了下来,坏了,除掉看报纸之外就无事可做,不久就有点老年痴呆了。

其实,人生的乐趣无处不在,问题是要善于寻找。有一位老人刚刚退下来时,也是整天看报,看着看着就找出一些乐趣来了,他剪报,集报,把报纸上的各种各样生活小窍门、治病小秘方,收集起来,分门别类,编印成册,放在社区的阅览室里供人翻阅,大受欢迎。他也不停地增删补充,乐此不疲,倒也活得有趣。但也有些人在寻找自己的乐趣时就有点儿想入非非了,好像是生平未曾得志,心里有点儿不平衡,还想"发挥余热",再创奇迹,轻信各种集资,炒股不自量力,乱用药品补品,妄想永葆青春,结果是没有寻到什么乐趣,反而弄得吭趣,此之谓不识趣也。

老来的乐趣大多为自得其乐，能自乐而又乐人，当然最好，不能乐人时也不能因为自乐而去找别人的麻烦。为了收集什么藏品而要别人帮忙，夺人所好，登门索取，人家碍于情面，进退两难。这就有点不知趣了。写字作画本来是怡情养性，寻找美感，锻炼身体。我见那书法家写字，提笔在手，鹤立案头，审度宣纸，凝目寻思，然后踏上一步，屏气运力，下笔千钧，一气呵成，简直是在做气功或是打太极拳。所以书法家多有长寿者。如果把写字作画当作一种手段，稍有所成，便想获取名利，这就有点不识趣了，因为你那字画到底是业余水平，人家当面恭维，暗中不屑，甚至把你写错了的字也挂在那里，出出你的洋相。

　　老人要知趣识趣，不计功利，坚持自己的志趣，尊重别人的志趣，自足、乐观，兴趣盎然，虽然不能长命百岁，却也活得有滋有味。

2005年2月25日

酒仙汪曾祺

算起来汪曾祺要比我长一辈。作家群中论资排辈,是以时间来划分的。三十年代、四十年代、五十年代……我们五十年代的老友常把汪曾祺向四十年代推,称他为老作家,他也不置可否,却总是和我们这些五十年代的人混在一起,因为我们都是在粉碎"四人帮"以后才活过来的。

汪曾祺虽说是江苏人,可是江苏的作家们对他并不熟悉,因为他多年来都在北京京剧界的圈子里。直到粉碎"四人帮"后,《雨花》复刊,顾尔镡当主编。有一天,叶至诚拿了一篇小说来给我们看,所谓的我们是方之、高晓声和我。小说的作者就是汪曾祺。小说的题目我记不清了,好像是《异秉》,内容是一个药店里的小学徒,爬到房顶上去晒草药等。我之所以至今只记得这一点,是因为我家当年的隔壁也有一个小药铺,所以看起来特别亲切,至今也印象深刻。我们三个人轮流读完作品后,都大为赞赏,认为写得太好了,如此深厚纯朴,毫不装腔作势的作品实在是久违。同时也觉得奇怪,这样好的作品为什么不在北京的那几份大刊物上发表,而要寄到《雨花》来。

叶至诚说稿件已在北京的两家大刊物吃了闭门羹,认为此稿不像小说也不像散文,不规范。这话不知道是真的还是出于对作者政治考量的托词。我们几个人对此种说法都不以为然,便要叶至诚去说服主编顾尔镡,发!顾尔镡号称顾大胆,他根本用不着谁来说服,立即发表在《雨花》的显要地位,并且得到了普遍的赞扬和认可。从此，汪曾祺的作品就像雨后春笋，在各大刊物上轮番出现。

上世纪八十年代的初期，作家们的活动很多，大家劫后相逢，也欢喜聚会。有时在北京，有时在庐山，有时在无锡，有时在苏州。凡属此种场合，汪曾祺总是和我们在一起。倒不是什么其他的原因，是酒把我们浸泡在一只缸里。那时方之已经去世了，高晓声、叶至诚和我，都是无"酒"不成书。汪曾祺也有此好，再加上林斤澜，我们四个人如果碰在一起的话，那就热闹了。一进餐厅首先看桌上有没有酒，没有酒的话就得有一个人破费。如果有，四个人便坐在一起，把自己桌上的酒喝完，还要到邻桌上去搜寻剩余物资，直喝得服务员站在桌子旁边等扫地。有时候我们也会找个地方另聚，这可来劲了，一喝就是半天。我们喝酒从不劝酒，也不干杯，酒瓶放在桌子上，谁喝谁倒。有时候为了不妨碍餐厅服务员的工作，我们便把酒带回房间，一直喝到晚上一两点。喝酒总是要谈话的，那种谈话如果有什么记录的话，真是毫无意义，不谈文学，不谈政治，谈的尽是些捞鱼摸虾的事。我们四个人都是在江河湖泊的水边上长大的，一谈起鱼和水，就争着发言，谈到后来酒也多了，话也多了，土话和乡音也都出来了，汪曾祺听不懂高晓声的武进话，谁也听不懂林斤澜的温州话，好在是谁也不想听懂谁的话。此种谈话只是各人的一种抒发，一种对生活的复述和回忆。其实，此种复述可能已经不是原样了，已经加以美化了，说不定哪一天会写到小说里。

汪曾祺和高晓声喝起酒来可以说真的是陶然忘机，把什么都忘了。那一年在上海召开世界汉学家会议，他们二人和林斤澜在常州喝酒，喝得把开会的事情忘了，或者说并不是忘了，而是有人约他们到江阴或是什么地方去吃鱼、喝酒，他们就去了，会也不开了。说起来这个会议还是很重要的，世界上著名的汉学家都来了，因为名额的限制，中国作家参加的不多。大会秘书处到处打电话找他们,找不到便来问我,我一听是他们三人在一起,就知道不妙,叫秘书处不必费心了,听之由之吧。果然,到了会议的第二天,高晓声打电报来,说是乘某某次列车到上海,要人接站。秘书处派人去,那人到车站一看,坏了,电报上的车次是开往南京去的,不是到上海的。大家无可奈何,也只能随他去。想不到隔了几个小时,他们弄了一辆破旧的上海牌汽车,摇摇摆摆地开上小山坡来了,问他们是怎么回事,只是说把火车的车次记错了,喝酒的事只字不提。

还有一次是在香港,中国作家协会组织了一个大型的代表团到香港访问,代表团内有老中青三代人,和香港的文化界有着多方面的联系,一到香港就乱了,你来请,他来拉。那时香港请客比内地厉害,一天可以吃四顿,包括请吃宵夜在内。汪曾祺在香港的知名度很高,特别是他在一次与香港作家讨论语言与传统文化时的发言,简直是语惊四座。当时,香港有一位文化人,他的职业是看风水和看相,灵验有如神仙,声望很高,酬金也很高,是位富豪。不知道他怎么会了解到汪曾祺也懂此道,并尊汪曾祺为大哥,他一定要请汪曾祺吃晚饭,并请黄裳和我作陪。我因为晚上要开会,不能去。到了晚上十一二点钟,我的房门突然被人猛力推开,一个人踉跄着跌进来,一看,是汪曾祺,手里还擎着大半瓶XO,说是留给我的。大概是神仙与酒仙谈得十分投机,喝得也有十分酒意。汪曾祺乘兴和我大谈推背图和麻衣相,可惜当时我有点心不在焉,没有学会。

汪曾祺不仅嗜酒,而且懂菜,他是一个真正的美食家,因为他除了会吃之外还会做,据说很能做几样拿手的菜。我没有吃过,邓友梅几次想吃也没有吃到。约好某日他请邓友梅吃饭,到时又电话通知,说是不行,今天什么原料没有买到。改日。到时又电话通知,还是某种菜或是什么辅料没有买到。邓友梅要求马虎点算了。汪曾祺却说不行,在烹饪学中原料是第一。终于有一天,约好了时间没有变,邓友梅早早地赶到。汪曾祺不在家,说是到菜场买菜去了。可是等到快吃饭时却不见他回来,家里的人也急了,便到菜市场去找。一看,他老人家正在一个小酒店里喝得起劲,说是该买的菜还是没有买到,不如先喝点吧,一喝倒又把请客的事儿忘了。邓友梅空欢喜了一场,还是没有吃到。看来,要想吃酒仙的菜是不容易的。

2005年2月25日

哭方之

　　一团火,一把剑,一个天真的孩子,这就是我所熟悉的方之。如今,火灭了,剑入鞘,天真的孩子回到了大地母亲的怀抱,方之死了!

　　他不该死,不能死,也不应当死;即使每个人都免不了死,他也死得太早,他才四十九岁啊!难道不能让他多活一个月吗,让他开完了第四次文代会再死,他心中有话积了二十多年,他想说,他要说,他想在第四次文代会上说说,至于说了是有用还是无用,他是在所不计的。现在,他来不及说了,而且谁也不能用自己的思想去代替他的语言,方之的语言,鲜明准确,尖锐泼辣。尽管这种语言并不如音乐那么美妙,要是能让他说说也是有好处的,可以振聋发聩,切中时弊。尽管他说的话也不是完全正确,绝对正确的话是从来就没有的;尽管他说的话也没有什么大的用处,小用处总有一点吧,大用处是小用处相加起来的。

　　方之死了,他死得太早。当他在"文化大革命"中忍受不了欺凌和侮辱时,他想死,自杀过,可却奇迹般地活了下来;当他想挺起手中的剑向前冲刺的时候,却一个踉跄便倒了下去,再也爬不起来,这对一个战士来说是莫大的悲哀。略可告慰的是他总算能够捂着血流如注的伤口,坚持到一举粉碎"四人帮",用他熟练的枪法,用血与火向那些万恶的东西狠狠地打出了两枪,写了《内奸》与《阁楼上》。我读了《内奸》以后惊叹不已,觉得这是一堆火,是一堆燃烧得十分旺盛与白炽的火堆。我希望这堆火烧得更旺些,把他那些和我谈过的题材一个个地写出来。可我劝他休息,那时候我已经看到有一个死神在这堆火的旁边跳舞、徘徊。这死神仿佛在等待着这堆火燃烧得由旺盛、白炽而骤然熄灭。我看到这个死神的时候是在刚刚粉碎"四人帮"的时候,是在分别十多年之后的第一次见面:

　　天快要亮了,房间里残留着火炉的热气,灯光下一个佝偻、瘦弱的老头向我奔过来,紧紧地拉着我的手,不停地喘着气,这就是方之。这已经不是我所想念的方之了,我所想念的方之是身强力壮、不知疲倦、不肯停息的青年。十年的浩劫把一个青年折磨成一个老头!

　　南京的早晨,天下着大雪,我和方之踏着大雪在虎踞路的斜坡上向前走,我已经把脚步放慢到了最低的速度,可是方之还喘气,连说几次:"慢点,再慢点。"那时候我已经感到方之面前的路可能不是太长的了,雪花打在我的脸上,化成了水珠和泪珠一齐往下流。我们两个在共同的、坎坷的道路上走了二十多年,现在,面前的路开始平坦了,千万不能在胜利的时刻埋葬同伴的尸体!

　　千万不能的事情往往是千真万确的,当我想和方之一起去参加全国第四次文代会时,却不得不泪如雨下地站在方之的遗体前,老天爷是不公平的!

1979 年 10 月

王愿坚的愿望

王愿坚走了,走进了那个看不见的世界里去了,但他并未消失,他把他的字迹、业绩和足迹留在人间,留在我们这些老朋友的记忆里。他的业绩可能不为人知,他的足迹也会被浪潮冲去,他的字迹却永远是清清楚楚的。

我第一次看到王愿坚的字迹是在五十年代的中期,看到了他的小说《七根火柴》和《党费》,当时就很敬佩。从小说来想象王愿坚,一定是个老作家,一个老红军;及至见到时突然一变:一个青年军官,腰杆笔直,武装整齐。

三十四年之前,北京召开第一次全国青年作者会议,山东的王安友是华东小说组的组长,我是副组长。我们两个一看名单,有王愿坚作为部队的代表来参加华东小说组的讨论会,我们都很高兴,在"掌握"会议时特地请王愿坚发言。

当年的王愿坚好像不善于辞令,但是讲话的态度极为认真,一席话讲完之后额头上出汗,那是我们还穿着棉袄的时候。我记得他的发言绝不是三言两语,是详细地叙述他是怎样广泛地收集资料而凝结为短篇小说的。听起来好像是介绍经验,实际上是在说明一个问题:非直接经历也是可以写成小说的。这话现在听起来好像有点多余,《三国演义》绝不是诸葛亮写的。但在那时有一种议论,认为写小说必须写自己的亲身经历,王愿坚的《党费》和《七根火柴》虽然写得好,但是这种方向是不值得提倡的,因为他没有参加过长征,又不是老红军。王愿坚不敢公开

119

反对这种理论，又要说清楚问题，那是何等的吃力！一般的人都以为王愿坚写的是革命题材，处境十分顺利，其实不然。作家是个光荣而沉重的职业，没有鲜花和美酒乱飞。

待到与王愿坚重逢时，已经跌跌爬爬地过了二十年。

二十年后重逢，也是在各种会议之间，这时候我们都学会了一种"会意法"，交谈时只用三言两语，大家便能心领神会，许多事情都同属一个规律，如此这般而已。

直到一九八二年，愿坚夫妇陪美国作家赫尔曼·沃克来苏州访问，我们畅游了一番后便小饮畅谈，难得有这样的机会，我们相互交流了若干年来大概的经历，仰天长嘘之后便向前看，他说他想好好地写点儿东西。所谓好好地写点儿东西是作家之间的一句行话，意即写长篇，因为若干年来大家都觉得没有好好地写过东西。

我听了以后很高兴，我相信中国的军事文学一定会出现伟大的作品，因为没有哪个国家有我们这么多的战争磨炼。特别是抗日战争和解放战争，如果能好好地写出来的话，决不亚于《三国演义》。王愿坚经过了二十多年的磨炼与素材的积累，他会作出应有的贡献。可他却无可奈何地摇摇头，他有职务、公务和事务，就是没有整块的时间务正业，正业只能当作私活来处理。王愿坚是个很守规矩的人，他要把公私分清。

我趁着酒兴口出狂言："管它的，你到苏州来，找一个别人找不到你的地方，写出再说，又能怎么的？"

王愿坚笑笑："好的，我来，一定来。"

这以后老是不见他来，倒是常在北京见面，见了面他总是说："苏州好啊，我总有一天要来的……"

人人都说总有一天，可是天有不测风云，王愿坚的愿望终于未能实现。他带着他的愿望走了，带着他的长篇巨著走了。我不能说他的长篇一定是部伟大的作品，但是有一点可以肯定，凭他的经验、刻苦、斟字酌句和执着的追求,他想好好地写出来的作品绝不是凑数的,他从年轻时开始,就不想在数量上追求。

王愿坚的不幸去世,为活着的人留下了悲伤和惆怅,同时也留下了箴言:"以我为鉴呀,朋友。别老是以为来日方长,总有一天……"

知道了,愿坚,请你安息。

1991 年 5 月 21 日

老叶,你慢慢地走啊!

叶至诚走了,再也听不到他那爽朗的笑声了,写文章来悼念他,他也不知道,或者说我想写什么他也早已知道,他会劝我:"别写吧,你多多保重自己。"他写了一世的文章,当然会知道我写这样的文章时心里是什么滋味。他一生一世不肯麻烦别人,从不伤害别人,不想使别人扫兴,更不愿使别人伤心。他的为人甚至使我产生了一种预感:他的病已经无法挽回了,他很可能在江苏省五次文代会和作协四次代表会开会的期间去世,因为这时候他的老朋友都要到南京来开会,免得大家再跑一个来回,老朋友都不那么健壮了,舟车劳累。果然,我下午一时到南京,他在上午十一时便离开了人世……如果一个人最后可以用一句话为自己总结的话,叶至诚可以自豪地说一句:"我不负天下人!"当然,叶至诚决不会说这样的话,他不会自豪,他总觉得自己除掉文学之外,对一切都无能为力。

我有负于叶至诚,如果三十五年前我不闯入他家,不去呼朋引类,那《探求者》的一场噩梦也许可以幸免。历史可以宣告我们无罪,痛苦和屈辱也可略而不计,可那金色的年华却因此而付诸东流,弄得叶至诚直到离休之后才抓紧时间坐下来,想好好地看点书,写点东西。今年夏天酷热,他的居所断水,我在电话中邀请他来苏州住几天,他说不行,有一篇文章正在结尾。结果是文章还没有写完,人却进了医院。等我得知他的病情恶化赶到南京看他时,他已经昏迷,偶尔睁开眼来时也不能讲话了,只是喃喃地重复着我的电话号码,他老是惦记着要给我打电话,有人说他可能有什么话要对我说,我想,他要对我说的话只有一句:"你当心身体。"其余的事情不会有的,他不肯麻烦别人。

这个世界也有负于叶至诚,一个从十多岁就开始写文章、出书、当编辑、当作家,后来当《雨花》主编的人,最后的职称只是副编审。我看,在当今文学期刊的编审中很少有人能超过叶至诚,他读得那么多,中国的、外国的、从前的、最近发表的,只要是较有名的作品,他几乎是无所不晓。十多年前他就想编写一本世界名著的内容摘要,可惜的是当时有人认为没有必要,也不可能。现在这样的书已经有了,而且还不止一本。他读得多,因而对作品的见解也就比较准,比较深,对各种流派都不会大惊小怪。看不准的当然也有,可那抄袭和模仿却很难逃过他的眼睛。当他十多岁的时候,他的父亲叶圣陶先生常常要叫子女同读一个作品,读完后各自发表见解,总是三官(叶至诚的乳名)的见解最高明,这在叶圣陶的日记里都是有记载的。那一年文艺界和出版界评职称的时候简直是一场混战,当我听说叶至诚只能评副编审的时候也只能深深地叹了口气,真是冠盖满京华,斯人独憔悴。叶至诚对此当然很不高兴,但也未痛不欲生,他能作语自嘲,说他一生一世都只能是副,有一种附属性。年轻时,人家介绍他时总是说:这是叶圣陶的儿子叶至诚。中年时人家介绍他时又说:这是姚澄(著名的锡剧演员)的丈夫叶至诚。老来人家介绍他时还要说:这是叶兆言(著名的青年作家)的爸爸叶至诚。叶至诚说完后哈哈大笑,那笑声远近皆闻。我听了也忍不住要笑,笑完了不免要问:这到底是什么原因?

有一种境况是天成,谁叫他的父亲和妻、儿都那么有名。另一方面,叶至诚自身也有缺点,他太不懂得斗争哲学,他文史都读,唯独对理论的学习很不认真。他藏书极丰,爱书如命,在同辈人之中,没有一个人的藏书能超过他的。五十年代,有一位朋友在叶至诚家做客,对叶至诚的藏书之丰大为惊奇,他把所有的书橱都浏览过以后,便提出一个问题:"怎么看不见马列主义?"

叶至诚脱口而出:"马列主义在外面。"他说的是实话,在他的书房门外确实有一口书橱,里面装着马列主义。言者无心,闻者有意,到了一九五七年批判叶至诚的时候,那位朋友写了一篇批判叶至诚的文章,题目就是《马列主义在外面》。文章不长,却易懂易记,像匕首一样的锋利。在那年头,一个搞文艺的人居然把马列主义放在外面,这本来就是大逆不道,更何况那时的叶至诚已经掉进了《探求者》反党集团的深渊里,说明他走向反党反社会主义的道路绝不是偶然的。具有讽刺意味的是那位写《马列主义在外面》的朋友,却也因为自己另有不合马列主义的文章而成了右派。

叶至诚不懂得斗争哲学,他自己也知道是个大缺点,可也没有办法,与天斗他不懂天文,与地斗他不懂地理,与人斗他更是害怕,一看见要斗起来了,他立即鞠躬如也,哈哈而退。

有人说老叶的脾气好,不与人斗,可以长寿。现在看起来,这话也是错的,老叶的寿命并不长,终年六十六岁,与人斗的人其乐无穷,寿命也不一定就短到哪里。

江苏省的四次文代会和五次文代会之间相距十一年,开四次文代会时我送走了方之,开五次文代会时我又送走了老叶,一想到我的这两位挚友都已经不在人世的时候就要掉眼泪,可是想想我们相交的始末,却真正地体验到世间确有真情在,人生并非是虚空的,这也是一种莫大的安慰。要不然的话,一个作家在拼命地追求真诚,追求真诚的友谊与爱情,到后来却发现爱情原来只是性欲,友谊只不过是利害关系,那才是一个作家最大的悲哀,而且是欲哭无泪。

1992 年 10 月 3 日

又送高晓声

我先后送走了方之、叶至诚，如今又送高晓声。患难之交一一谢世，活着的我悲痛已经变成了麻木，好像是大限已到，只得听天由命。

我和高晓声从相识到永别算起来是四十二年零一个月。所以能记得如此准确，是因为我和高晓声见面之日，也就是我们坠入深渊之时。那日，我和方之、叶至诚、高晓声聚到了一起，四个人一见如故，坐下来便纵论文艺界的天下大事，觉得当时的文艺刊物都是千人一面，发表的作品也都是大同小异，要改变此种状况，我等义不容辞，决定创办同人刊物《探求者》，要在中国文坛上创造一个流派。经过了一番热烈的讨论之后，便由高晓声起草了一个"启事"，阐明了《探求者》的政治见解和艺术主张；由我起草了组织"章程"，并四处发展同人，拖人落水。我见到高晓声的那一天就是发起《探求者》的那一天，那是一九五七年的六月六日，地点是在叶至诚的家里。

流派还没有流出来，反右派就开始了。《探求者》成了全国有组织、有纲领的典型的反党集团，审查批判了半年多。审查开始时首先要查清《探求者》发起的始末，谁是发起人？起初我们是好汉做事一人当，都把责任拉到自己的身上，不讲谁先谁后。不行，一定要把首犯找出来，以便于分清主次。为了此事大概追挖了十多天，最后不得不把高晓声供出来了，是他首先想起要办一份同人性质的报纸或刊物，来形成一种文学的流派，再加上那份被称为是反党宣言的《探求者》"启事"又是高晓声起草的。这一下高晓声就成了罪魁祸首,众矢之的,批判的火力都集中到他的身上。高晓声也理解这一点,不反驳,不吭气。他知道凶多吉少了,索性放了《探求者》的事,开始思考自己的路。

在批判斗争进行得十分激烈时,高晓声突然失踪,谁也不知道他往何处。我们都很紧张,怕他去跳崖或投江。那时候,南京的燕子矶往往是某些忍辱而又不愿偷生者的归宿之地。叶至诚很了解高晓声,叫我们不必紧张,高晓声是不会自杀的。果然,过了几天高晓声回来了,负责审查《探求者》的人厉声责问高晓声:

"你到哪里去了?"

"回家。"

"回家做什么的?"

"结婚。"

此种对话几乎是喜剧式的,可是高晓声的永远的悲剧便由此而产生。

高晓声那时有一位恋人,好像是姓刘,我见过,生得瘦弱而文静。两个人是同学,相恋多年但未结婚,其原因是女方有肺病,高晓声自己也有肺病,不宜结婚。此时大难降临,高晓声便以闪电的方式把关系确定下来,以期患难与共,生死相依,企图在被世界排斥之后,还有一个窝巢,还有一位红尘的知己。人总要有一种寄托才能活下去,特别是知识分子。

对《探求者》的批斗直到冬天才告一段落,高晓声被戴上右派分子的帽子送回老家劳动,他的新婚妻子辞掉了工作,到了高晓声的身边,准备共御风雨,艰难度日。谁知道那位姓刘的女士红颜薄命,大概不到一年的时间便因肺病不治而去世。高晓声心中最后的一点亮光熄灭了,他的灵魂失去了依附,失去了他在这个世界上可以停泊的港湾,可以夜栖的鸟窝。

高晓声自己的肺病也日益严重了,幸亏当时在苏州文化局工作的高剑南帮助,进苏州的第一人民医院治疗,拿掉了三根肋骨,切除了两叶肺,才得以活了下来,但也活得十分艰难,十分痛苦。那正是"大跃进"之后的大饥荒年代,高晓声离开省文联时,居然没有想到要转粮油关系,他以为家乡的沃土总能养活一个归来的游子,何况高家是个大族,在家乡有广泛的社会关系。可他没有想到,大饥荒来时往往是六亲不认的。高晓声不得不想尽一切办法来疗饥驱饿。他拿掉了三根肋骨,重活不能做,便捞鱼摸虾,编箩筐,做小买卖等等。详细的情况我不了解,我们之间从不谈论那二十年间各自的经历,过来人总是差不多的,只是偶尔谈到某种人与事时,提到他当年卖鱼虾时怎么用破草帽遮着脸,改鲁迅的诗句为"破帽遮颜坐闹市"。又说起过他的双手当年因为编箩筐,皮硬得很少有弄破手的时候。闲谈中还提起过他怎么育蘑菇和挖沼气池,这些事后来在他的作品中都有过描述。当人们在高晓声的作品中读到那些幽默生动的描述时,谁也不会想到他的"生活"竟是这样积累起来的。有一种幽默是含着眼泪的微笑,读者看到了微笑,作者强忍着泪水。

粉碎"四人帮"之后,我和方之、叶至诚都重新回到了文艺界,唯独不见高晓声,传闻他已经死了,又说他还活着。有一次我们都在南京开会,高晓声从乡下来了,那时《探求者》一案还没有正式平反,但是《探求者》的同人们已经可以发表作品。晚上,高晓声到我住的旅馆里来了。那一年,我们两人都是五十一岁,从二十岁分别,到五十一岁见面,整整的二十一年。高晓声见了我话也不多,便将一叠稿纸交给我,说是他写了一篇小说,要我看看,提点意见。这篇小说就是《李顺大造屋》。我看了以后很高兴,觉得高晓声虽然停笔二十多年,可这二十多年中他在创作上好像没有停止,没有倒退,反而比当右派前有了一个飞跃。《李顺大造屋》写的是一个农民想造房子,结果是折腾了二十多年还是没有造得起来。他不回避现实,真实而深刻地反映了当时农村的实况。不过,此种"给社会主义抹黑"的作品当时想发表是相当困难的。我出于两种情况的考虑,提出意见要他修改结尾。我说,上天有好生之德,让李顺大把房子造起来吧,造了几十年还没有造成,看了使人难受。另外,让李顺大把房子造起来,拖一条"光明的尾巴",发表也可能会容易些。后来方之和叶至诚看了小说,也同意我的意见。高晓声同意改了,但那尾巴也不太光明,李顺大是行了贿以后才把房子造起来的。

《李顺大造屋》发表以后,受到了广大读者的欢迎,同时,他的复出也受到文坛的注意。高晓声的文思泉涌了,生活的沉积伴随着思想的火花使得他的作品像井喷,一篇《陈奂生上城》写出了继《阿Q正传》之后江南农民的典型,一时间成了中国文坛上的亮点。

这一切似乎又是喜剧了,是五十年代的悲剧变成了八十年代的喜剧。可那喜剧后面的悲剧并没有完全消失。高晓声写出了胸中的块垒之后,开始寻找自己灵魂的归宿了,他要重新找回那失去的伊甸园。他在农村里劳动时,曾经第二次结婚。这一次结婚没有什么浪漫了,完全是现实主义的,其中的一个主要的目的就是想传宗接代。高晓声是独子,家中略有房产,如果不结婚,没有儿子,那么,这一房就是绝房。在农村里,"绝后代"是一句很刻毒的骂人的话,"绝房产"是会受人觊觎的。高晓声的父亲,包括高晓声在内,都咽不下这口气,决心为高晓声续弦。找了一个也是第二次结婚、没有文化的农村妇女。一个右派分子,半个残疾人,还有什么可以挑剔的呢,人家不嫌你是右派,你也就别管她有没有文化了。何况当年的高晓声是个农民,即使和没有文化的农村妇女一起生活,也会有共同的语言,举凡生儿育女,割麦栽秧,除草施肥,鸡鸭猪羊,蚕桑菜畦……共同的语言是产生于共同的劳动之中的,当时的高晓声已经远离了文学,决不会想到要和一个没有文化的妻子去谈论什么现实主义和浪漫主义。

生活是个旋转的舞台,被送回乡劳动的高晓声又离开了农村进了城,全家农转非,在城里分了房子。一切都安置好之后,高晓声的灵魂无处安置了,他念念不忘那位早故的妻子,曾经用他们之间的故事写了一个长篇《青天在上》;他一心要想收复那失去的伊甸园,想建造一个他所设想的,有些浪漫的家庭,这就引发了一场离婚的风波。夫妻感情是一个很复杂,很细致的问题,他人很难评说,我只是劝他,不是所有的悲剧都能变成喜剧,你不能把失去的东西全部收回,特别是那精神上的创伤,是永远不会痊愈的,唯一的办法只有忘记。高晓声的个性很强,他习惯于逆向思维。你说不能收回,他却偏要收回,而且要加倍收回!此种思维方式用于创作可以别开生面,用于生活却有悖常规,而且是不现实的。

生活不等于创作,高晓声无法用创作的手法来建立一个理想中的家庭,长期生活在孤独、激动和动荡不安之中,身体日渐衰弱,性格更为内向而倔强,他决不改变自己的意愿,但那理想中的家庭终于未能建立起来,直到临终前刹那,高晓声已经不能讲话了,他还用手指在空中划了一个很大的字,站在旁边的人都看得很清楚,那是一个"家"字。

回去吧,老高,那边有你理想中的家。

1999 年 10 月

梦中的天地

我也曾到过许多地方,可那梦中的天地却往往是苏州的小巷,我在这些小巷中走过千百遍,度过了漫长的时光;青春似乎是从这些小巷中流走的,它在脑子里冲刷出一条深深的沟,留下了极其难忘的印象。

三十八年前,我穿着蓝布长衫,乘着一条木帆船闯进了苏州城外的一条小巷。这小巷铺着长长的石板,石板下还有流水淙淙作响。它的名称也叫街,可是两部黄包车相遇便无法交会过来;它的两边都是低矮的平房,晾衣裳的竹竿从这边的屋檐上搁到对面的屋檐上。那屋檐上砌着方形带洞的砖墩,看上去就像古城上的箭垛一样。

转了一个弯,巷子便变了样,两边都是楼房,黑瓦、朱栏、白墙。临巷处是一条通长的木板走廊,廊檐上镶着花板,雕刻都不一样,有的是松鼠葡萄,有的是八仙过海,大多是些"富贵不断头",马虎而平常。也许是红颜易老吧,那些朱栏和花板都已经变黑,发黄。那晾衣裳的竹竿都在雕花板中隐藏,竹帘低垂,掩蔽着长窗。我好像在什么画卷和小说里见到过此种式样,好像潘金莲在这种楼上晒过衣服,那楼下挑着糖粥担子的人,也像是那卖炊饼的武大郎。

这种巷子里也有店铺,楼上是居宅,楼下是店堂。最多的是烟纸店、酱菜店和那带卖开水的茶馆店。茶馆店里最闹猛,许多人左手搁在方桌上,右脚跷在长凳上,端起那乌油油的紫砂茶杯,一个劲儿地把那些深褐色的水灌进肚皮里。这种现象苏州人叫做皮包水,晚上进澡堂便叫水包皮。喝茶的人当然要高谈阔论,一片嗡嗡声,弄不清都是谈些什么事情。只有那叫卖的声音最清脆,那是提篮的女子在兜售瓜子、糖果、香烟。还有那戴着墨镜的瞎子在拉二胡,沙哑着嗓子在唱什么,说是唱,但也和哭差不了许多。这小巷在我的面前展开了一幅市井生活的画图。

就在这画卷的末尾,我爬上了一座小楼。这小楼实际上是两座,分前楼和后楼,两侧用厢房连在一起,形成了一个口字。天井小得像一口深井,只放了两只接天水的坛子。伏在前楼的窗口往下看,只见人来人往,市井繁忙;伏在后楼的窗口往下看,却是一条大河从窗下流过。河上的橹声咿呀,天光水波,风日悠悠。河两岸都是人家,每家都有临河的长窗和石码头。那码头建造得十分奇妙,简单而又灵巧,是用许多长长的条石排列而成。那条石一头腾空,一头嵌在石驳岸上,一级一级地插进河床,像一条条石制的云梯挂在家家户户的后门口。洗菜淘米的女人便在云梯上凌空上下,在波光与云影中时隐时现。那些做买卖的单桨的小船,慢悠悠地放舟中流,让流水随便地把它们带走,那些船上装着鱼虾、蔬菜、瓜果。只要临河的窗口有人叫卖,那小船便箭也似的射到窗下,交易谈成,楼上便放下一只篮筐,钱放在篮筐中吊下来,货放在篮筐中吊上去。然后,楼窗便吱呀关上,小船又慢慢地随波漂去。

在我后楼的对面,有一条岔河,河上有一顶高高的石拱桥,那桥栏是一道弧形的石壁,人从桥上走过,只有一个头露在外面。可那桥洞却十分宽大,洞内的岸边有一座古庙,我站在石码头上向里看,还可以看见黄墙上的"南无……"二字。有月亮的晚上可以看见桥洞里的流水湍急,银片闪烁,月影揉碎,古庙里的磬声随着波光向外流溢。那些悬挂在波光和月色中的石码头上,捣衣声响成一片,"长安一片月,万户捣衣声",小巷的后面也颇有点诗意。翻身再上前楼,又见巷子里一片灯光,黄包车辚辚而过,卖馄饨的敲着竹梆子,卖五香茶叶蛋的提着小炉子和大篮子。茶馆店夜间成了书场,琵琶丁冬,吴语软侬,苏州评弹尖脆悠扬,卖茶叶蛋的叫喊怆然悲凉。我没有想到,一条曲折的小巷竟然变化无穷,表里不同,栉比鳞次的房屋分隔着陆与水,静与动。一面是人间的苦乐和喧嚷,一面是波影与月光。还有那低沉回荡的夜磬声,似乎要把人间的一切都遗忘。

我也曾住过另一种小巷,两边都是高高的围墙,这围墙高得要仰面张望,任何红杏都无法出墙,只有常春藤可以爬出墙来,像流苏似的挂在墙头上。这是一种张生无法跳过的粉墙,墙上那沉重的大门终日紧闭,透不出一点个中的消息,大门口还有两块下马石,像怪兽似的伏在门边,虎视眈眈,阴冷威严,注视着大门对面的一道影壁。那影壁有砖雕镶边,当中却是空白一片。这种巷子里行人稀少,偶尔有卖花人拖长着声音叫喊:"阿要白兰花?"其余的便是麻雀在门楼上吱吱唧唧,喜鹊在风火墙上跳上跳下。你仿佛还可以看见王孙公子骑着高头大马走进了小巷,吊着铜环的黑漆大门咯咯作响,四个当差的从大门堂内的长凳上慌忙站起来,扶着主子踏着门边的下马石翻身落马,那马便有人牵着,系到影壁的旁边的拴马环上。你仿佛可以听到喇叭声响,爆竹连天,大门上张灯结彩,一顶花轿抬进巷来。若干年后,在那花轿走过的地方却竖起了一座贞节坊或节孝坊。在发了黄的志书里,也许还能查出那些烈女、节妇的姓氏,可那牌坊已经倾圮,只剩下两根方形的大石柱立在那里。

我擦着那方形的石柱走进了小巷,停在一座石库门前。这里的大门上钉着竹片,终日不闭,有一个老裁缝兼作守门人,在大门堂里营业,守门工资便抵作了房租费。也有的不是裁缝,是一个老眼昏花的妇人,她戴着眼镜伏在绷架上,绣着那龙凤彩蝶。这是那种失去了青春的绣女,一生都在为他人作嫁衣裳,老眼虽然昏花,戴上眼镜仍然能把如丝的彩线劈成八瓣。这种大门堂里通常都有六扇屏门,有的是乳白色的,有的在深蓝色上飞起金片,金片都已发了黑,成了许多不规则的斑点。六扇屏门只有靠边的一扇开着,使你对内中的情景无法一目了然。我侧着身子走进去,不是豁然开朗,而是进入了一个黑黝黝的天地,一条狭长的备弄深不见底。备弄的两边虽然有许多洞门和小门,但门门紧闭,那微弱的光线是从间隔得很远的漏窗中透出来的。踮起脚来从漏窗中窥视,左面是一道道的厅堂,阴森森的;右面是一个个院落,湖石修竹,朱栏小楼,绿阴遍地。这是那种钟鸣鼎食之家,妻妾儿女各有天地,还有个花园自成体系。

我曾在某个花园中借住过半年,这园子仅占两亩多地,可以说是一个庭院,也可以说是一个花园,因为在这小小的地方却具备了园林的一切特点,这里有湖石堆成的假山,山上有鹅卵石铺成的小路,小路盘旋曲折,忽高忽低,一会儿钻进洞中,一会儿又从小桥上越过山洞;山洞像个缺口,那桥也小得像个模型似的。如果你循着小路上下,居然也得走好大一气;如果你行不由径,三五步便能爬上山顶。山顶笼罩在参天的古木之中,阳光洒下的全是金线,处处摇曳着黑白相间的斑点。荷花池便在山脚边,有一顶石板小桥横过水面。曲桥通向游廊,游廊通向水榭、亭台,然后又回转着进入居住的小楼。下雨天你可以沿着回廊信步,看着那雨珠在层层的枝叶上跌得粉碎。雨色空蒙,楼台都沉浸烟雾之中。你坐在亭子里小憩,可以看那池塘里慢慢地涨水,涨得把石板曲桥都没在水里。

这园子里荒草丛生,地上都是白色的鸟粪,山洞里还出没着狐狸。除掉鸟鸣之外,就算那池塘最有生气,那里水草茂盛,把睡莲都挤到了石驳岸边。初夏时,石岸边的清水中游动着惹人喜爱的蝌蚪。尖尖的荷叶好像犀利无比,它可以从厚实的水草中戳出来，一夜间就能钻出水面。也有些钻不出来，因为鲤鱼很欢喜鲜嫩的荷叶。一到夜间更加热闹，蛙声真像打鼓似的，一阵喧闹，一阵沉寂，沉寂时可以听见鱼儿唧喋。嗯喇喇一声巨响，一条大鱼跃出水面，那响声可以惊醒树上的宿鸟，吱吱不安，直到蛙声再起时才会平息。住在这种深院高墙中很寂寞，唯有书籍可以作为伴侣。我常常坐在假山上看书，看得入神时身上便爬来许多蚂蚁，这种蚂蚁捏不得，它身上有股怪味，似乎是一种冲脑门儿的松节油的气味，我怀疑它是吃那白皮松的树脂长大了的。

比较起来我还是欢喜另一种小巷，它有浓厚的生活气息，在形式上也是把各种小巷的特点都汇集在一起。既有深院高墙，也有低矮的平房，有烟纸店、大饼店，还有老虎灶。那石库门里的大房子可以住几十户人家，那小门里的房子却只有几十个平方米。巷子头上有公用的水井，巷子里面也有只剩下石柱的牌坊。这种巷子也是一面临河，却和城外的巷子大不一样，两岸的房子拚命地挤，把河道挤成狭窄的水巷。"古宫闲地少，水巷小桥多"，唐代的诗人就已经见到过此种景象。

夏日的清晨你走进这种小巷，小巷里升腾着烟雾，巷子头上的水井边有几个妇女在那里汲水，慢条斯理地拉着吊桶绳，似乎还带着夜来的睡意，还穿着那肥大的、直条纹的睡衣。其实，整个的巷子早就苏醒了，退休的老头已经进了园林里的茶座，或者是什么茶馆店，在那里打拳、喝茶、聊天。也有的老头儿足不出户，在庭院里侍弄盆景，或是呆呆地坐在藤椅子上，把一杯杯的浓茶灌下去。家庭主妇已经收拾了好大一气，提篮走进那个喧嚷嘈杂的小菜场里。她们熙熙攘攘地进入小巷，一路上议论着菜肴的有无、好丑和贵贱。直到垃圾车的铃声响过，垃圾车渐渐远去，上菜场的人才纷纷回来，结束清晨买菜的这一场战斗。

买菜的队伍消散了，隔不多久，巷里的活动又进入了高潮。上班的人几乎是在同一个时间内拥出来的，有的出巷往东走，有的人巷往西去,背书包的蹦蹦跳跳,抱孩子的妈妈教孩子和好婆再见,只看见那自行车银光闪闪,只听见那铃声儿响成一片。小巷子成了自行车的竞技场、展览会,技术不佳的女同志只好把车子推出巷口再骑。不过,这种高潮像一阵海浪,半个小时后便会平息。

上班、上学的人都走了,那些喝茶、打拳的便陆陆续续地回来,这些人走进巷子来时,大多不慌不忙,神色泰然,眼帘半垂,好像是这条巷子里再也没有什么东西可以使他们感到新奇。欢乐莫如结婚,悲伤莫如死人,张惶莫如失火,可怕莫如炮声,他们都经历过,呒啥稀奇。如果你对他们不感兴趣的东西感到兴趣的话,他们每个人的经历倒很值得搜集。他们有的是一代名伶,有的身怀绝技;有的是八级技工,曾经在汉阳兵工厂造过枪炮的;有的人历史并不光彩,可那情节却也十分曲折离奇。研究这些人的生平,你可以追溯一个世纪,但是需要使用一种电影手法化出。否则的话,你怎么也想不到那个白发如银、佝偻干瘪的老太太是演过《天女散花》的。

夏天是个敞开的季节,入夜以后,小巷的上空星光低垂,风从巷子口上灌进来,扫过家家户户的门口。这风具有很大的吸引力,把深藏在小庭深院中的生活都吸到了外面。巷子的两边摆着许多小凳和藤椅,人们坐着、躺着来接受那凉风的恩惠。特别是那房子缩进去的地方,那里有几十个平方米的砖头地,是一个纳凉、休息、小憩的场所。砖头地上洒上了凉水,附近的几家便来聚会。连那终年卧床不起的老人也被儿孙搀到藤椅子上,接受邻居的问候。于是,这巷里的春花秋月、油盐柴米、婚丧嫁娶统统成了人们的话题,生活底层的秘密情报可以在这里猎取。只是青年人的流动性比较大,一会儿来了个小友,几个人便结伴而去;一会儿来了个穿连衫裙的,远远地站在电灯柱下招手,藤椅子咯喳一响,小伙子便被吸引而去。他们不愿对生活作太多的回顾,而是欢喜向未来作更多的索取;索取得最多的人却又不在外面,他们面对着课本、提纲、图纸,在房间里挥汗不止,在蚊烟的缭绕中奋斗。

奇怪的是今年夏天在巷子里乘凉的人不多,夏夜敞开的生活又有隐蔽起来的趋势。这都是那些倒霉的电视机引起的,那玩意以一种飞跃的速度日益普及。在那些灯光暗淡的房间里老少咸集,一个个寂然无声,两眼直瞪,摇头风扇吹得呼呼地响。又风凉,又看戏,谁也不愿再到外面去。有趣的是那些电视机的业余爱好者,那些头发蓬乱、衣冠不整的小青年,他们把刚刚装好还没有配上外壳的电视机捧出来,放在那砖头地上作技术表演,免费招待那些暂时买不起或暂时不愿买电视机的人。静坐围观的人也不少,好像农村里看露天电影。

小巷子里一天的生活也是由青年人来收尾,夜深人静,情侣归来,空巷沉寂,男女二人的脚步都很合拍、和谐、整齐。这时节,路灯灼亮,粉墙反光,使得那挂在巷子头上的月亮也变得红殷殷的。脚步停住,钥匙声响,女的推门而入,男的迟疑而去,步步回头;那门关了又开,女的探出上半身来,频频挥手。这一对厚情深意,那一对不知道出了什么问题,男的手足无措,站在一边,女的依在那方形的石牌坊上,赌气、别扭,双方僵持着,好像要等到月儿沉西。归去吧姑娘,夜露浸凉,不宜久留,何况那方形的石柱也依不得,那是块死硬而沉重的东西……

面对着大路你想驰骋,面对着高山你想攀登,面对着大海你想远航。面对着这些深邃的小巷呢?你慢慢地向前走啊,沿着高高的围墙往前走,踏着细碎的石子往前走,扶着牌坊的石柱往前走,去寻找艺术的世界,去踏勘生活的矿藏,去倾听历史的回响……也许已经找到了一点什么了吧,暂且让它留下,看起来找到的还不多,别着急啊,让我慢慢地往前走。

1981年5月

上黄山

说起来话就长了,但也不太长。

那是在抗日战争前夕,我入学塾读书。塾师一手授予我文房四宝:纸、墨、笔、砚。一手授予我一木《百家姓》,赵钱孙李。小孩子入学,文具代替了玩具,大多数的文具都是玩坏了的。我也把那些文具左盘右弄,觉得那块小小的墨很特别,上面有三个金色的字"金不换"。后来才知道,所谓的金不换就是那墨的名称,意思是这墨好得不得了,拿金子也不换。继而发现,不对,那些大同学的墨比我的大,上面也有四个金色的字,叫"黄山松烟"。大同学告诉我,"黄山松烟"才是最好的墨,那个"金不换"是个最最起码的东西。"黄山松烟"是用黄山上的松枝烧出烟灰,再把烟灰捏在糯米里做成的,你闻闻,多香,还可以吃。所以我在十岁时便知道世界上有座黄山,便想到黄山上去看看,看那松枝是怎样烧出烟来,再怎样制成墨的。

及长,慢慢地知道黄山是一座名山,风景优美,那墨也不一定是用松烟做的。特别是解放以后,看到了一些美术和摄影作品,觉得黄山真美,便萌发了一种想去玩玩的念头。可是很快地便进行自我批评,不对,游山玩水是一种资产阶级的享乐思想,一个人如果有了这种思想,其他的资产阶级思想便会乘虚而入,要不得!

在我们的生活里,有两个时期似乎允许上述的"资产阶级思想"有点儿活动的余地。一是一九五六年到一九五七年的上半年,一是一九六三年到一九六四年的上半年。这两段时间是日子最好过的时候,偶尔到哪里去游览一下可以不以"游山玩水"论处,不作为资产阶级思想加以批判。特别是写作的人,借口读万卷书,行万里路,便出去游山玩水了。于是,在一九五七年的五月里,我便参加了江苏省作家协会举办的一次旅游,到连云港去。这一去使我得益匪浅,觉得人在山水之间会变得心胸开朗、思路广阔、兴致勃勃、生机益然,充满了信心和活力。展开的天幕代替了人与人之间的帷幕,相互之间变得靠近了,亲近了。沉默的变得话多,刻板的变得活泼,世故的变得天真。一群旅游者之间很少有什么利害冲突,更多的是相互关怀,相互提携,相互敞开胸怀,无所顾忌。这种情况使我感到吃惊,觉得这样美好的活动不能完全送给资产阶级,也要为我们自己留一点。于是便雄心勃勃地计划着上黄山,上峨眉……不过,此种计划也只是挂在嘴上,好像总要等到一个什么适当的时机。

时机没有等到,反右派运动却不等而自来了,我没有能爬上黄山,却一个筋斗跌进了深渊里,下放劳动,改造自己。上黄山?那简直是想入非非。

说起来也很奇怪,真正地下决心要上黄山,倒是在那史无前例的"文化大革命"期间。那时候我又被全家下放到黄海之滨,在那冒着盐霜的土地上,在那远离邻舍的荒郊里造了三间茅屋。和我一起下放的,相隔十余里的夏锡生同志,常来我家作竟夜之谈。此间夜静,仅仅偶尔有几声犬吠,可以高谈阔论,无所顾忌,用不着担心隔墙有耳,也用不着害怕墙头里有窃听器。因为墙头是贫下中农用沙滩上的泥堡垒砌起来的,他们根本不懂得什么叫窃听器,不懂得这种十分科学,却不十分道德的东西。

当我们纵论天下大事而感到劳累的时候,偶尔也谈到了世界之大,山川之美,作为一种娱乐,作为一种调剂。人们常说知识分子不需要太多的娱乐活动,他们可以靠一张嘴巴自娱,如果

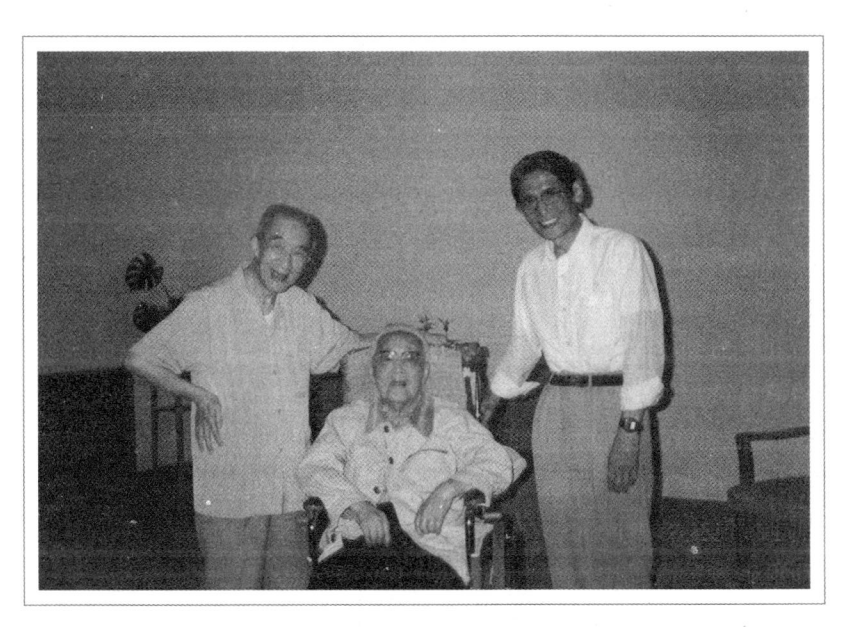

与巴金、张光年合影

走在苏州的小巷中

再助以烟、酒、茶,那简直是润滑油注在轴承里,海阔天空,转得飞快。不过,此种娱乐有很大的危险性,被称作是危险的游戏,运动一来,别人要揭发,自己要交代,因而就闯出祸来。明知要闯祸,偏向祸里行,在那个年代里,知识分子如果没有这么一点娱乐的话,那是要憋出癌症来的。

夏锡生谈罢政治之后,也常常谈到游山玩水,他当年因为工作的关系,走南闯北地到过许多地方,便大谈山川之大、之美、之奇。我出身于穷乡僻壤,后又多年蛰居于苏州小巷之中,对足不出闾巷者还可以谈谈北京的故宫、上海的外滩、南京的玄武湖。但要以此作名山大川而资谈论,那是不入品的。只好听着夏锡生大谈黄山之奇、之美、之高、之伟……这时间,室外北风呼啸,室内油灯摇曳,四壁黄土斑驳,屋顶上沙沙地掉下泥屑,耳聆海客谈天,如处梦幻之中,那黄山也就在梦幻之中变得有如仙境似的。

夏锡生见我目瞪口呆,不禁连声啧啧:"唉唉,你这个所谓的作家过去是怎么当的?怎么会连黄山都没有去过,你看李、杜当年……"

我听了也只能是长叹一声,觉得半世枉为,早知如此,当年何不去黄山一游,将来有机会……

一个面目黝黑,形容枯槁,终日为收获一点菜蔬而劳碌的人,这时候倒真的下决心要上黄山了。

物换星移几度秋,那些不可一世的人居然也被打倒了,狂喜之下又发了老脾气,要抓紧时间写东西,把上黄山的事情搁在一边,总觉得它并非当务之急。同时也有一种想法,要把美好愿望放着,不要急于去实现,面前有一个美好的愿望隐现着,吸引着,总比毫无愿望、心如死水好一点,所以倒也不急于到黄山去。

世界上有许多美好的事情,都是一些怀有美好的愿望的人促成的,安徽省作家协会,《安徽文学》、《清明》编辑部发起召开黄山笔会,聚笔耕者于名山之中,共商春种秋收之事。小子何幸,躬逢盛世,也收到了一张请帖,于是,这座魂牵梦萦的黄山便到了我的面前。当我进入黄山的时候,那心情不像一个游山者,而像一个胸前挂着香袋的朝山进香的香客,是个十分虔诚的善男信女,不是来游玩,而是来烧香还愿来的。

"哦!这就是黄山!"我叹了口气,觉得心愿已了,同时感到黄山之路是如此的漫长、陡峭而曲折。

1981年8月

写在《美食家》之后

幼年时,我曾经有个很滑稽的想法:人活着如果不需要吃饭的话,那会省却多少烦恼啊! 及长,知道这是不可能的,连猪八戒都很饕餮,孙猴儿还要偷仙桃呐! 不仅是人,任何动植物、神仙妖魔都是要吃饭的。可是我的滑稽想法并未因此而消失,只是换了个方位,寄希望于科学。觉得在科学高度发达之后,人们可以制造出一种纯营养的食品,制成药丸或是装在牙膏罐里,每日吞那么几丸或是向嘴巴里挤那么一点。那么一来,所有的土地都会变成花园,无人去脸朝黄土背朝天,终年劳累。人世间的许多纷争也就此停息。转而一想,此种科学幻想是不科学的。如果所有的人从生到死都是向嘴巴里挤"牙膏",那就不可避免地要引起消化器官的退化,就会出现像《镜花缘》里的无肠国了。李汝珍在写《镜花缘》时,也可能有过如我之想入非非吧,或者说我之想入非非也可能是从《镜花缘》中得来的。李汝珍比我高明,他虽然幻想出一个无肠国,可那无肠公子不还是要吃东西,吃得又多又好。何也? 因为吃饭除掉疗饥和营养之外,它本身还是一种享受,一种娱乐,一种快感,一种社交方式,一种必要的礼仪。挤"牙膏"虽然可以省却无穷的烦恼,可那无穷的乐趣的也就没有了。且不说从有肠到无肠之前人类还有可能毁灭,也有可能退化得像一个爬虫似的。

逃遁无术,只有老老实实地面对吃饭问题。鲁迅翻开了封建社会史之后发现了两个字:"吃人"。我看看人类生活史之后也发现了两个字:"吃饭"。同时发现这吃人和吃饭之间有着不可分割的联系。历代的农民造反,革命爆发都和吃饭有关系。《国际歌》的第一句就是:"起来,饥寒交迫的奴隶!"这是一句很完整的话,它概括了"吃饭"与"吃人",提出了生活和政治两个方面的问题。百余年间千万个仁人志士揭竿而起,高唱着:"起来,饥寒交迫的奴隶!"去浴血奋战。这一段惊天动地,可歌可泣的历史,我们的子孙后代不会、也不应该忘记。在特定的历史条件下,不首先解决"吃人"的问题,那吃饭的问题是无法解决的。只是由于诸多并非偶然的历史因素,我们在基本上解决了"吃人"的问题之后,没有把吃饭的问题提到首位,还是紧紧地围绕着"吃人"打主意,老是怀疑有人要吃人,甚至把那些并非吃人而是企图救人的人当作是吃人的魔鬼。社会处于动乱之中,今天你斗我,明天我斗你,似乎忘记了人是要吃饭的。一旦想起人要吃饭时,却又相信大跃进之类的奇迹,认为亩产可达两万斤,还可以不断地提高出饭率。甚至认为信仰和意志是可以抵挡饥饿的。有人堂而皇之地提出了可以三天不吃饭,却不能一天不读"老三篇"。结果却是肚皮和人们开了个玩笑,事实证明"老三篇"可以不读,不吃饭却是不行的。

1983 年

姑苏菜艺

我不想多说苏州菜怎么好了,因为苏州市每天都要接待几万名中外游客、来往客商、会议代表,几万张嘴巴同时评说苏州菜的是非,其中不乏吃遍中外的美食家,应该多听他们的意见。同时我也发现,全国和世界各地的人都说自己的家乡菜好,你说吃在某处,他说吃在某地,究其原因,这吃和各人的环境、习性、经历、文化水平等等都有关系。

人们评说,苏州菜有三大特点:精细,新鲜,品种随着节令的变化而改变。这三大特点是由苏州的天、地、人决定的。苏州人的性格温和,办事精细,所以他的菜也就精致,清淡中偏甜,没有强烈的刺激。听说苏州菜中有一只绿豆芽,是把鸡丝嵌在绿豆芽里,其精细的程度可以和苏州的刺绣媲美。苏州是鱼米之乡,地处水网与湖泊之间,过去,在自家的水码头上可以捞鱼摸虾,不新鲜的鱼虾是无人问津的。从前,苏州市有两大蔬菜基地,南园和北园,这两个菜园子都在城里面。菜农黎明起菜,天不亮就可以挑到小菜场,挑到巷子口,那菜叶上还沾着夜来的露水。七年前,我有一位朋友千方百计地从北京调回来,我问他为什么,他说是为了回到苏州来吃苏州的青菜。这位朋友不是因莼鲈之思而归故里,竟然是为了吃青菜而回来的;虽然不是唯一的原因,但也可见苏州人对新鲜食物是嗜之如命的。头刀(或二刀)韭菜、青蚕豆、鲜笋、菜花甲鱼、太湖莼菜、马兰头……四时八节都有时菜,如果有哪种时菜没有吃上,那老太太或老先生便要叹息,好像今年的日子过得有点不舒畅,总是缺了点什么东西。

我们所说的苏州菜,通常是指菜馆里的菜、宾馆里的菜。其实,一般的苏州人并不经常上饭店,除非是去吃喜酒、陪宾客什么的。苏州人的日常饮食和饭店里的菜有同有异,另成体系,即所谓的苏州家常菜。饭店里的菜也是千百年间在家常菜的基础上提高、发展而定型的。家常过日子没有饭店里的那种条件,也花不起那么多的钱,所以家常菜都比较简朴。可是简朴并不等于简单,经济实惠还得制作精细。精细有时并不消耗物力,消耗的是时间、智慧和耐力,这三者对苏州人来说是并不缺乏的。

吃也是一种艺术,艺术的风格有两大类:一种是华,一种是朴;华近乎雕琢,朴近乎自然,华朴相错是为妙品。人们对艺术的欣赏是华久则思朴,朴久则思华,两种风格轮流交替,互补互济,以求得某种平衡。近华还是近朴,则因时因地因人而异。吃也是同样的道理。比如说,炒头刀韭菜、炒青蚕豆、荠菜肉丝豆腐、麻酱油香干拌马兰头,这些都是苏州的家常菜,很少有人不喜欢吃的。可是日日吃家常菜的人也想到菜馆里去弄一顿,换换口味。已故的苏州老作家周瘦鹃、范烟桥、程小青先生,算得上是苏州的美食家,他们的家常菜也是不马虎的。可在当年如果碰上连续几天宴请,他们又要高喊吃不消,要回家吃青菜了。前两年威尼斯的市长到苏州来访问,苏州市的市长在得月楼设宴招待贵宾。当年得月楼的经理是特级服务技师顾应根,他估计这位市长从北京等地吃过来,什么市面都见过了,便以苏州的家常菜待客,精心制作,朴素而近乎自然。威尼斯的市长大为惊异,中国菜竟有如此的美味!苏州菜中有一只松鼠鳜鱼,是苏州名菜,家庭中条件有限,做不出来。可是苏州的家常菜中常用雪里蕻烧鳜鱼汤,再加一点冬笋片和火腿片。如果我有机会在苏州的饭店做东或陪客的话,我常常指明要一只雪里蕻大汤鳜鱼,中外宾客食之无不赞美。鳜鱼雪菜汤虽然不像鲈鱼莼菜那么名贵,却也颇有田园和民间的风味。顺便说一句,名贵的菜不一定都是鲜美的,只是因其有名或价钱贵而已。烹调艺术是一种艺术,艺术切忌粗制滥造,但也反对矫揉造作,热衷于原料的高贵和形式主义。

近年来,随着人民生活水平的提高,旅游事业的发展,经济交往的增多,苏州的菜馆生意兴隆,座无虚席。苏州的各色名菜都有了恢复与发展,但也碰到了问题,这问题不是苏州所特有,而是全国性的。问题的产生也很简单:吃的人太多。俗话说人多没好食,特别是苏州菜,以精细为其长,几十桌筵席一起开,楼上楼下都坐得满满的,吃喜酒的人像赶集似的涌进店堂里。对不起,那烹饪就不得不采取工业化的方式了,来点儿流水作业。有一次,我陪几位朋友上饭馆,饭店的经理认识我,对我很客气,问我有什么要求。我说只有一个小小的要求,即要求那菜一只只地下去,一只只地上来。经理无可奈何地摇摇头:"办不到。"

所谓一只只地下去,就是不要把几盆虾仁之类的菜一起下锅炒,炒好了每只盆子里分一点,使得小锅菜成了大锅菜。大锅饭好吃,大锅菜却并不鲜美,尽管你是炒的虾仁或鲜贝。

所谓一只只地上来,就是要等客人们把第一只菜吃得差不多时,再把第二只菜下锅。不要一拥而上,把盆子摞在盆子上,吃到一半便汤菜冰凉,油花结成油皮。饭店经理也知道这一点,可他又有什么办法呢,哪来那么多的人手,哪来那么大的场地?红炉上的菜单有一叠,不可能专用一只炉灶,专用一个厨师来为一桌人服务,等着你去细细地品味。如果服务员不站在桌子旁边等扫地,那就算是客气的。

有些老吃客往往叹息,说传统的烹调技术失传,菜的质量不如从前,这话也不尽然。有一次,苏州的特一级厨师吴涌根的儿子结婚,他的儿子继承父业,也是有名的厨师,父子合做了一桌菜,请几位老朋友到他家聚聚。我的吃龄不长,清末民初的苏州美食没有吃过,可我有幸参加过五十年代初期苏州最盛大的宴会,当年苏州的名厨师云集,一顿饭吃了四个钟头。我觉得吴家父子的那一桌菜,比起五十年代初期来毫无逊色,而且有许多创造与发展。内中有一只拔丝点心,那丝拔得和真丝一样,像一团云雾笼罩在盘子上,透过纱雾可见一只只雪白的蚕蛹(小点心)卧在青花瓷盆里。吴师傅要我为此菜取个名字,我名之曰"春蚕",苏州是丝绸之乡,蚕蛹也是可食的,吴家父子为这一桌菜准备了几天,他哪里有可能、有精力每天都办它几十桌呢?

苏州菜的第二个特点便是新鲜、时鲜,各大菜系的美食无不考究这一点,可是这一点也受到了采购、贮运和冷藏的威胁。冰箱是个好东西,说是可以保鲜。这里所谓的保鲜是保其在一定的时间内不坏,而不能保住菜蔬尤其是食用动物的鲜味。得月楼的特级厨师韩云焕,常为我的客人炒一只虾仁,那些吃遍中外的美食家食之无不赞美,认为是一种特技,可是这种特技有一个先决条件,那虾仁必须是现拆的,用的是活虾或是没有经过冰冻的虾。如果没有这种条件的话,韩师傅也只好抱歉:"对不起,今天只好马虎点了,那虾仁是从冰箱里拿出来的。"看来,这吃的艺术也和其他的艺术一样,也都存在着普及与提高的问题。饭店里的菜本来是一种提高,吃的人太多了以后就成了一种普及,要在这种普及的基础上再提高,那就只有在大饭店里开小灶,由著名的厨师挂牌营业,就像大医院里开设主任门诊,那挂号费当然也得相应地提高点。烹调是一种艺术,真正的艺术都有艺术家的个性和独特的风格,集体创作与流水作业会阻碍艺术的发展。根据中国烹饪的特点,饭店的规模不宜太大,应开设一些有特色的小饭店。小饭店的卫生条件要好,环境不求洋化而具有民族的特点。像过去一样,炉灶就放在店堂里,当众表演,老吃客可以提要求,咸淡自便。那菜一只只地下去,一只只地上来当然就不成问题。每个人都可以拿起筷子来:"请,趁热。"每个小饭店只要有一两只拿手菜,就可以做出点名声来。当今许多有名的菜馆,当初都是规模很小;当今的许多名菜,当初都是小饭馆里创造出来的。小饭馆当然不能每天办几十桌喜酒,那就让那些欢喜在大饭店里办喜酒的人去多花点儿气派钱。问题是那些开小饭店的人又不安心了,现在有不少的人都想少花力气多赚钱,不花力气赚大钱。

苏州菜有着十分悠久的传统,任何传统都不可能是一成不变的。这些年来苏州的菜也在变,偶尔发现有川菜和鲁菜的渗透。为适应外国人的习惯,还出现了所谓的宾馆菜。这些变化引起了苏州老吃客们的争议,有的赞成,有的反对。去年,坐落在院场口的萃华园开张,这是一家苏州烹饪学校开设的大饭店,是负责培养厨师和服务员的。开张之日,苏州的美食家云集,对苏州菜未来的发展各抒己见。我说要保持苏州菜的传统特色,却遭到一位比我更精于此道的权威的反对:"不对,要变,不能吃来吃去都是一样的。"我想想也对,世界上哪有不变的东西。不过,我倒是希望苏州菜在发展与变化的过程中,注意向苏州的家常菜靠拢,向苏州的小吃学习,从中吸收营养,加以提炼,开拓品种,这样才能既保持苏州菜的特色,又不在原地踏步,更不至于变成川菜、鲁菜、粤菜等等的炒杂烩。

如果我们把烹饪当作一门艺术的话,就必须了解民间艺术是艺术的源泉,有特色的艺术都离不开这个基地,何况苏州的民间食品是那么的丰富多彩,新鲜精细,许多家庭的掌勺人都有那么几手。当然,把家常菜搬进大饭店又存在着价格问题,麻酱油香干拌马兰头,好菜,可那原料的采购、加工、切洗都很费事,却又不能把一盘拌马兰头卖它二十块钱。如果你向主持家政的苏州老太太献上这盘菜,她还会生气:"什么,你叫我到松鹤楼来吃马兰头!"

1987年11月12日

吃喝之外

我写过一些关于吃喝的文章。对于大吃大喝,小吃小喝,没吃没喝也积累了不少经验。弄到后来,我觉得许多人在吃喝的方面都忽略了一桩十分重要的事情,即大家只研究美酒佳肴,却忽略了吃喝时的那种境界,或称为环境、处境、心境等等。此种虚词不在酒菜之列,菜单上当然是找不到的,可是对于一个有文化的食客来讲,虚的往往影响着实的,特别决定着对某种食品久远、美好的记忆。

五十年代,我在江南的一个小镇上采访,时近中午,饭馆都已经封炉打烊,大饼油条也都是凉的了。忽逢一家小饭馆,说是饭也没有了,菜也卖光了,只有一条鳜鱼养在河里,可以做个鱼汤聊以充饥。我觉得这是上策,便进入了那家小饭店。

这家饭店临河而筑,正确点说是店门在街上,小楼是架在湖口的大河上,房屋的下面架空,可以系船或作船坞,是水乡小镇上常见的那种河房。店主领着我从店内的一个窟窿里步下石码头,从河里拎起一个篾篓,篓里果然有一条活鳜鱼(难得!),约两斤不到点。按理说,鳜鱼超过一斤便不是上品,不嫩。可我此时却希望越大越好,如果是一条四两重的小鱼,那就填不饱肚皮。

买下鱼之后,店主便领我从一架吱嘎作响的木扶梯登楼。楼上空无一人,窗外湖光山色,窗下水清见底,河底水草摇曳;风帆过处,群群野鸭惊飞;极目远眺,有青山隐现。"青山隐隐水迢迢,秋尽江南草木凋。"鱼还没有吃呐,那情调和味道已经来了。

"有酒吗?"

"有仿绍。"

"来两斤。"

两斤黄酒,一条鳜鱼,面对着碧水波光,嘴里哼哼唧唧:"落霞与孤鹜齐飞,秋水共长天一色。"低吟浅酌,足足吃了三个钟头。

此事已经过去了三十多年,三十多年间我重复咦过无数次的鳜鱼,其中有苏州的名菜松鼠鳜鱼、麒麟鳜鱼、清蒸鳜鱼、鳜鱼雪菜汤、鳜鱼圆等。这些名菜都是制作精良,用料考究,如果是清蒸或熬汤的话,都必须有香菇、火腿、冬笋作辅料,那火腿又必须是南腿,冬笋不能用罐头里装的。可我总觉得这些制作精良的鳜鱼,都不及三十多年前在小酒楼上所吃到的那么鲜美。其实,那小酒馆里的烹调是最简单的,大概只是在鳜鱼里放了点葱、姜、黄酒而已。制作精良的鳜鱼肯定不会比小酒楼上的鳜鱼差,如果把小酒楼上的鳜鱼放到得月楼的宴席上,和得月楼的鳜鱼(也是用活鱼)放在一起,那你肯定会感到得月楼胜过小酒楼。可那青山、碧水、白帆、闲情、诗意又在哪里……

有许多少小离家的苏州人,回到家乡之后,到处寻找小馄饨、血粉汤、豆腐花、臭豆腐干、糖粥等儿时或青少年时代常吃的食品。找到了当然也很高兴,可吃了以后总觉得味道不如从前,这"味道"就需要分析了。一种可能是这些小食品的制作不如从前,因为现在很少有人愿意花大力气赚小钱,可是此种不足还是可以加以恢复或改进的,可那"味道"的主要之点却无法恢复了。

那时候你吃糖粥,可能是依偎在慈母的身边,你妈妈用绣花挣来的钱替你买一碗糖粥,看着你在粥摊的旁边吃得又香又甜,她的脸上露出了笑容;看着你又饿又馋,她的眼中含着热泪。你吃的不仅是糖粥,还有慈母的爱怜,温馨的童年。

那时候你吃豆腐花,也许是到外婆家做客时。把你当作宝贝的外婆给了你一笔钱,让表姐、表弟陪你去逛玄妙观,那一天你们简直是玩疯了,吃遍了玄妙观里的小摊头,还看了猢狲出把戏。童年的欢乐,儿时的友谊,至今还留在那一小碗豆腐花里。

那一次你吃小馄饨,也许是正当初恋。如火的恋情使你们二位不畏冬夜的朔风,手挽着手,肩并着肩,在苏州那空寂无人的小巷里,无休止地弯来拐去。到夜半前后,忽见远处有一簇火光,接着又传来了卖小馄饨的竹梆子声,这才使你们想到了饿,感到了冷。你们飞奔到馄饨摊前,一下子买了三碗,一人一碗,还有一碗两人推来推去,最后是平均分配。那小馄饨的味道也确实鲜美,更主要的却是爱情的添加剂。如今你耄耋老矣,他乡漂泊数十年,归来重游旧地,住在一家高级宾馆里,茶饭不思,只想吃碗小馄饨。厨师分外殷勤,做了一客虾仁、荠菜,配以高汤的小馄饨,但你吃来吃去总不如那担头上的小馄饨味道鲜美。老年人的味觉虽然有些迟钝,但也不会如此地不分泾渭。究其原因不在小馄饨,而在环境、处境、心情。世界上最高明的厨师也无法调制出那初恋的滋味。冬夜、深巷、寒风、恋火,已经共酿成一缸美酒,这美酒在你的心中,在你的心灵深处埋藏了数十年,酒是愈陈愈浓愈醇厚,更混合着不可名状的百般滋味,心灵深处的美酒或苦酒,人世间是无法买到的,除非你能让时光倒流,像放录像似的再来一遍。

如果你是一个在外面走走的人,这些年来适逢宴会之风盛行,你或是做东,或是做客,或是躬逢盛宴,或是恭忝末座,山珍海味,特色佳肴,巡杯把盏,杯盘狼藉,气氛热烈,每次宴会都好像有什么纪念意义。可是当你"身经百战"之后,对那些宴会的记忆简直是一片模糊,甚至记不起到底吃了些什么东西。倒不如那一年你到一位下放的朋友家里去,那位可怜的朋友是荒郊茅屋,家徒四壁,晚来风大雨急,筹办菜肴是不可能的。好在是田里还有韭菜,鸡窝里还有五只鸡蛋,洋铁罐里有两斤花生米,开洋是没有的,油纸信封里还有一把虾皮,有两瓶洋河普曲,是你带去的。好,炒花生米、文火焖鸡蛋、虾皮炒韭菜,三样下酒菜,万种人间事,半生的经历,满腔的热血,苦酒合着泪水下咽,直吃得云天雾地,黎明鸡啼。随着斗转星移,一切都已显得那么遥远,可那晚的情景却十分清晰。你清清楚楚地记得吃了几样什么东西,特别是那现割现炒的韭菜,肥、滑、香、嫩、鲜,你怎么也不会忘记。

诗人杜甫虽然有时也穷得没饭吃,但我可以肯定,他一定参加过不少丰盛的宴会,说不定还有陪酒女郎、燕窝、熊掌什么的。可是杜老先生印象最深的也是到一位"昔别君未婚"的卫八处士家去吃韭菜,留下了"夜雨剪春韭,新炊间黄粱"这脍炙人口的诗句。附带说一句,春天的头刀或二刀韭菜确实美味,上市之时和鱼肉差不多的价钱。

近几年来,饮食行业的朋友们也注意到了吃喝时的环境,可对环境的理解是狭义的,还没有向境界发展。往往只注意饭店的装修、洋派、豪华、浮华,甚至庸俗,进去了以后像进入了国外的二三流或不入流的酒店。也学人家的服务,由服务员分菜,换一道菜换一件个人使用的餐具,像吃西餐似的。西餐每席只有三四道菜,好办。中餐每席有十几二十道菜,每道菜都换盘子,换碟子,叮叮当当忙得不亦乐乎,吃的人好像是在看操作表演,分散了对菜肴的注意力。有一次我和几位同行去参加此种"高级"宴会,吃完了以后我问几位朋友:"今天到底吃了些什么?"一位朋友回答得很妙:"吃了不少盘了、碟了和杯了。"

1990年4月

屋后的酒店

陆文夫散文

苏州在早年间有一种酒店,是一种地地道道的酒店,这种酒店只卖酒不卖菜,或者是只供应一点豆腐干、辣白菜、焐酥豆、油氽黄豆、花生米之类的下酒物,算不上是什么菜。"君子在酒不在菜",这是中国饮者的传统观点。如果一个人饮酒还要考究菜,那只能算是吃喝之徒,进不了善饮者之行列。善饮者在社会上的知名度是很高的,李白曾经写道:"自古圣贤多寂寞,唯有饮者留其名。"不过,饮者之中也分三个等级,即酒仙、酒徒、酒鬼。李白自称酒仙,从唐代到今天,没有任何人敢于提出异议。秦末狂生郦食其,他对汉高祖刘邦也只敢自称是高阳酒徒,不敢称仙。至于苏州酒店里的那些常客,我看大多只是酒鬼而已,苏州话说他们是"灌黄汤的",含有贬义。

喝酒为什么叫灌黄汤呢,因为苏州人喝的是黄酒,即绍兴酒,用江南的上好白米酿成,一般的是二十度以上,在中国酒中算是极其温和的,一顿喝两三斤黄酒恐怕还进不了酒鬼的行列。

黄酒要烫热了喝,特别是在冬春和秋天。烫热了的黄酒不仅是味道变得更加醇和,而且可使酒中的甲醇挥发掉,以减少酒对人体的危害。所以每爿酒店里都有一只大水缸,里面装满了热水,木制的缸盖上有许多圆洞,烫酒的铁皮酒筒就放在那个圆洞里,有半斤装的和一斤装的。一人独酌,二人对饮都是买半斤装的,喝完了再买,免得喝冷的。

酒店里的气氛比茶馆店里的气氛更加热烈,每个喝酒的人都在讲话,有几分酒意的人更是嗓门洪亮,"语重情长",弄得酒店里一片轰鸣,谁也听不清谁讲的事体。酒鬼们就是欢喜这种气氛,三杯下肚,畅所欲言,牢骚满腹,怨气冲天,贬低别人,夸赞自己,用不着担心祸从口出,因为谁也没有听清楚那些酒后的真言。

也有人在酒店里独酌,即所谓喝闷酒的。在酒店里喝闷酒的人并不太闷,他们开始时也许有些沉闷,一个人买一筒热酒,端一盆焐酥豆,找一个靠边的位置坐下,浅斟细酌,环顾四周,好像是在听别人谈话。用不了多久,便会有另一个已经喝了几杯闷酒的人,拎着酒筒,端着酒杯挨到那独酌者的身边,轻轻地问道:有人吗?没有。好了,这就开始对谈了,从天气、物价到老婆孩子,然后进入主题,什么事情使他们烦恼什么便是主题,你说的他同意,他说的你点头,你敬我一杯,我敬你一杯,好像是志同道合,酒逢知己。等到酒尽人散,胸中的闷气也已发泄完毕,二人声称谈得投机,明天再见。明天即使再见到,却已谁也不认识谁。

我更爱另一种饮酒的场所,那不是酒店,是所谓的"堂吃"。那时候,酱园店里都卖黄酒,为了招揽生意,便在店堂的后面放一张桌子,你沽了酒以后可以坐在那里慢饮,没人为你服务,也没人管你,自便。

那时候的酱园店大都开设在河边,取其水路运输的方便,所以"堂吃"的那张桌子也多是放在临河的窗子口。一二知己,沽点酒,买点酱鸭、熏鱼、兰花豆之类的卜酒物,临河凭栏,小酌细谈,这里没有酒店的喧闹和那种使人难以忍受的乌烟瘴气。一人独饮也很有情趣,可以看着窗下的小船一艘艘咿咿呀呀地摇过去。特别是在大雪纷飞的时候,路无行人,时近黄昏,用蒙眬的醉眼看迷蒙的世界。美酒、人生、天地,莽莽苍苍有遁世之意,此时此地畅饮,可以进入酒仙的行列。

近十年来,我对"堂吃"早已不存奢望了,只希望在什么角落里能找到一爿酒店,那种只卖酒不卖菜的酒店。酒店没有了,酒吧却到处可见。酒吧并非中国人饮酒之所在,只是借洋酒、洋乐、洋设备,赚那些欢喜学洋的人的大钱。酒吧者是借酒之名扒你的口袋也,是所谓之曰"酒扒"。

1991 年 8 月 21 日

与夫人、小女儿及外孙女在一起

与夫人在新加坡

深巷里的琵琶声

我年轻的时候欢喜在苏州穿街走巷,特别是在秋天,深邃的小巷里飘溢着桂花的香气。随着那香气而来的还有丁丁冬冬的琵琶声,正如白居易在《琵琶行》中所写的那样,是"转轴拨弦三两声,未成曲调先有情"。循声寻觅,总能在那些石库门中、庭院里、门堂里发现一个美丽的姑娘或少妇,在弹着琵琶,唱着苏州评弹。她们不是在卖唱,是在练习。

评弹又称弹词,通称说书,是用标准的苏州方言说唱的一种曲艺。广泛流行于江苏、浙江一带的吴语地区,不管是在城市或农村,几乎是家喻户晓的。

早年间,苏州城里和农村的小镇上都有很多书场,农村的书场往往都和茶馆结合在一起。我的上一代的人,特别是姨妈、姑姑和婶婶她们,听书是主要的消遣。当我读书到深夜时,总是听见她们刚从书场里回来,谈论着演员的得失,吃着小馄饨。

当年能够走红的评弹演员,胜过现在的任何一个红歌星,主要是他们和她们的艺术生命不是几年,而是几十年,特别是男演员,越老越是炉火纯青。苏州人称评弹演员为说书先生,女的也叫女先生。一个说书先生如果能够走红,那就不仅是知名度高,而且能赚很多钱;即使不能走红,混口饭吃也没有问题。苏州的市民阶层,小康人家,如果有一个女孩生得漂亮,聪明伶俐,便会有人建议:"让她说书去。"

学说书也不容易,我们在小巷中听到琵琶声时感到很有诗意,可那学琵琶的小姑娘却往往泪水涟涟。荒腔走调要被师傅责骂,说不定还要挨几个巴掌什么的,那时的传艺不讲什么说服教育,奉行的是严厉。如果是母女相传的话,打起来要用鸡毛掸帚。

评弹都是师徒相传,这规矩一直沿用到今天。徒弟学到一定的程度,便跟着师傅出去"跑码头",即到苏州农村里的各个小镇上去演出,两个人背着琵琶和三弦,风尘仆仆,四处奔波,在这里演三天,在那里演五日,住在小客栈里,或者就在夜场演出结束之后,打个地铺睡在书场的角落里,够辛苦的。

少数幸运的姑娘或小伙子也能苦尽甘来,在小码头上磨炼出来了,有点儿名气了,便开始进入大码头,在苏州、上海的大书场里演出,如果又能打响,那便是一代风流。

一条小巷里如果能出一个走红的评弹演员,邻里间都会感到光荣,小姑娘们更是羡慕不已。看那红演员进出小巷,坐一部油光锃亮的黄包车,那黄包车有黑色的皮篷,有两盏白铜的车灯,能像手电似的向远处照射着行人。车夫的手边还有一个用手捏橡皮球的喇叭,坐车人的脚下还有一个用脚踏的像铜壶似的大铜铃。那时候苏州很少见到小汽车,乘坐这种黄包车的人就像现在乘坐一辆奔驰似的。

白天,女演员赶场子,浓妆艳抹,怀抱琵琶,坐着黄包车从热闹的大街上风驰而过,喇叭声声,铜铃叮当,那艳丽,那风采,都足以使路人侧目而视,指指点点。深夜散场归来,小巷空寂,车灯煌煌,喇叭声和铃声能惊醒睡梦中的小姑娘,使她们重新入梦时也觉得自己是坐在那辆油壁香车上。

苏州评弹所以能那样地受人欢迎,那样地深入民间,主要是它的语言生动,唱腔优美,叙事和刻画人物都极为细腻,而且故事的内容很多都与苏州有关系,能把市民生活和市民心理表达得淋漓尽致,幽默风趣。在书场里泡一杯香茶,听名家的演唱,那简直是一种莫大的享受。

近几年因为电视的冲击,评弹的听众越来越少,许多书场都改成了电影院或是什么商店,老牌的苏州书场也是日场说书,夜场变成卡拉OK什么的。主要的原因我看是有三点,一是电视的普及,许多人,特别是老人晚上不愿出门。二是现在的人欢喜快节奏,受不了那评弹的细细道来,也不能保证可以连续十天、二十天地去听完一部长篇。三是"文化大革命"使苏州评弹中断了十多年,这就造成了观众和听众的断层,目前三十多岁、四十多岁的人从小未能养成对评弹的爱好,因为他们从小就没有听到。苏州人爱好评弹是从小跟着父母或爷爷进书场看热闹、吃零食开始的,一旦入了门便终身难以忘记。

我相信苏州评弹不会在这块土地上消失,因为我们还有那么多评弹名家健在,还有一个颇具规模的评弹学校在不停地培养人才。有一次我从小巷里走过,看见一位少妇用自行车推着她的小女儿,那美丽的女孩大概只有七八岁,却抱着一个和她差不多高的琵琶,由母亲陪着的到少年宫去学评弹。我问那位母亲:"你是不是想把你的女儿培养成评弹演员呢?"

那位母亲摇摇头:"不一定,苏州的女孩子应该懂得评弹,就像维也纳的人都懂得钢琴似的。"

我听了以后感动得几乎流下眼泪,有文化的苏州人不会让她的文化传统在她的土地上消失的。

1991年8月30日

门前的茶馆

早在四十年代的初期,我住在苏州的山塘街上,对门有一家茶馆。所谓对门也只是相隔两三米,那茶馆店就像是开在我的家里。我每天坐在窗前读书,每日也就看着那爿茶馆店,那里有人生百图,十分有趣。

每至曙色萌动,鸡叫头遍的时候,对门茶馆店里就有了人声,那些茶瘾很深的老茶客,到时候就睡不着了,爬起来洗把脸,昏昏糊糊地跑进茶馆店,一杯浓茶下肚,才算是真正醒了过来,才开始他一天的生涯。

第一壶茶是清胃的,洗净隔夜的沉积,引起饥饿的感觉,然后吃早点。吃完早点后有些人起身走了,用现在的话说大概是去上班的。大多数的人都不走,继续喝下去,直喝到把胃里的早点都消化掉,算是吃通了。所以苏州人把上茶馆叫做孵茶馆,像老母鸡孵蛋似的坐在那里不动身。

小茶馆是个大世界,各种小贩都来兜生意,卖香烟、瓜子、花生的终日不断;卖大饼、油条、麻团的人是来供应早点的。然后是各种小吃担都要在茶馆的门口停一歇。有卖油炸臭豆腐干的、卖鸡鸭血粉汤的、卖糖粥的、卖小馄饨的……间或还有卖唱的,一个姑娘搀着一个戴墨镜的瞎子,走到茶馆的中央,瞎子坐着,姑娘站着,姑娘尖着嗓子唱,瞎子拉着二胡伴奏。许多电影和电视片里至今还有此种镜头,总是表现那姑娘生得如何美丽,那小曲儿唱得如何动听等等之类。其实,我听见到卖唱姑娘长得都不美,面黄肌瘦,发育不全,歌声也不悦耳,只是唤起人们的恻隐之心,给几个铜板而已。

茶馆店不仅是个卖茶的地方,孵在那里不动身的人也不仅是为了喝茶的。这里是个信息中心,交际场所,从天下大事到个人隐私,老茶客们没有不知道的,尽管那些消息有时是空穴来风,有的是七折八扣。这里还是个交易市场,许多买卖人就在茶馆店里谈生意;这里也是个聚会的场所,许多人都相约几时几刻在茶馆店里碰头。最奇怪的还有一种所谓的吃"讲茶",把某些民事纠纷拿到茶馆店评理。双方摆开阵势,各自陈述理由,让茶客们评论,最后由一位较有权势的人裁判。此种裁判具有很大的社会约束力,失败者即使再上诉法庭,转败为胜,社会舆论也不承认,说他是买通了衙门。

对门有人吃讲茶时,我都要去听,那俨然是个法庭,双方都请了能说会道的人申述理由,和现在的律师差不多。那位有权势的地方上的头面人物坐在正中的一张茶桌上,像个法官,那些孵茶馆的老茶客就是陪审团。不过,茶馆到底不是法庭,缺少威严,动不动就大骂山门,大打出手,打得茶壶茶杯乱飞,板凳桌子断腿。这时候,茶馆店的老板站在旁边不动声色,反正一切损失都有人赔,败诉的一方承担一切费用,包括那些老茶客们一天的茶钱。

现在,苏州城里的茶馆店逐步减少以致消失了,只有在农村里的小集镇上还偶尔可见。五年前我曾经重访过山塘街上的那家茶馆,那里已经没有了茶馆的痕迹,原址上造了三间新房和一个垃圾箱。

城里的茶馆店逐步消失的原因,近十年间主要是经济原因。开茶馆店无利可图,除掉园林和旅游点作为一种服务之外,其余的地方没人愿开茶馆店。一杯茶最多卖了五毛钱,茶叶一毛五,开水五分钱,还有三毛钱要让你在那里孵半天,孵一天,那还不够付房租和水电费。不能提高到五块钱吗？谁去？当茶价提高到三块钱的时候，许多老茶客就已经溜之大吉，只好眼睁睁地看着苏州的一大特色——茶馆的逐渐消失。

那些老茶客都溜到哪里去了呢，是不是都孵在家里品茶呢，不全是，茶馆有茶馆的功能，非家庭所能代替。坐在家里喝茶谁来与你聊天，哪来那么多的消息？那些消息都是报纸上没有的。

老茶客们自己组织自助茶馆了，此种义举常常都得到机关、工厂，特别是居民委员会的支持，找一个适当的场所，支起一个煤炉，搞一些台凳，茶客们自带茶具，带有一种俱乐部的性质，不是对外营业，说它是茶馆却和过去的茶馆不完全相似。这叫"无可奈何花落去，似曾相识燕归来"。

1992 年 11 月

吃空气

现在的吃喝也真是日新月异,有人好像是吃得没法再吃了,只好转而吃空气。

所谓吃空气就是吃那饭店的气派、气势、气氛、豪华的装修、精致的餐具、小姐们垂手而立的服务……这一切都是空心汤团,一泡气,只能感受感受,吃是吃勿着的。至于那些吃得着的呢,那就一言难尽了。

中国的菜本来讲究色、香、味,后来有人加了个型,即菜的外形、造型。这一加就有文章了,全国各地大搞形式主义。冷盆里摆出一条金鱼,一只蝴蝶,用萝卜雕成玫瑰,用南瓜雕成凤凰等等。厨师如果不会雕刻,那就上不了等级。某次有人请我吃饭,席面上摆着一只用南瓜雕成的凤凰,那南瓜是生的(当然是生的),不能吃。我问大厨师,雕这么一只凤凰要花多少时间,他说大概要三个小时。我听了觉得十分可惜,有三个小时,不,不需要三个小时,你可以把那只鲫鱼汤多烧烧,把汤煮得像牛奶似的,这是我们苏州菜的拿手戏,何必那么匆匆忙忙,把鱼汤烧得像清水?

"你不懂,这一套外国人欢喜,外国人一看,啊,危惹那也斯!拿起照相机来咔嚓咔嚓,带回家去放幻灯片。说来你又不信,去年我们到国外去参加烹饪大奖赛,第一天我们做了四只苏州的拿手菜,色香味俱全,你吃了绝对会满意。可那评委看了不吭声,照顾点中国的名声,铜牌。得金牌的是什么呢?也不过是在蛋糕上用奶油做了一点花朵和动物什么的。我们一看,噢,这还不容易。第二天用船盆做了一个两尺长的万里长城,长城上下还有一百多个身穿各种服装的国内外的游人,个个栩栩如生。外国人一看,啊,危惹那也斯!金牌。其实,这玩意不属于烹饪,是无锡惠山的泥人。"

"噢,不能以此为例,第一,那评委是西洋人,他们对中国菜不习惯或者是不熟悉。第二,那是所谓的大奖赛,空头戏,你看那服装大奖赛,有几件是能穿的。如果那模特儿从台上扭呀扭地扭下来,扭进一条灯光暗淡的弄堂里,那会把小孩子吓得哭出来的。"

"空头戏?现在的人就欢喜空头戏。你不弄点儿空头戏,他还认为你不高级。问题是这些来吃的人腰包里不空,肚子里也不空,你给他来点实实在在的他吃不下,只能来点儿空头戏。"

空头戏越唱越热闹了,新开的饭店都在那里拼命地比装潢,比设备,很少听说哪家新开的饭店想和人家比比那盘子里东西。早年间,每一爿有名的饭店都有一两只名菜,要吃那名菜一定得去那一家饭店,那名菜可以世代相传,质量不变。现在却不大听说了,东西南北中都是差不多的。只是有时候会掀起一阵浪潮,近一两年的浪潮是南海潮,学广东,要吃生猛海鲜。海鲜当然好喽,可它的主要之点是"生猛"。广东靠海,当然可以"生猛",你那远海地区怎么生猛得起来呢?说是空运的,此话只有耳朵能听,眼睛和鼻子都是不肯接受的:那大虾的头和身体都快要分家了,海鲜一进门就来了一股腥臭味,怎能相信那是空运的?海鲜虽不生猛,可那价钱却是十分生猛的!

那饭店好气派呀,侍者拉门,小姐相迎,大红的地毯从门口一直铺到三楼;旋转楼梯上的铜扶手擦得锃亮,小包房里冬暖夏凉,整套的红木家具,雪白的台布,每个人的面前有两只小盘子,三只玻璃杯,一双筷子套在纸袋里,可能是一次性的。台面上是梅花形的拼盆,中心盆里可能就是一样能看不能吃的东西。能吃的东西当然也有,而且还是不少的,一会儿换只盘子,一会儿来只小盅,一会儿来只小汽锅,里面仅有两块鸡。至于那现炒现上的炒菜却几乎看不见。中国的炒菜是一大特点,过去吃酒水通常的规格是四六四,即四只冷盆,六只炒菜,四只大菜。高档一点的有八只炒菜,十只炒菜,炒菜里面还有双拼三拼,即一个盘子里有两种或三种不同的菜肴。现在上来的菜品种也多,原料也不能说是不高级,可你老是觉得这些菜是一锅煮出来的高级大锅菜,不像从前那一只只的炒菜有声有色,争奇斗艳,炒腰花,炒里脊,炒糖醋排骨,那动作,那火候,几乎都是在一刹那间决定的。现在呢,干脆,没了。

有一位懂吃的老朋友要请几位海外的贵客,当然要进高级饭店,还没有吃出什么名堂来就完了,一算账将近三千元钱。老朋友背着客人对服务员说:"小姐,这桌饭实在是不值三千块钱。"

"老同志,这不算贵,旁的不说了,你看我们用的餐具,多高级!"

"那就请你拿个大塑料口袋来,要大的。"

"把剩菜打包?"

"不,让我把餐具带回去。"

餐具当然未能带回去,即使能带得回来的话,那进口空调呢,红木家具呢,高档地毯呢……高额的投资就必须赚回高额的利润,这是个合情合理而且十分简单的道理。千百万元的银行利息都得从你的盘子里扒回去,拉门的侍者,垂手而立的服务小姐都是要发工资的。你看着办吧,你是想吃气氛呢,还是想吃盘子里的东西?据说,某市的商业局局长请各地来的十多位商业局局长吃饭,结果却是在一只个体户开的小饭馆里,人人吃得满意,当然,那个体户决不敢斩商业局的局长的。

1993 年 5 月 22 日

江 南 厨 王

在苏州当一个厨师很不容易,当一个有名的厨师更困难,因为苏州人懂吃,吃得精,吃得细,四时八节不同,家常小烹也是决不马虎的。那些街头巷尾的阿嫂,白发苍苍的老太太,其中不乏烹饪高手,都是会做几只拿手菜的。苏州人在谈论自己的母亲、祖母、外婆的时候,常常要谈起这些伟大女性的菜艺,总是有那么几只菜是使自己终身难忘的。在这样一个吃的水平很高的社会里当一个厨师,当一个有名的厨师,那是谈何容易!

吴涌根从高水平上起步了,他自幼学艺,刻苦锻炼,用半个多世纪的心血和汗水,使他的烹饪艺术达到了一种出神入化的境地。他能在传统苏州菜的基础上灵活自如地创造出三百多种菜肴,两百多种点心,能使最挑剔的美食家在一个多月的时间内不吃重复的东西。他像一个食品的魔术师,能用普通的原料变幻出瑰丽的菜席;他像一个不用丹青的画家,能在桌面上绘出美妙可食的图画;他像一个心理学家,一旦知道了你的习性之后,便能估摸得出你欢喜吃些什么东西。他用他的手艺征服了高水平的食客,博得了"江南厨王"的美名。

吴涌根已经年过花甲了,他一辈子为人做菜,从来没有感到腻烦,而是越做越认真,越做越是兴致盎然,尤其难能可贵的是他不被自己的经验所束缚,在传统的基础上不停地创新。吴涌根很懂得食客们的心理,不能"吃来吃去都是一样的",即使那些在饮食上有特殊习惯的人,他到饭店里来也决不是想吃自己曾经吃惯了的东西。近十年来，人们的生活习惯和饮食口味在不停地改变，苏州菜也不那么太甜了，轻糖、轻盐、不油腻，已经成了饮食中的新潮流，传统的菜肴想一成不变也是不可能的。

现代的交通发达，世界变小了，打破了那种地区之间的封闭。四川人到苏州来，苏州人到广州去，外国人到中国来，中国人到外国去，这种频繁的交往，以及那种朝发夕至的运输食品的条件，不可避免地要带来饮食习惯的大迁移。由地区文化、气候物产、风俗习惯所形成的各种菜系，也不可能是一成不变的。问题是要防止变得不川不广，不中不西，不伦不类，变得各种菜系都失去了自己的特点。世界的发展和生活的发展决不会是越来越单调，所谓美好的明天只能是五彩缤纷，流派纷呈，食物也是同样的。

吴涌根在菜点上的改革和创新与众不同，他的创新是建立在丰富的经验、丰富的知识、扎实操作的基本功之上。他对挖掘濒临失传的品种，恢复那种被走了样的做法，都是当作创新来对待的，所以他能使食客们在口福上常有一种新的体验，有一种从未吃过但又似曾相识的感觉。从未吃过就是创新，似曾相识就是不离开传统。他能吸收各种流派的长处，使苏州菜推出了许多新的品种，新的品种还是在苏帮菜之内，即便看上去像西餐，吃起来还是中国口味。这在烹调上来讲是一种少有的大手笔。

早就知道吴涌根师傅在写一本书，要把他多年的创新所得记录下来，传之于人，传之于后世，这很有必要，也很有意思。因为这种创新是代表了苏州菜的一个新的水平，是代表了一种正确的改革方向。

很少有人有这种口福，能吃遍吴师傅的二百多种菜和两百多种点心。但是每人都有这种可能，来读完这本《新潮食谱》，可以一饱口福，也可以一饱眼福。

1993年11月1日

青 菜 与 鸡

中国人吃青菜是出了名的,特别是苏州人,好像是没有青菜就不能过日子。我小时候曾经读过一首白话诗:"晚霞飞,西窗外,窗外家家种青菜;天上红,地下绿,夕阳透过黄茅屋……"

这首诗是描写秋天的傍晚农家都在种菜,种的都是青菜,不是大白菜也不是花椰菜,说明青菜之普及。在菜蔬之中,青菜是一种当家菜,四季都可种,一年吃到头。苏州小巷里常有农妇挑着担子在叫喊:"阿要买青菜?……"那声音尖脆而悠扬,不像是叫卖,简直是唱歌,唱的是吴歌。特别是在有细雨的清晨,你在蒙眬中听到"阿要买青菜……"时,头脑就会立刻清醒,就会想见那青菜的碧绿生青,鲜嫩水灵。不过,这时候老太太买青菜要压秤,说是菜里有水分。

青菜虽然如此重要,可却被人看不起,卖不出价钱,因为它太多,太普遍。这也和人一样,人太多了那劳动力也就不值钱,物以稀为贵,人以少为贵。

早年间,青菜和鸡总是摆不到一起。一个是多,一个是少,一个是贵,一个是贱。客人来了,都是去买只鸡回来杀杀,没有谁说要去买点青菜回来炒炒的,除非那青菜是一种搭配。形容某家生活好是天天鸡鸭鱼肉,形容某家生活差是天天青菜萝卜。吃青菜是一种受苦受难的表现,糠菜半年粮是粮食不够,面有菜色是饿的。所以才有了一句成语,叫"咬得菜根,做得大事"。

一九六〇年大饥荒,粮食不够吃,青菜比粮食长得快,有些人便大量地吃青菜,结果得了青紫病。营养不良的人生了浮肿病,没药医,据说只要吃一只老母鸡便可以不治而愈,可见青菜与鸡是不能相提并论的。

到了八十年代的初期,我偶尔读到一篇美国的短篇小说,里面写到一位妇女在法庭上高声地抗议,说是法官判给她的离婚费太少,理由是:"如果只有这么几个钱的话,我只能天天吃鸡啦!"

我看了有点吃惊,天天吃鸡还不好呀,你想吃啥?!我怀疑是翻译搞错了,把吃洋白菜译成了吃鸡。后来我多次到欧美去访问,才明白那翻译并没有搞错,鸡可以在养鸡场里大量地饲养,那价钱和自然生长的菜蔬是差不多的。

如果我现在再读那篇小说的话,就会觉得十分自然了,苏州人也在为青菜和鸡重新排座位。改革开放以来苏州的乡镇企业大发展,原来种菜的田都成了工厂、商店、住宅、高楼。原来种菜的人都进了工厂,他们不仅是自己不种菜,还要买菜吃。那些曾经挑着担子高喊"阿要买青菜?……"的人,如今正拎着菜篮子在小菜场里转来转去,埋怨着菜贵而又不新鲜。

菜不够吃,用塑料大棚,用化肥,使得那菜长得快点。鸡不够吃,办养鸡场,五十天生产一只大肉鸡(苏州人叫它洋鸡),用人工的方法来逼迫大自然。可这大自然也不是好惹的,你要它快啊,可以,可那生产出来的东西味道就有点不对头。洋鸡虽然大,价钱也比较便宜,可那味道却没有草鸡鲜美。蔬菜也是如此,用恒温,用化肥,种出来的蔬菜都不如自然生长的好。这一点我有经验,我在农村里种过自留田,日夜温差大,菜蔬长得慢,质地紧密,好吃。最好是越冬的青菜,品种是"苏州青",用它来烧一只鸡油菜心,简直是无与伦比。如果你用暖棚加温,用化肥催生,对不起,味道就是两样的,和厨师的手艺毫无关系。菜蔬不仅是生长的快慢,还有个新鲜与否的问题。我在农村时曾经作过一次试验,早晨割下来的韭菜到中午炒,那味道就不如刚从田里割下来的鲜美。人的嘴巴是很难对付的,连牛也知道鲜草和宿草的区别。从塑料大棚里铲出来的青菜,堆积如山似的用拖拉机拉到苏州来,那味道还会好到哪里?

也许会有一天,苏州小巷里还会有"阿要买青菜?……"的叫喊声,那青菜长于自然,不用化肥,碧绿生嫩,一如从前。可以肯定,那青菜一定比洋鸡还要贵。那时候要把沿用了千百年的成语修改了,改成:"咬得鸡腿,做得大事。"

1993 年 12 月 26 日

人之于味

"你最欢喜吃什么菜?"

这是个最简单而又最复杂的问题,因为这里所指的菜并非是一般意义上的菜,而是有美食、美味的含意。食物一旦上升为美食,那就成了一种艺术,其功效就不仅仅是疗饥,而是一种出于生理需要的艺术欣赏。吃的艺术是一种多门类的综合学科;是自然科学、人文科学、心理学的混合体。欣赏美食,就像是欣赏艺术表演。欢喜不欢喜,一是要看艺术的本身,二是要看各人的欣赏水平,三是要看各人的欣赏习惯,四是要看在什么场合,什么环境,什么气氛,与谁共赏以及欣赏的频率等等。

先说这菜的本身。菜要讲究色、香、味、形,但要以味为主。色、香、形是通过视觉与嗅觉使人兴奋起来,品味才是欣赏的开始。就像听音乐,舞台上的灯光布景,艺术家的风度等等都只是属于视觉上的美感。等到乐声一起,你就会完全沉浸于美妙的旋律之中,而忘记了舞台和灯光的存在。音乐和戏剧的饕餮之徒,甚至是不看舞台,而是闭上眼睛在那里静静地聆听。吃也是如此,食物一旦进入口中,色和形就不存在了,香混入味中,吃的过程实际上是一种对味的体验,和闭着眼睛听戏一样。由此可以回答"你最欢喜吃什么菜",答曰:只要是味道好的菜我都欢喜;不仅是我欢喜,大多数的人也会欢喜。孔子曰:人之于味有同嗜焉。

人之于味有同嗜,可以理解为人人都欢喜吃,都欢喜吃味道好的东西。那么,什么叫味道好,怎么辨别?

答曰:这就要看各人的敏感程度了。音乐家对声音特别敏感,作家对形象特别敏感,美食家的味觉也特别灵敏,这恐怕是有某种基因在起作用。除此之外就要由你的"吃历"来决定了,不登高山,不见平地,好与不好,好与更好都是相比较而存在的。比如说你曾经吃过鲫鱼汤,此种鲫鱼是活的,是生长在没有污染的淡水里,美味!后来又吃到鲫鱼汤,鱼也是活的,但却是在受到轻度污染的淡水中长大的,或者说虽然是在未受污染的淡水中长大,但已在冰箱中放了三天,那就不美了,缺少那种难以言喻的鲜味。当然,如果鱼是在一种受污染比较严重的淡水里长大的,那就糟了,不能吃,有一股火油味。这就是有比较才能识别,如果你从来就没有吃过未受污染的鱼和未受污染的水,你就不能辨别活鱼和死鱼、污染和未受污染的鱼之间有何区别,还可能会误认为原来就是这样的。

以上对于味的辨别是属于菜的本身。除此之外还有许多主观的因素可以影响人对美味的判别。诸如各人的饮食习惯,是否有吃的需要,与谁共进美餐,进餐的环境等等。如果是二三知己相逢,临窗设宴小酌,相互间只叙友情,不发牢骚……那,每个菜都可以加十分,只要是那鱼汤中没有火油味。设若是为了应酬而赴宴,菜很高级,人不熟悉,相互间无话可说,没话还要找话说;甚至于心怀鬼胎,曲意奉承,想通过吃来达到什么目的。这时候,即便菜的味道是极品,恐怕也要拿掉一个最高分,加上一个最低分。

近些年来,在欣赏美食方面还产生了一个社会学的问题,即有部分人欣赏美食的频率太高,差不多日日赴宴,甚至于一日两顿,这就使得味觉疲劳、迟钝,什么菜都没有味道,样样菜都是老一套。按理说此时应该暂停,在家里吃一点粗茶淡饭,恢复疲劳,休养生息。不行,还得不停地吃喝。这些人作为一股强大的

和外孙女们在一起

回到曾经劳动过的纱厂，试用自己参与制造的落纱机

消费力量,正在左右着饮食市场,为了适应这一部分顾客的需要,目前的饮食市场上出现了一种菜系,此种菜系不属于四大菜系也不属于八大菜系,姑妄名之曰"摇滚菜系"。此种菜系有两大特点,一是味重,使用蒜泥、香料、芥末、香菜等辅料和调味品,用重味来刺激那已经疲劳、迟钝的味觉神经。二是随意性很大,竞相发明新奇而近于怪异的品种,用以替代那老一套。不过,这恐怕也是一种暂时的现象,因为经常性的刺激也会使神经麻木,反复出现的奇异也就成了平常,到时候又要在一种新的形式下复归。

"你最欢喜吃什么菜",变数虽然很多,但也有一点是不大容易变的,那就是各人的饮食的习惯,改变习惯可是一个漫长的过程!不管你走多远,你对家乡的菜都很怀念。自己家里的菜,吃了一辈子也没有"够"。天天赴宴,菜很高级,三天下来就会把吃饭当作受罪。在经济发达的地区,干部中流行着一句顺口溜"不怕廉政,只怕连顿",上顿连着下顿地吃喝,实在是一种受罪。中国人的大吃大喝恐怕是从没吃少喝派生出来的。当然,也有一些人是"只怕廉政,不怕连顿",那是因为连顿的时间太长了,天天吃喝已经成了一种习惯,三天不吃喝就会"淡出鸟来"。

"说了半天,你到底最欢喜吃什么菜?"

答曰:"自己家里的菜。"

这倒不是说我家的菜特别好(也不差),习惯恐怕是主要的。我常常出差、出国,有时候还参加国际、国内的美食展、美食节,那都不乏佳肴美味。一旦回到家里,如果是春天的话,老伴儿肯定已端好了"腌笃鲜",我喝了一口汤,长叹一口气:"啊,吃遍天下,还是回家!"

注:1.腌笃鲜 这是苏州人每年春天必食之肉汤。原料为鲜肉、咸肉、春笋。辅料为少量之火腿片、香菇。放在沙锅中加

水煨炖,笋切成块状,后放。咸肉最佳者为自制之暴腌肉,即在清明节前将肉腌制、阴晾风吹。此种暴腌肉不宜久存,只能吃到清明。苏州人专为腌笃鲜而制。

2.鲫鱼汤　活鲫鱼,不要太大,最好是半斤左右,鱼大肉老,非上品。辅料为冬笋片、少量火腿片。调料为葱、姜、黄酒。多熬,直至汤成奶白色。

1997年6月24日

你吃过了吗?

大家都知道,中国人当年见面时并不说"您好",而是说"您吃过了吗?"

对方回答:"吃过了。"

还有文雅一点的说:"您用饭了吗?"

对方回答说:"偏过了。"

"您好"有健康、如意、一切如常等等的含意。"您吃过了吗?"非常明确,只有一个含意——吃,吃过了什么都好。

我猜想,中国人所以见面就问"您吃过了吗?"可能是由于人们经常处于饥饿的边缘,经常要担心没得吃而产生的。饥馑之年,一个人如果能回答说是吃过了,那比健康、如意、一切如常等等都实际,饿着肚子还有什么您好我好可言,连寒暄起来也是有气无力。

从历史上来看,中国的饥荒确实是连年不断,直到六十年代还有一次全国性的大饥荒,这是大家记忆犹新的。历史上都把灾荒称作饥荒,灾民称作饥民,形容大灾荒时都称"饿殍遍野",可见这吃确实是悬在中国人头上的一把剑。

人们观念的形成,都和客观的存在有关系,吃是如此的重要,而饥饿又像幽灵似的伴随着中国人,这就使得中国人的许多习俗、观念都和吃有关系,人们把吃从物质的需求,提升为精神的象征,弄得超出了疗饥的范围,成了问候、礼节、尊敬、诚意、大方、财富、权势的表现。

我小时候生长在农村里,有亲戚或客人来时,一坐下来也不问什么"您吃过了吗?"我的母亲或祖母立刻下厨生火,每人一碗白水煮鸡蛋,三只,客人只能吃一只或两只,必须留一只,叫做"有余"。这是农民的作风,直来直去,用不着问什么吃过了吗?干脆吃了吧。此种礼节叫"烧茶",如果客人来了不"烧茶",那是一种轻蔑,不得了,以后就要断绝往来。有时候客人来了正好家里没有鸡蛋,母亲便慌慌张张地从后门溜出去,到隔壁的二婶或大妈家借点儿回来。

老实说,中国经常吃不饱的大多是农民,历来如此。古诗里就写过"四海无闲田,农夫犹饿死"。所以农民总是把吃当作礼节,当作庆典,当作财富的表现,用吃喝来示富。中国又是个农业国家,大家都用吃来示富,来表示诚意,当作礼节,一旦缸坛稍满时,怎么能不形成吃喝之风呢?大吃大喝的根源是来自于没吃少喝,是一种低水平的反弹和文明程度不高的表现。

许多外宾都对我讲过,说你们中国人说起来不富,怎么吃起来是如此的丰富。我说这是一种礼节,是对你们的尊敬。外宾还不认可,说是尊敬也不必这么多。

这事儿可得费点儿口舌了,因为中国的"菜制"和欧美的"菜制"不相同。外国人是"个人主义",分食制,每人一份,所以在西餐中都是三道菜、四道菜,五道菜不大多见。中国人是"集体主义",宴请起来都是八人一桌,十人一桌,还有十二人一桌的。这么多的人在一起,如果是三道菜或四道菜的话,那就得用脸盆装了。这还不是主要的,主要是中国的"菜制"就像京剧一样,有一套程式,开始是冷盆,其次是热炒,而后是大菜,最后是一个汤。如果是广东菜的话,开始就喝汤。中国菜的品种极其丰富,如果你不完成这套程式,你就难窥中国菜之全貌。

外宾对我的话听懂了,说西餐是室内四重奏,中餐是大型交响乐。我对音乐是外行,想想倒也有点像,四重奏可能是四个人在那里演奏,相当于四道菜;交响乐满台都是人,那就是几十只菜了,宴席间有几十只菜是并不罕见的。

如上所述,人们把吃当作礼节和庆典,那是由于饥馑,而大吃大喝又是相对于没吃少喝而产生的,所以最近几年在达到或超过小康水平的城市和乡村里,人们对吃喝的观念开始有所改变,不再用吃来示富了,不再用吃来作为庆典。明显的例证就是即将到来的春节,在我的记忆中,春节的主要活动就是忙吃。前些年,每逢春节城市里的燃料消耗都要增加几倍,说明家家都在忙吃的。最近两年家家都觉得没有必要那么大张旗鼓地去忙吃了,因为平时也就吃得不错,春节再忙也吃不下去,白费精力,倒不如腾出点时间来玩玩。一九九七年春节时,苏州有一家人家发生了一场争论,老爷爷老奶奶要儿孙们都回来,像往年一样,大家忙一顿丰盛的年夜饭,用吃来欢度春节。可是儿女们却提出新建议,说是不要忙年夜饭了,人忙得吃力煞,忙出菜来却又吃不了多点。孙儿孙女更不用说了,平时连吃饭都要逼,倒不如去饭店里订一席,吃完了连碗都不用洗。儿女合资,出一千块钱。

老奶奶首先不同意,说是今年不要你们洗碗,你们把一千块钱给我,所有的碗都由我来洗。儿女们不同意,这是不孝的行为。

老爷爷想出个办法来了,说是今年的碗筷谁都不要洗,吃过了便扔进垃圾箱里,那点儿旧餐具总共也不值两百块钱。

这户人家争论的结果不得而知,只知道年三十晚上稍有名气的饭店里座无虚席。

当饥饿的幽灵慢慢地远去时,人们的风俗习惯也在逐步地改变,慢慢地不在吃喝之外再附加太多的意义。吃要讲究质量、营养、新鲜。不过,风俗习惯也不是一两年就能改变的,那是一代人或几代人的事情。何况有些国外的朋友又向我们提出建议,说是中国的饮食文化绝对不能改得和西方一样。我懂了,西方人在家里听惯了四重奏,到中国来还是想听听交响乐的。

1998 年 10 月

吃喝之道

我曾经写过一篇小说,名曰《美食家》。坏了,这一来自己也就成了"美食家",人们当众介绍"这位就是美食家陆某……",其实,此家非那家,我大小也应当算是个作家。不过,我听到了"美食家陆某"时也微笑点头,坦然受之,并有提升一级之感。因为当作家并不难,只需要一张纸与一枝笔;纸张好坏不论,笔也随处可取。当美食家可不一样了。一是要有相应的财富和机遇,吃得到,吃得起;二是要有十分灵敏的味觉,食而能知其味;三是要懂得一点烹调的原理;四是要会营造吃的环境、心情和氛围。美食和饮食是两个概念,饮食是解渴与充饥,美食是以嘴巴为主的艺术欣赏——品味。

美食家并非天生,也需要学习,最好还要能得到名师的指点。我所以能懂得一点吃喝之道,是向我的前辈作家周瘦鹃先生学来的。周先生被认为是鸳鸯蝴蝶派的首领,上个世纪的三十年代,他在上海滩上编《申报·自由谈》,《礼拜六》,《紫罗兰》,包括大光明的海报在内,总共有六份出版物,家还住在苏州。刊物需要稿件,他的拉稿方法就是在上海或苏州举行宴会,请著名的作家、报人赴宴,在宴会上约稿。周先生自己是作家,也应邀赴别人的约稿的宴会。你请他,他请你,使得周先生身经百战,精通了吃的艺术。名人词典上只载明周先生是位作家,盆景艺术家,其实还应该加上一个头衔——美食家。难怪,那时没有美食家之称,只能名之曰会吃。会吃上不了词典,可在饭店和厨师之间周先生却是以吃闻名,因为厨师和饭店的名声是靠名家吃出来的。

余生也晚,直到六十年代才有机会常与周先生共席。那时苏州有个作家协会的会员小组,约六七人。周先生是组长,组员有范烟桥、程小青等人,我是最年轻的一个,听候周先生的召唤。周先生每月要召集两次小组会议,名为学习,实际上是聚餐,到松鹤楼去吃一顿。那时没有人请客,每人出资四元,由我负责收付。周先生和程小青先生都能如数交足,只有范烟桥先生常常是忘记带钱。

每次聚餐,周先生都要提前三五天亲自到松鹤楼去一次,确定日期,并指定厨师,如果某某厨师不在,宁可另选吉日。他说,不懂吃的人是"吃饭店",懂吃的人是"吃厨师"。这是我向周先生学来的第一要领,以后被多次的实践证明,此乃至理名言。

我们到松鹤楼坐下来,被周先生指定的大厨师便来了:

"各位今天想用点啥?"

周先生总是说:"随你的便。"他点了厨师以后就不再点菜了,再点菜就有点小家子气,而且也容易打乱厨师的总体设计。名厨在操办此种宴席时,都是早有准备,包括采购原料都是亲自动手,一个人从头到尾,一气呵成,不像现在都是集体创作,流水作业。

苏州的饮食文化源远流长,就像昆剧一样,它有一套固定的程式。大幕拉开时是八只或十二只冷盆,成双,图个吉利。冷盆当然可吃,可它的着重点是色彩和形状。红黄蓝白色彩斑斓,龙凤呈祥形态各异。美食的要素是色、香、味、形、声。在嘴巴发挥作用之前,先由眼睛、鼻子和耳朵激发起食欲,引起所谓的垂涎欲滴,为消化食物做好准备。在眼耳鼻舌之中,耳朵的作用较少,据我所知的苏州菜中,有声有色的只有两种,一是"响油鳝糊",一是"虾仁锅巴",俗称天下第一菜。响油鳝糊就是把鳝丝炒好拿上桌来,然后用一勺滚油向上面一浇,发出一阵"喳呀"的响声,同时腾起一股香味,有滋有味,引起食欲。虾仁锅巴也是如此,是把炸脆的锅巴放在一个大盆里拿上桌来,然后将一大碗虾仁、香菇、冬笋片、火腿丝等做成的热汤向大盆里一倒,发出一阵比响油鳝糊更为热闹的声音。据说,乾隆皇帝大为赞赏,称之为"天下第一菜",看来也只有皇帝才有这么大的口气。可惜的是此种天下第一菜近来已不多见,原因是现在的大饭店都现代化了,炸脆的虾仁锅巴从篮球场那么大的厨房里拿出来,先放在备餐台上,再放到升降机中,升至二楼三楼或四楼的备餐台,然后再由服务小姐小心翼翼地放上手推车,推进三五十米,然后再放上桌来,这时候锅巴也快凉了,汤也不烫了,汤向锅巴里一倒,往往是无声无息,使得服务小姐十分尴尬,食者也索然无味,这样的事情我碰到过好几回。

我和周先生共餐时,从来没有碰到过如上的尴尬,因为那时的饭店都没有现在的规模,大名鼎鼎的松鹤楼也只是两层楼,从厨房到饭桌总在一分钟之内,更何况大厨师为我们烹调时是一对一,一只菜上来之后,大厨师也上来了,他站立在桌旁征求意见:"各位觉得怎么样?"

周瘦鹃先生舍不得说个好字,总是说:"唔,可以吃。"

程小青先生信耶稣,他宽恕一切,总是不停地称赞:"好,好。"

范烟桥先生是闷吃,他没有周先生那么考究,只是对乳腐酱方(方块肉),冰糖蹄髈有兴趣。

那时候的苏州菜是以炒菜为主,炒虾仁、炒鳝丝、炒腰花、炒蟹粉、炒塘鳢鱼片……炒菜的品种极多,吃遍不大可能,少了又不甘心,所以便有了双拼甚至三拼,即在一只腰盆中有两种或三种炒菜,每人对每种菜只吃一两筷。用周先生的美食理论来讲这不叫吃,叫尝,到饭店里来吃饭不是吃饱,而是"尝尝味道",吃饱可以到面馆里去吃碗面,用不着到松鹤楼来吃酒席。这是美食学的第二要领,必需铭记,要不然,那行云流水似的菜肴有几十种,你能吃得下去?吃到后来就吃不动了,只能眼睁睁地看着那大菜冒热气。有人便因此而埋怨中国的宴席菜太多,太浪费。

所谓的菜太多,太浪费,那是没有遵守"尝尝味道"的规律。菜可以多,量不能大,每人只能吃一两筷,吃光了以后再上第二只菜。大厨师还要不时地观察"现场",看见有那一只菜没有吃光,他便要打招呼:"对不起,我做得不配大家的胃口。"跟着便做一只"配胃口"的菜上来,把那不配胃口的菜撤下去。绝不是像现在这样,几十只菜一齐上,盆子压在盆子上,杯盘狼藉,一半是浪费。为了克服此种不文明的现象,于是便兴起了一种所谓的中餐西吃,由服务员分食,这好像是中学为体,西学为用的老花头。可惜的是中餐和西餐不同,吃法不能与内容分离。那色、香、味、形、声不能任意分割,拉开距离。把一条松鼠鳜鱼切成小块分你吃,头尾都不见了,你知道那是什么东西。有时候服务小姐在分割之前把菜在众食客面前亮亮相,叫先看后吃。看的时候吃不到,吃的时候看不见,只能看着面前的盘子把食物放到嘴里,稍一不留神,就分不清鸭与鸡,他说是烤鸭,却只有几块皮,吃完之后只记得有许多杯子和盘子在面前换来换去,却记不清楚到底吃了些什么东西。

如果承认美食是一种欣赏的话,那是要眼耳鼻舌同时起作用的,何况宴席中菜肴的配制是一个整体,是由浅入深,有序幕,有高潮,有结尾。荤素搭配,甜咸相间,还要有点心镶嵌其间。一席的点心通常是四道,最多的有八道。点心的品种也是花式繁多,这在饭店里属于白案,是另一体系,可是最好的厨师是集红白案于一身,把点心的形状与色彩和菜肴融为一体。

如果要多尝尝各美食的味道,那就必须集体行动,呼朋引类,像周瘦鹃先生那样每月召开两次小组会。如果是两三人偶然相遇,那就只能欣赏"折子戏"了。选看"折子戏"要美食家自己点菜了,他要了解某厨师有哪些拿手好戏,还要知道朋友们是来自何方,文化素养如何,因为美食有地方性,有习惯性也与人的素质有关系。贪吃的要量多,暴发的要价高,年老的文化人要清淡点。点菜是否准确,往往是成败的关键。

美食之道是大道,具体的烹调术是由厨师或烹调高手来完成的。可这大道也非常道,三十年前的大道,当今是行不通了。七八年前,我曾经碰到一位当年为我等掌厨的师傅,我说,当年我们吃的菜为啥现在都吃不到了。这位大厨师回答得很妙:

"你还想吃那时候的菜呀,那时候你们来一趟我们要忙好几天!"

这话说到点子上了,如果按照那时的水平,两三个厨师为我们忙三天,这三天的工资是多少钱!再加上一只红炉专门为我们服务,不能做其他的生意。那原料就不能谈了,鸡要散养的,甲鱼要天然的,人工饲养的鱼虾不鲜美,大棚里的蔬菜无原味……对于那些志在于"尝尝味道"的人来说,这些都是差不了半点。当然,要恢复"那时候的菜"也不是不可能,那就不是每人出四块钱了,至少要四百块钱才能解决问题。周先生再也不能每个月召开两次小组会了,四百块钱要写一个万字左右的短篇,一个月是绝不会写出两篇来的。到时候不仅是范烟桥先生要忘记带钱了,可能是所有的人钱包都忘记在家里。所以我开头便说,当美食家要比当作家难,谁封我是美食家便是提升了一级,谢谢。

2001 年 12 月

被女性化的苏州人

苏州人往往被女性化,什么优美、柔和、文静、高雅;姑娘们则被誉为小家碧玉、大家闺秀,还有那够不上"碧玉"的也被呼之为"阿姐"。

苏州人之所以被女性化,我认为其诱因是语言,是那要命的吴侬软语。吴侬软语出自文静、高雅的女士之口,确实是优美柔和、婉转动听。我曾陪一位美国作家参观苏州刺绣厂,由刺绣名家朱凤女士讲解。朱凤女士生得优美高雅,讲一口地道的吴侬软语,那位美国作家不要翻译了,专门听她讲话。我有点奇怪,问道:你听得懂?他笑了,说他不是在听介绍,而是在听音乐,说朱凤女士的讲话 like music,像美妙的乐章。

可是,吴侬软语由男人来讲就有点"娘娘腔"了。那一年我碰到老作家张天翼,他年轻时在苏州闹过革命,也在苏州坐过监牢,他和我开玩笑,说苏州人游行示威的时候,喊几句口号都不得力,软绵绵的,说着,他还模仿苏州人喊了两声。这两声虽然不地道,可我也得承认,如果用吴侬软语喊"打倒……"确实不如用北方话喊"打倒……"有威力。已故的苏州幽默大师张幻尔,他说起来还要滑稽,说北方人吵架要动手时,便高喊"给你两个耳光!"苏州人吵架要动手时,却说"阿要拨侬两记耳光嗒嗒?"实在是有礼貌,动手之前还要先征求意见:"要不要给你两个耳光?"两个耳光大概也不太重,"嗒嗒"有尝尝味道的意思。当然,如今的苏州人,从幼儿园开始便学普通话,青年人讲地道苏州话的人已经不多了,吴侬软语也多了点阳刚之气,只有在苏州评弹中还保留着原味。

苏州人被女性化,除掉语言之外,那心态、习性和生活的方式中,都显露出一种女性的细致、温和、柔韧的特点,此种特点是地区的经济和文化形成的。吴文化是水文化,是稻米文化;水是柔和的,稻米是高产的,在温和的气候条件下,那肥沃的土地上一年四季都有产出,高产和精耕相连,要想多收获,就要精心地把各种劳务作仔细的安排。一年四季有收获,就等于一年四季不停息,那劳动是持续不断的,是有韧性的。这就养成了苏州人的耐心、细致,有头有尾。

苏州人之所以被女性化,还有一个小小的原因,说是苏州出美人。中国的第一美人是西施,西施是浙江人,却被"借"到苏州来了,因为她施展美貌和才艺的平台是在苏州,在苏州灵岩山上的馆娃宫里,如果没有"吴王宫里醉西施",那西施的美貌也就湮没在浦阳江中了。还有一个陈圆圆,苏州昆腔班的,吴三桂为了她,便"冲冠一怒",去引清兵入关。这些女子的美貌算得上是"倾国倾城";不倾国倾城而令人倾倒的就不可胜数了,连曹雪芹笔下的林妹妹,都是出生在苏州的阊门外面。直到如今,还有人重温诗人戴望舒的《雨巷》,撑着一把伞,在苏州的雨巷中寻找那"丁香一样的结着愁怨的姑娘"。

苏州人被女性化,这也没有什么贬义,喊口号虽然缺少点力度,却也没有什么害处。相反,在当今电子化生产的条件下,苏州人的精细、灵巧、有耐心,却成了不可多得的优点,成了外商投资在人力资源上的一种考虑。我不敢说苏州所以能吸引这么多的外资都是因为苏州人的精细,却听说过有一宗很大的国外投资,在选择投资地点时到处考察,难做决策,可在参观了苏州刺绣研究所后,立刻拿定主意:苏州人如此灵巧心细,能绣出如此的精美的绣品,还有什么高科技的产品不能生产,还有什么精密的机械不能管理呢！现代化的生产已经不是抡大锤的时代了，各种产业都要靠精心策划，精心管理，特别是电子行业，更需要耐心细致，一丝不苟，这一些正是苏州人的拿手细活。

世间事总是有长有短，有利有弊。苏州人的那种女性化的特点，也不是完美无缺，它有一个很大的缺点，这缺点说起来还和苏州的园林有点关系。苏州园林是世界文化中的宝贵遗产，是苏州人的骄傲和生财之道，怎么会为苏州人性格带来缺陷呢？这就要追溯到苏州园林的兴起了。

苏州园林作为一种文化现象来看，是一种"退隐文化"的体现。园林的主人们所以要造园林，那是因为厌倦政治，官场失意，或是躲避战乱，或是受魏晋之风的影响，要学陶渊明归去来兮，想做隐士。在中国的传统文化中，隐士也很受推崇，那是清高的表现。做隐士也不必都躲到深山老林里去，大隐隐于市。隐于市却又要无车马之喧，而有山川林木之野趣，怎么办，造园林。在深巷之中，高墙之内，营造出一片优美闲适而与世相隔的境地。从苏州园林的题名中，一眼便能看出园主人造园的用意。居苏州园林之首的"拙政园"，是明代御史王献臣，仕途失意后归隐苏州所建，他取西晋潘岳《闲居赋》中的意思，把筑室种树、浇园种菜说成是"拙者之为政也"。"拙者"就是自己，自己从此再也不问政治了，而是把浇园种菜当作自己的"政事"，所以把园子命名为"拙政园"。吴江的"退思园"就不用说了，是任兰先罢官之后归乡所建，"退则思过"，故名"退思园"。"思过"是假，退隐却是真情；连那苏州最早的园林"沧浪亭"，也是诗人苏子美在一度不得意时买下的一片荒地而建成的，他要"迹与豺狼远，心随鱼鸟闲"。

退隐、退养而在苏州造园的人越来越多，这些人都不是土财主和暴发户，他们有钱，更主要的是有文化，用现在的话说他们都是知识界的精英。他们退隐在苏州以后也不是无所事事，而是广交名流,著书立说,吟诗作画,那"退隐文化"便主导着当时的文化潮流,影响着人们的价值的取向。代代相传,使得苏州人在文化心态上具有一定的封闭性,容易满足于已有的一方天地,缺少一种开拓与冒险的精神,善于"引进来",而不善于"走出去"。

要说一个地区人们的习性,只能是一种大体的印象,并非是绝对的。苏州人也有性情刚烈的,也有勇猛顽强的,也有随着郑和的船队而走遍世界的,随处都可以举出许多事例;特别是在今天,苏州经济繁荣,交通发达,海内外人士纷至沓来,他们到苏州来不是退隐,而是要在这一片有优秀文化传统的土地上大展宏图,谋求发展。传统与现代的文化心态正在相互影响,地区的风貌、人们的价值取向也在逐步演变。

2003年3月

文化沧浪宜人居

衣、食、住、行是人生的四大要素,这四大要素虽然可以分开表述,但对于一个人来说,却是不可分割的浑然一体。你不能居而无食,也不能行而无衣;你不能住而不行,也不能行而不归。住,不仅仅是房子,还应当包括房子所在地的环境;包括树木、花草、阳光、空气与河流;包括交通、购物、休闲、娱乐、人际交往等等在内,如果没有这些生活的环境,那你就无法安居,或是安居也不能乐业。

居住环境有物质、文化之分,二者相得益彰,相互依存。文化环境常常被人忽略,但它也和阳光、空气与水分一样,时刻浸润着人们的心灵,陶冶着人们的性情,影响着人们的价值取向,以至于一生。谁都知道"孟母三迁"的故事,孟子的母亲最后把家迁到了学宫的旁边,才使孟轲好读书而识礼仪,成为亚圣。这说明两千三百多年前,一个贤良的母亲已经意识到了文化环境的重要性。现代的建筑理论也注意到了居住的文化环境,但是这种环境是一种历史文化的长期积累,不是在短期内能营造得出来的,可以借用,难以创建。

苏州是人居的天堂,人居的文化环境是众所周知的。苏州的沧浪区在这天堂之中又处于一种特殊的地位。这倒不是说沧浪区的房屋特别的优美华丽,古老深邃,或者说是商业繁荣,经济腾飞。当然,这一些沧浪区也有,但那不是沧浪区的特点,沧浪区是以她丰富的文化内涵来泽被子民的,她以自己浓郁的文

与叶至善在叶圣陶故居（现《苏州杂志》社）

在《苏州杂志》创刊十周年座谈会上

化底蕴培育着苏州人的品性。

　　沧浪区是因沧浪亭而得名,沧浪亭曾经是宋代苏子美的住宅,后为抗金名将韩世忠所有,《浮生六记》的作者沈三白和他的爱妻也曾在此暂住或悠游。一个沧浪区的居民闲暇无事,徜徉于自己的居住区时,那以沧浪亭为首的历代名人住宅,大小园林,文庙、塔院,都会一一与你擦身而过,你可以进园林小憩,你可以入古宅探幽;你可以到图书馆里阅读,也可以在文物市场和商店中把玩;你过沧浪亭时会想起苏子美,入文庙时会缅怀范仲淹,也可能会想起点评《水浒传》的金圣叹和那著名的哭庙案。《水浒传》的作者施耐庵,《三国演义》的作者罗贯中,他们当年都投奔过张士诚,张士诚的宫殿就在沧浪区。如果再联想到《红楼梦》,那曹雪芹和位于沧浪区内的织造府也有很多传说,中国的四大文学名著,倒有三部与沧浪区有历史的渊源。还有那"三言""二拍"的作者冯梦龙,也曾在南园住过。民国以来有很多文人都住在沧浪区,现在的人也许还记得,那望星桥堍住着侦探小说家程小青,王长河头住着鸳鸯蝴蝶派的首领周瘦鹃……如果把宋代以来沧浪区的政治家、思想家、教育家一一排列,从范仲淹、苏舜钦、况钟、章太炎,直至叶圣陶和李根源……那将是一部多么厚重的文化史!在一个区的范围内聚集着如此众多的文化资源,在全国也是少有。一个人在如此浓郁的文化氛围中生活着,如果不是视而不见,听而不闻的话,决不会感到文化的寂寞和知识的匮乏。

　　文化是有继承性的,一代一代的人传承着,有取有舍,有所发展。直到今天,沧浪区的教育、卫生、社区文化建设还是处在领先的地位,并率先通过了省教育现代化区的评估。在文化的沧浪区安居,到邻近的高新区去乐业,安居乐业,开拓进取。

2004 年 1 月

为读者想

因为读过和写过一点小说,所以常常想到一个问题:人们为什么要读小说?

或曰:"这个问题属于读者心理学的范围。"

也好,反正现在也不怕有人把心理学都斥之为唯心主义。其实,一个精神食粮的生产者,就像一个厨师,哪有厨师只管自己烧菜,不管食客胃口的?否则,你烧得起劲,他难以下咽,新书都睡在书架上,就等于饭菜都倒在泔脚桶里。

读者层

人们为什么要读小说?这"人们"二字是指读者而言。读者很广泛,有老、中、青,有工、农、兵,其中还有不同文化程度,各种各样的经历、爱好与兴趣。所以说,一个作品受到广大读者的欢迎,这"广大"二字也是形容其多而已,绝不是妇孺皆知,老少咸宜。说白居易的诗老媪能解,我总觉得那老媪不是一般的村妇;或者是那村妇见官害怕,才不得不频频点头。事后也许会说:"那官家嘴里咕哩咕哩的什么东西?"

一个作品,哪怕是伟大的作品,总是在某一个或某一些读者层中受到赞扬和欢迎。据我所知,在农村里土生土长而有阅读能力的人,读《阿Q正传》不如读《小二黑结婚》来得起劲。这不是说赵树理比鲁迅还要伟大,只是说明读者层的不同。

由于读者层的不同,一个作者要通过实践,逐步地找到自己的位置,发现自己善于对哪一个读者层发言。在艺术的厅堂里,大多数的人都只有一个座位,至于这个座位是前排、边厢、加座,那倒无所谓。只有把厅堂挤得满满,才算得上是盛况空前。分属于各个读者层的人才会大声叫好:"文艺繁荣了!"如果有人违章越座,结果大概会被检票员请回去;如果有人手执丈八长矛,大声吆喝:"统统向前,那后座只值两毛钱!"结果是厅堂里发生混乱、碰撞,甚至发生流血事件。人们逃之夭夭,所剩无几,读者把头向厅堂里一伸:"唷,空的!"

所谓一席座位,那是指作品的个性与特色而言的。没有个性与特色的作品几乎是不存在的;或者说曾经存在过,但谁也记不清是在哪里。这不是说每个作品都要不朽,而是说酸、甜、苦、辣、咸总要有点味儿。什么味儿都没有,只能叫作是淡而无味,各种口味的人都不爱吃,各个读者层都不欢迎。如果你的作品是辣的,辣得四川人高兴,行了,你可以问心无愧。至于上海人反对,别慌,因为除掉"四川酒家"之外,还有"上海老正兴",你不是独家经营,也不能包打天下。何况上海人也不都反对辣椒,要不然就会得出一个错误的结论,以为上海的辣椒都是被四川人买回去的。问题是否辣得四川人也受不了,甜得上海人也发腻,那倒是要认真对待的。

一个作者,要在艺术的厅堂中争得一席地位,那也是谈何容易!也许努力了一辈子只能是站在里面或是站在外面。但有意识的努力总比下意识的摆动要好些,是否有结果,也不能保证,因为作品的个性与特色也非随手拈来,不像加辣椒和加白糖那么容易,它是被作者的生活、思想、爱好、习性所决定的。只能顺理成章,不能故意追求;故意追求一种什么味儿,结果会发出一种怪味。你当然可以坚持,说怪味也是一种味,但这种味可以自奉,却难以待客。所以读者和批评家也不要过早地用一种特色去论定某个人的作品,作者也不要过早地把自己的手脚束缚起来。有些天才的作家,他的作品一开始就以其鲜明的个性与特色而享誉文坛。这是少数。大多数的情况都是有一段艰难的摸索和练习的过程。摸索中的作品有的没有发表,有的发表了也没有引起人们的注意。因为要使作品具有鲜明的个性与特色,无非是要求作者认清自己的生活、思想的特点在哪里,从而有意识地用己之所长,避己之所短。且不说这所长和所短会随着生活、思想的变化而变化,就是要确定自己长在何处,也非一朝一夕。我们可以看到历代的作家都在不断地变法,努力在限制和反限制中摸索着前进。有进有退,有时是螺旋式地上升,有时是跳跃式地前进。最后才九九归一。这和违章越座不同,他不是抢位置,而是找位置,抢是违章,找是允许的。那检票员还应该拿个电筒照着,帮助他尽快地能找到自己的座位。不过,这一切寻找与摸索都应当有个客观的标准,那就是你的读者是否欢迎。也许你还有其他方面的特长未被发现,也许你可以面对几个读者层,所以也不要以一次的成功而自定终身。要多方面去探求,有一个大体的目标,一点一滴地去积累;在一种可靠的基础上发现了自己之后,便须坚持下去。我们常会受一种好作品的诱惑,从而跃跃欲试,身不由己。结果是他那样写很好,你那样写就倒霉。最好是在看到好作品激动过一阵之后,取它一点东西,七变八变,嵌上自己的榫头。前人称之为取各家之所长而自成一家。即使不能成一家,个性也会鲜明些。仅取一家之长,不免流于模仿,谈不上什么特色。从整个文艺来看,每一个读者(观众)层都应当有一大批人为他们服务。前些时放映电影《三笑》,不少人都有非议。你也不能说那些非议都没有道理,因为它代表了一层人的意见。可是却有那么多的观众去买票,你有什么办法?禁止和封锁的办法过去都用过了,只能是带来爆炸性的后果。唯一的办法是有谁能写出个《四笑》来,笑得比它更欢畅,更有意义。艺术不能排斥,只能代替,而评论与指导等等,只有在可比的情况下才有实际的意义。现在,我们有很大的读者层没人为他们服务,不知道是否是因为"那后座只值两毛钱!"说句不确当的话,即使只值两毛钱吧,在我们国家的现阶段,也是出得起两毛钱的人很多,出得起两块钱的人很少啊!

有 点 空 闲

"人们为什么要读小说?"以上只说了"人们"二字,为什么要读小说呢?

答曰:"消遣。"

"什么,简直是污蔑!"

别火,我这是指一般的读者在一般的情况下而言的。

"那也不能叫做消遣呀!"

是啊,我写下这两个字也是出于不得已。原来伟大的作家们呕心沥血,竟是供人消遣的?可是……应该叫做什么呢?工作吗,不行,工作时间不能看小说。教育吗,也不行,上课看小说老师是要没收的。通常的情况是:"我最近有点空闲,弄本小说来看看。"好了,叫消遣也罢,叫娱乐也罢,文雅点,叫美的享受也罢,总之是填空闲的。

一提到闲字,就容易触动某根神经,什么"有闲阶级"、"帮闲文人"等等。其实,这些事儿都已经过去了。宪法规定,公民有劳动的权利,有休息的权利。现在每天工作八小时,每周休息一天;将来每天工作六小时,每周休息两天,看来,这"闲"字在人们的生活中将占更大的比例。如何使闲暇的时间过得更充实,更有意义,将是一个很大的社会问题。君不见有许多为非作歹的事情,往往是在闲得无聊的时候发生的?读者讲看小说是为了消遣,作者也不要生气,因为消遣的办法很多,他能够拿起一本小说来看看,总算是对你看得起。他看得起你,你更应该看得起他,写什么,怎么写,语言的生动,情节的开展,都要从读者的要求和他当时的心理状态加以考虑。短篇小说开头的两分钟,长篇小说的第一节如果不能把读者抓住的话,对不起,他可能去找人下象棋,这也是一种高尚的娱乐和消遣,谁也不能说它比看你小说要低级。当然,光靠小说的开头也没有用,作者在什么地方松下来,读者就会在什么地方停下来。最好是在创作的过程中,抽空把自己退居到读者的地位,或者是设想有几个读者站在你面前,观察他们在什么地方微笑,什么地方叹息,什么地方紧张而又激动,什么地方需要一点休息;什么地方他们可能已经知道了,要从简;什么地方他们很想知道,要详细。什么地方应该顺其心意而发展,什么地方又要出其所料用奇笔;什么地方可以娓娓而谈,什么地方应该一口气到底……从而疏密相间,有舍有取,有起有伏,并且注意文字的音节。这么一来,那些冗长的叙述,那些叫人昏昏欲睡的东西便可排出笔尖。当然,这些话说起来便当,做起来很不容易。读者一口气到底,作者肯定是累得上气不接下气,有时候力不从心,只好抱歉。

或曰:"你这是迎合读者的心理!"

对,迎合读者的心理又有何罪?试看花布的设计者,新产品的制造者,都在千方百计地迎合消费者的心理,他们的迎合有功,为什么作者的迎合就有罪?不能把迎合读者的心理解释为迎合读者的低级趣味。如果有迎合低级趣味的事儿发生,那也不能归罪于作者的迎合,而应该归罪于作者自己的心理。因为这里所谓的趣味,是指作品的思想、内容和格调而言的,前面已经说过,这些都是被作者的生活、思想和爱好所决定的。作者的趣味有多高,作品的趣味就有多高。掩饰或表露是可以的,随便升降是不行的。至于有人为了追求"票房价值",违心地写一些东西,那不能叫做迎合,不如叫做投机还恰当点。回顾三十年来,在我们的国家里,这样的投机案件好像还未曾见过,还找不出一本堪称低级趣味的东西,可毫无趣味的东西倒是不少的!至于将来能否产生,却也很难保证,而且要预见到这种可能。这只能激励有志之士来进行紧张的竞争,不能光靠斗争。适当的批判也是必要的,但要十分小心,因为"低级趣味"这四个字的含义不太明确,误解也很多,容易扩大化。

对读者来说,确实也有个趣味高低的问题,或者说是欣赏水平高低的问题。这应当允许读者有选择的自由,有个相互比较的过程,有个欣赏能力提高的过程,来不得耳提面命。记得车尔尼雪夫斯基曾经写过一本小说《怎么办?》,小说一开头,虚设了一个类似侦探小说的故事,然后把笔一转,把那些爱看惊险小说的人骂了一顿,说他们的欣赏趣味如何低级等等,骂完以后再转入正文。看来这个办法也无用,事实证明惊险小说至今并未绝迹,而且也不会绝迹。为何?因为愿意挨骂的人不多,愿作消遣的人不少,何况一个人的文艺欣赏水平总是由低到高。没有平地就不见高山,我们总希望人人都能登泰山而小天下,却容易忘记千仞之壁乃拔地而起也。

有 点 意 思

读者讲看小说是为了个消遣,我们必须对这一特点加以注意。可是(世事复杂之处,常在"可是"二字),如果你写的东西仅仅是供他们消遣,那你不仅放弃了应尽的社会责任,而且还要挨骂。不仅是挨批评家的骂(可以略而不计),恰恰是要挨那些为了消遣的读者的骂。他们可能是先读后骂,可能是边读边骂,可能是隔了若干年以后才骂。这里只讲先读后骂。骂道:"最近有点空闲,弄本小说来看看,嘘,一本无聊的书!"

到底是本什么样的书?读者又是何人?情况千差万别,很难一一论定。只能舍两头而取其中间,假设这本书还有点情节,有点趣味,要不然的话这位读者也不会把它看到底;又假设这位读者不止看过一本小说,有一定的鉴赏能力。笔者据此而问道:"你既然把它看到了底,而且也消遣过了,为什么还不满意?"

读者笑笑:"看看也可以,就是没有多大的意思。"

这是一句平心静气的话,原来这看小说和打扑克不同,他于消遣之中还要得到一点意思!

到底什么叫有意思,读者不会用一套理论来表达清楚,他们常用一种直感来论述:

"这本书有意思,很独特。"

"这本书有意思,很深刻。"

仔细想来,这两句经常听到的读者评语也很有意思。所谓独特,是表明小说使读者了解到他所不知的事物;所谓深刻,是表明小说使读者理解到了事物的本质。要求对客观世界有更多的了解与理解,这是人类的本能,是千百万年来人类在求生存、求发展中锻炼而成的。如果没有这一点,人类就不会发展到今天。人们了解与理解客观世界的手段很多,小说这种手段之所以存在,因为它是以形象、情节、人物的命运等引人入胜,在惊奇、激动、欢乐、悲伤等等的感情起伏之中,使人们跟随着(想象中的参与)书中的人物,不知不觉地了解与理解了社会和自然。这种了解与理解的过程不吃力,有兴趣,是在一种美的享受中进行的,只有吸引力,没有强制性。这就是"人们为什么要读小说",而且还读得入了迷,读得茶饭不思,晚上不睡,由消遣而变成受罪的缘故。人们理解与了解客观世界,不管其是否自觉,其目的都是为了适应和改造客观世界。小说作为一种手段,当然也起这种作用,这就是我们通常所说的小说的教育作用、社会功能等等。说来也奇怪,读者不大肯承认小说的教育作用。很少有人是为了受教育才拿起一本小说来的。当然,也有少数人受了别人的推荐,说某某小说有教育作用,书中的某某人物值得学习,或者认为看小说对做作文很有帮助等等。但是当他拿起一本小说来时,立即被书中的人物所吸引,而把受教育和做作文等等忘在一边。甚至当他发现书中有一大段话是在教育他时,他就会从艺术的境界中飘浮出来,放下小说,或者是很不耐烦地掀过一页。并非说作者不能在小说中站出来讲话,不能对事物进行评议。能,但必须是艺术的语言,必须在恰当的地方和恰当的时候,即当读者被纷纭复杂的事物紧紧攫住,你抽象而出,并有所见地,讲出了读者已经感觉到但还讲不出的事理。对于这种形式的"教育"读者并不反感,而且觉得"过瘾",还有点敬佩。究其原因也是读者不感到这是什么教育,而是作者以平等的态度和他一起探索着向前。小说的教育作用是在不被读者发觉,不被读者承认的情况下发生的,直至读完小说之后,或者是过了较长的时间之后,读者才承认某某小说对他很有启发,或者承认某小说使他的人生观和生活道路等都有了改变。这就是潜移默化。有时候也不默化,而是激化,仰天长啸,拍案而起等就是激化的表现。潜移倒是真的,而且潜伏期很长,年轻时看过一本《西游记》,直到胡子白了的时候还有一点"猴性"残留在心底。小说的社会功能不是直接的。它是先作用于读者,读者再作用于社会。作者的设想和读者的感受二者并不相等,因为读者都是有文化,有见解的人,他们会加、会减、会补充发展、会折射扭曲。潜移默化的情况比化学变化还复杂,无法用结构式来加以表现。作者当然会用倾向性把这种变化控制在一定的范围之内,但也不能完全加以控制。一个作品对社会起了巨大的作用,作者往往并未预计到;某些地方所起的副作用也往往是始料之所未及。因为读者是能动的,社会也是变化着的。作品只是个火种,它掉在干柴上才能引起熊熊的烈火,掉在冷水里只能是吱溜一声熄灭。火种不等于烈火,干柴也很难自燃。一个作品对社会所起的作用,有时候并不完全在于作品的本身,而在于这个火种是否落在干柴上,抑或是落在油池里。粉碎"四人帮"之后,出现了许多激动人心的好作品。其中有些作品,你也不能讲它在艺术上如何尽善尽美。但它却是火种落在油池里,火光与浓烟便滚滚而起。所以,光从艺术的本身来看问题,你就无法解释它的社会作用;光从社会作用来看问题,又无法解释艺术本身的规律。艺术对社会的作用,是多种因素的统一,而且要打破时间和地域的限制,不能只看眼前的实利。伟大的作品有时就像理论科学一样,好像无所用,但却无所不能用。一部《阿Q正传》,有些读者层看不懂,可是却被看懂了的人用到了今天。看样子还得世世代代用下去。曲高者和寡,但是,随着社会的发展,高曲必有众和。所以在谈到小说的社会功能时,必须着眼于人(读者)。如果说作家真的是人类灵魂的工程师的话,那也就是说:作品是管灵魂的。一个灵魂高尚纯洁、疾恶如仇、从善如流的人,他能做出什么可歌可泣的事情,在什么时候做,在什么地方做,他自己做还是他的子孙做,你怎能加以限制和规定!从这个意义上来看,什么写历史、写现在、写中心等等,都是一种"立竿见影"的想法,是把文艺的社会作用看作是一种物理的作用,即作品以什么力作用于读者,读者就以什么力作用于社会。因而热衷于搞"定向爆破",这种"定向爆破"搞得多了,也真会产生一种物理作用,叫有一作用必有一反作用,读者不看了!

1979年12月

奇特的问候

每逢开大会,三千多个代表像潮水似的漫上人民大会堂那高高的石级,然后逗留在那雄伟而宽敞的大厅里;每逢会间休息,代表们又到这厅堂里来聚集,直到铃响才回到各自的座位。并不是人们特别喜爱这厅堂里的大理石庭柱和那光洁的大理石地面,而是希望在这里找到自己失散多年的战友,认识一下那些相交多年而又从未见过面的同伴。在那些长夜漫漫、处境艰难的时刻,相互都了解各自的命运,但是相互都不了解是否还在人间,或者是在人间的哪个角落里?所以,在人民大会堂那个雄伟的大厅里,人们四处走动,时常听到一种特殊的问候:"啊,你还没有死!"这问候确实奇特,生活里不常见。大概只有在战场上才使用。经过了一场恶战,硝烟弥漫,同伴失散,陈尸未寒;这时候突然发现一个战友从尘土的埋封中爬起来,走过来,意想不到地出现在你的面前:"啊,你还没有死!"只有如此奇特的问候,才能表达此时此地心里的一切。

文学的三十年虽然是一瞬间,但对每个一步步走过来的人讲,却是那么漫长、崎岖而曲折。那么多人风尘仆仆,九死一生,伤痕累累。一场好猛烈的炮火啊,这支浩浩荡荡的队伍曾经临于毁灭!"啊,你还没有死!"这种问候包含着血泪与辛酸,也包含着欢庆与胜利。终于有这么多的人胜利地走过来了,他们在"四人帮"的鞭笞、凌辱和折磨中,怀着对人民的信念,受到人民的庇护,胜利地活到了今天;终于听到邓小平同志代表党中央宣布:写什么和怎样写,只能由文艺家在艺术的实践中去探索和逐步求得解决。这段话像雷鸣,像闪电,三千多人的掌声经久不息。后世的文史学家可以责备我们在这三十年中没有产生多少伟大的作品、伟大的作家;可以把许多作家和作品略而不计。但是希望他们不能忽略了这一点。千万不能忽略这一点啊!为了这一点,我们付出了昂贵的代价,付出了生命,早生了华发!中国的文艺家也和他的人民一样,勤劳、诚实而充满着智慧。他们可以而且完全可能作出更大的成绩,可是他们不得不经常捂着头,提防那一把用马尾悬在头上的利剑。经常有人在他们面前大喝一声:只能这样写,不能那样写!只能写这个,不能写那个!不听?马尾立刻崩断,利剑随即落下!那么,到底应该怎么写呀?现在才明白,连那些对别人大喝一声的人自己也没有搞清楚到底应该怎么写。活着的人和后来的人也许会从此搞清楚一点了吧?但也不可能彻底地搞清楚。文艺如果能彻底地搞清楚,立几个条件,下一个定义,提一个主义,拿几个样板,然后叫大家如法炮制,那不是文艺的毁灭,就是艺术的僵死。辩证法谁都拥护,形而上学却比较容易接受。"啊,你还活着!"这些有幸能活着的人们,是否能比较容易地逃避形而上学的网罗?不过,有一点我很明白,这些活着的人们,会用发自心底的声音来歌颂他的人民、他的母亲;歌颂他母亲的伟大与坚贞!对凌辱他母亲的匪徒、魑魅,倾泻无比的憎恨。这一点并没有结束,从某种意义上来讲距离开始还有一段过程。刺耳的强音传不远,传得最远的恐怕是那种听不见的微波。

"啊,你还没有死!"这不仅仅是一种胜利的欢呼吧?我知道,活着的人也并不轻松,他们都背着时间的重负,挑着由倒下的战友所留下的担子。文艺中的各种麻烦,绝不能靠一两个会来加以解决。写什么和怎样写要各人自己来探索,这从道义和责任上来讲都是陡然增添了千斤重负。何况文艺总是要歌颂真、善、美,而假、恶、丑绝不会自动让路。如果它们能够自动让路的话,那还要你这个文艺干什么？在这个特别敏感的领域里,绝不会是晴空万里,海不扬波。

开会的铃声又响了,我赶快进入会场,对号入座,凝神倾听着一切,探求着未来的道路。

1980 年 12 月

《小巷深处》的回忆

《萌芽》创刊的初期,我曾经在这份刊物上发表过一个短篇,名曰《小巷深处》。当时曾引起一点"轰动",后来便引起一场"风波",再后来便成了一个"纰漏",没完没了地批到"四人帮"被粉碎。这以后它又成了"鲜花",被收到《重放的鲜花》小说集里。反复折腾造成了一种条件反射,只要听到"小巷深处"这四个字,我就会毛骨悚然!

小说的发表已经过去了二十六年,《萌芽》的编辑同志们还记得这件事,要我写篇文章作点儿回忆。其实,写回忆和读回忆的人往往都要上当,因为回忆像个筛子,能把灰尘和瘪籽都筛光,剩下的都是颗颗好样,一等一级。即使留点儿灰尘,那灰尘也成了银粉,可以增添光辉;即使留几颗瘪籽,那瘪籽也成了胚芽,可以长成大树;失败都是成功之母,痛苦中也能品咂出美味。阿Q至今没有死去恐怕和这种回忆多少有点关系。

这几年我很少回忆起《小巷深处》,倒不是心有余悸,实在是一种护短的表现;是阿Q又害怕别人提到他的癞痢头。你越怕,别人越是要提:"噢!久仰久仰,我年轻时读过你的《小巷深处》!"糟糕,阿Q的老毡帽立即被揪下来了。

我为什么要护着这个癞痢头呢?原因很简单,是死要面子活受罪。因为我觉得《小巷深处》不是什么上乘之作。虽然我从来也没有写出过上乘之作,今后也不大可能写得出(我觉得小说越写越难,简直难如上青天)。可我对小说的看法也有一个不变的标准,我把它奉作艺术的"良心"。这标准也不是什么新玩意更不是八十年代的高精尖,说穿了也只是老生常谈的三个字:真、善、美。我拿这个标准来衡量《小巷深处》,老远就能见到它的一块大癞疤:失真。

所谓失真,并不意味着是离开了当时的现实生活去胡编乱造,故意写一个妓女的爱情故事来"爆门儿"。不是,那时我才二十多岁,有成名成家之歹念,无哗众取宠之恶意。我所写的人与事,除朱国魂是捏造之外,其余都是有根有据的。那时候我在《苏州报》当新闻记者,多次采访过为收容和改造妓女而设立的生产教养院。我收集过很多材料,还拍过许多照片。如果没有"文化大革命"的话,我可以拿出笔记本和"徐文霞"打腰鼓的照片(很美)来作证。可是,生活的真实和艺术的真实是两回事,人证和物证都是帮不了忙的。说到底我对妓女不熟悉,徐文霞到了我的笔下便成了小知识分子,连语言也是学生腔,几乎看不出她是没有文化而且是曾经做过妓女的。托尔斯泰在《复活》中写了玛丝洛娃,那么善良,那么美,却又带着明显的被凌辱的痕迹。我望尘莫及。其次,徐文霞心灵上的创伤所以难以愈合,主要是来自根深蒂固的社会和道德的偏见,不是一个如意郎君便能解决问题的。即使到了二十六年后的今天,如果有谁知道某某老太婆曾经做过妓女的话……

我对这一点仅仅是拉出个朱国魂来给了他一巴掌,作了简单化的处理。其实,促使我写《小巷深处》的动机恰恰是由此而来的,即在生产教养院结束之后的两年,我想找个"徐文霞",报道她的幸福的生活。"徐文霞"一见到我便面无人色,把我堵在她家的大门外面,悄悄告诉我,她的婆婆和邻里都不知道她是曾经做过妓女的。我也吓了一跳,拎起自行车便往回逃。静夜思之,发而为文,愿天下受苦人都能得到真正的幸福。往后的生活告诉我,世界上的悲剧不可能都变成喜剧,直到"文化大革命"期间,当我看到批判《小巷深处》的大字报专栏时,也看到某个"徐文霞"的大门上贴着大字报,竟有好事之徒用歪歪斜斜的字迹来揭露"徐文霞"的"丑史"。还有另外一个"徐文霞"被剃光了头发在小巷里大游行。这时间我就想过,所有的"徐文霞"都不会承认我所写的徐文霞是真实的。

一篇虽非胡编却有失真之处的小说,为什么能引起读者的注意?我想原因也很简单,读者都是善良的人,都是富有同情心的,都对善与美有着渴望与追求。《小巷深处》在真字上失去了两分,在善与美上扳回了一局。比赛的结果是二比一,输了,但也没有剃光头。这样说也许有点不恰当,因为真善美是个统一的整体,不能拆零的。理论上是如此,但在艺术实践中由于受到内因与外因的限制,往往做不到这一点。在一个作品中达到真善美完全的统一,对我来说,至今也是可望而不可即。徐文霞这个人物是有失真之处,但也没有假到胡编乱造的程度。她用(我用)一种小知识分子的方式表达着她的善良,表达着她对爱情与幸福的追求,还是值得人们同情的。张俊这个人物有些概念化,但这概念也是真诚与同情。朱国魂这个人十分可恶,给了他一巴掌已经"带劲"了,我也没有把他送到派出所去(这是我当年的一大罪状,包庇坏人)。即使现在再把他抓起来,恐怕也只能行政拘留三天,如果有律师辩护的话,能否拘留还成问题。这一些都反映了我当时的思想状况,以及我后来写小说的基本态度。我当年的思想状况正像现在的一首流行歌曲里唱的那样,希望"工作顺利,家庭幸福,人人快乐……"二十六年的岁月告诉我,生活和唱歌是不相同的;正因为不相同,我们才拼命地寻求真善美,来与假恶丑进行殊死的搏斗!写小说的人应该是别无多求的,只希望我们所生活着的世界能一天天地美好起来。今年比去年好,明年更比今年好,一直好到那个最好最好的共产主义(没有绝对的终点,否则人类要毁灭)。有曲折也不要紧,连铁路

与张贤亮合影（1995年3月）

主席台上

也要拐弯的;我们所以描绘弯路,其目的也是想找出翻车的原因,希望后来者一路平安而已。我觉得,这就是我们在作品中所表达的善意(表达的方式各异)。我也相信,这种善意是能被绝大多数的人接受的。有些人一时接受不了,觉得不"带劲",不尖锐,那也不要紧,待到时过境迁,心平气和的时候也许会接受,偏激也是不真实的。

有人说《小巷深处》比我现在的小说写得美,连题目也美。此话不知道是真的还是假的,前两年我复看此篇小说时,觉得也美不到哪里去。可能是因为我现在所认为的美要比二十六年前质朴些,内在点,还掺杂了一些不可救药的幽默在里面。如果真是比现在写得美的话,那也不能归功于我,得归功于苏州。苏州的姑娘长得美,园林美,小巷也有一种深邃而宁静的美。"小楼一夜听春雨,深巷明朝卖杏花。"苏州的小巷里确实有过卖白兰花的,那叫卖的声音也十分优美。老实说,此篇小说的环境描写是帮了大忙的。当年我是无意识,也不知道古老的苏州可以卖铜钱。现在我知道了,但也不敢多写了,我不能把苏州的美当作廉价的商品来倾销,只有在活不下去的时候才伸手向妈妈讨几个铜钱。

二十六年过去了,生活和创作的道路都是不平坦的,风风雨雨,恩恩怨怨,诸事百感终日萦绕在心头,有时候简直乱得难以下笔,不知道在这茫茫的艺海之中如何拨正船头。去年到四川去开会,有机会聆听了艾芜同志的教诲,他说,一个作者在体察生活时要真,在评价生活时要善,在描述生活时要美,以此而求得真善美的统一(大意如此)。前辈的探索与总结使得我模糊的追求变得较为清晰,这恐怕是我们一代代的人所苦苦追求的。

1983 年 3 月

共同的财富

我常常被人问及一个问题:你受哪些外国作家的影响最深?试举例。

我听到这个问题头就昏了,不知如何回答才好。就小说而言,如果问及中国的作家和作品,心里还多少有点底,可这世界上的作家有如繁星满天,作品铺天盖地,我从小时候读到今天,一只角还没有读完哩,这影响从何谈起!最深就更难谈了,因为我读外国文学作品没有计划,没有系统,有书捞到就读,不管是这个约翰还是那个斯基,有兴趣一口气读完,没有兴趣只读个半截。有些作品是青年时代站在旧书摊上读完的,作品和作家的名字早就忘记了,只有提到内容的时候才想起:"噢!我读过的。"所以这影响最深就无从谈起。但是这不等于说我没有受过外国文学的影响,完全是传统的。我很爱读外国的文学作品,就所读作品的数量来讲,外国的还是多于中国的,所受的影响也很深,但不是深在哪一位或哪几位作家的作品里。我很容易受别人作品的影响,每读到一篇好作品时便激动不已,五体投地,恨不得也照着他的样子来写一篇。可是当读到另一篇好作品时又要五体投地了……日日五体投地,投多了以后就不知道投在哪里才好,只得站在那里,我走我的。走,你想脱身而走?不那么容易,药已经吃下去了,药性总是要发作的。可这药是一种复方合剂,你说不清是哪一味药起作用的。马克·吐温的幽默,果戈理的嘲讽,契诃夫的深刻,梅里美的优美,托尔斯泰的内省,茨威格的强烈,欧·亨利的奇异,乔治·桑的细腻,巴尔扎克血淋嗒地,高尔基在草原上漫游着哩……我承认,当我往前走的时候,这些伟大的导师以及许多不相识的外国朋友们常常在我的面前出现,我感谢他们的帮助和栽培。

一个人能写一点小说,最起码的条件是要读过一点小说,或者知道小说是个什么东西。从这一点来讲,我们是读得越多越好,越广越好,不要分什么中国的还是外国的。社会发展到今天,地球变得很小了,随着传播手段的日新月异和愈来愈多的文化交流,各国人民所创造的文化实际上就成了各国人民共同的财富;世界文化的宝库就是各国人民的公用仓库,我们去拿来,人家也拿去,可以互通有无,调剂盈缺,如果不怀偏见的话,我们绝不会拒绝共享这笔财富。

就小说而言,我总觉得我们民族遗产的质量很高,数量不多,不像诗词散文那么浩如烟海,品种繁多。小说作为九流之末在漫长的封建社会中不被重视。《三国》,《水浒》,《红楼》,《聊斋》,《儒林外史》,"三言""二拍"等都有很高的艺术成就,但也是屈指可数,所以近半个多世纪以来,中国新文学的先驱都注意向外国文学学习,而且亲自动手翻译,伟大的鲁迅就是这方面的楷模。这种学习一方面是思想的交流,一方面是技巧的切磋。"五四"以来的著名作家,很少有不受外国文学影响的,他们的发展往往都经历了三个阶段:土——洋——土,即早期对中国的古典小说很有兴趣,并有很好的旧文学的基础;后来的眼光便越出了国界,对某些外国文学很有研究,读得很多;最后便以某种特有的、发展了的民族形式来写小说。以土萌芽,以洋开润,传世之作往往都产生在第三阶段,此种现象很值得我们研究。

小说是人们生活和思想的艺术表现,各个国家的人民生活在不同的环境之中,其道德风尚、思想方法、价值观点等等都是不相同的。各个国家的作家们用尽心机,用不同的创作方法,从各种不同的角度,把各种人物的生活和思想加以表现,其方法之多样，品种之繁多是蔚为奇观的。我们可以从这众多的作品中得到许多教益，用以丰富我们的描绘手段和对于各种生活的应变能力。生活是千变万化的，从来没有想到过和没有碰到过的事物都会不停地出现，怎么来描述这种纷纭复杂的思想和生活，各个国家的作品都可以为我们提供参考。一个作家的枯竭不完全是由于生活的枯竭，人只要活在世界上，生活面可以有广有狭，完全枯竭是不可能的。作家的枯竭主要是由于思想的枯竭和创作方法的一成不变，是由僵化和老化而引起的。注意从外国文学中汲取营养，对于活跃思想、磨炼技艺都是很有帮助的，这不仅是对中国作家而言，对外国作家来说，他们也有个向外国文学学习的问题，中国文学对于他们来讲也是可以借鉴的（如果译成外文的话）。作家是在创造人类的文化，而且要创造文化的高峰，高峰不是一根竹竿通到天，山越高它的基础越广，所谓基础就是中外古今各国人民的文化。我们要努力扩大自己的基础，以期站得高些，站得稳点。

　　向外国文学学习和模仿某种外国文学是两码事，切忌模仿，世界文学的画廊中是从来不展出复制品的。文学的公用仓库是个庞大无比的花园，各个国家的作家都去种那么几株花儿在里面，你种牡丹，他种海棠，说起来都是花，看起来都是不相同的。如果硬是有那么几株完全相同的话，说不定是塑料制品，假的。因为文学的花朵都是根植于不同的土地之中，在不同的气候下成长起来的，如果是真的话，它多少都有点区别。从看花人来讲，他们也不欢喜重复，而是欢喜新异。各个国家的文学只有以自己特有的风貌进入世界的花园，才算是对世界的文化作了贡献。模仿、复制等等都是没有出息的。这不是吸收与消化，而是吃什么拉什么。吃什么拉什么是一种病症，如不及时治疗是要病入膏肓的！

1984 年

微弱的光

从某种角度来看,作家并不是一种美好的职业,因为他们总是不停地在煎熬着自己。世界上的事情不可能按照作家的愿望来实现,人类的灵魂也不完全是由作家塑造的。可是他们总是不自量力,忧心忡忡,孜孜不倦,把自己的心血注进油盏里,燃烧,再燃烧,发出一点微弱的光辉。他们很少满足过,没有平静过,一种自我的骚扰贯穿了整个的生命线,烦恼大于安慰,感情的过剩有时可以造成危机。

我年轻的时候曾经有过许多美好的梦,却没有一个梦是想到要当作家的。这倒不是说我那时候便知道作家不是什么美好的职业,相反,我认为能够写书的作家太了不起。因为我七岁开始便读孔夫子的书,能够写书的孔夫子是圣人,连我的老师都要对着他的牌位叩头。不幸的是我从小便爱幻想,而幻想总是和文学有缘的,只有文学可以为一个孩子提供那么简便而又无穷的想象的天地。

想象也是需要诱发的,最先诱发我的是一条伟大的河流——长江。我于一九二八年三月二十三日出生在江苏省长江北岸的一个小村庄里,五岁的时候移居靠近长江边,万里长江离开我家的大门不到两百米。沙沙的涛声每日催我醒来,伴我入睡。我每天都要坐在江堤上呆望,望着那些轮船和帆船从天边出现,又慢慢地消失在天的尽头。这就引起了我的遐想:这世界到底是什么样子的?我想不出来,东望是水天一色,西望是水色一天,一片广漠的空白,遐想无所依附。

文学进入到我的生活中来了,它使我的想象有了依附,有了发展。文学是一个五花八门的世界,开始有神仙鬼怪,接着便有爱情,有友谊,有欢乐,有眼泪;有卑鄙的勾当,有崇高的行为,有强盗的行径,有正义的事业。这一切都使我神魂颠倒,都想去经历经历。但是,文学中所描绘的事物都不在我的家乡,也不在我读初中的那个小县城里,最远的是在海外,最近的也在上海、南京和苏州。苏州我可以去,我的姨妈家在苏州做生意。

一九四四年的春夏之交,我穿着长衫,戴着礼帽,闯进苏州来了。苏州号称人间天堂,她的美丽超过了我的想象。我觉得她像一部历史,一首古诗,是各种美妙的故事的发源地,这些故事都好像是在哪部文学作品中读到过的。一个梦游天地的青年终于在大地上找到了落脚点,从此我便爱上了苏州,并在苏高中就读了三年。

三年之后我发现苏州是个明媚而清澈的湖,污垢却都沉积在清水的下面。苏州有许多女人长得很漂亮,拉着她们走的黄包车夫却是一个个瘦骨伶仃,气喘吁吁的老头,天堂是建筑在地狱的上面,苏州那美丽的外表再也掩不住人民的疾苦,我的兴趣和想象便因而转向了社会,想为求得一个完美的社会制度而奋斗,让人人都能生活在天堂里。

高中毕业之后我没有升学,到解放区参加革命去了,随后又渡江回到了苏州,在《苏州报》做新闻记者,前后做了八年。那八年正是我们国家蒸蒸日上的时候,我热诚地为新社会唱赞歌,写新闻,写通讯,写社论。唱着唱着还觉得不过瘾,因为新闻和通讯都必须真实,好像嗓门儿被什么东西卡住了似的。忽然之间异想天开,何不做篇小说试试呢?小说也写真实,但是可以虚构,可以把真实加以想象而求得艺术的完美。这时候我再也不把作家当圣人看待了,因为作家和记者之间只隔了一层板壁。

那时候我才二十五岁,说干就动手,老实说,想写小说一方面是为了替新社会唱赞歌,一方面也有点弄着玩儿,想出点儿风头,没有想到这文学是个危险的游戏。

我起早带晚,中午不休息,花了个把月的时间做了一个短篇,寄到上海的《文艺月报》去。首投未中,却碰到了一个好编辑,他写了一封三张信纸的退稿信,说稿子虽然不能用,但他却从稿子中看出我是有创作才能的,鼓励我继续写下去。那时候我欢喜戴高帽子(现在有点吓),编辑说我有才能,那是不会假的,继续干下去!干了许久又写了一个短篇,题目叫《荣誉》,《文艺月报》把它发表在显著的地位,而且还发表了评论文章,说我写得如何好等等。那时候写小说的人很少,能有一篇小说获得好评就可以算是作家了,我不久就参加了中国作家协会的华东分会,并且出席了在北京召开的全国青年创作者第一次代表大会,结识了一大批在五十年代初露头角,而今在中国文坛上很有名声的作家。这下子有点欲罢不能了,跟着又来了一个短篇,题目叫《小巷深处》。小说发表之后引起了一阵轰动,因为那时的小说都是写打仗和生产,写战斗英雄和劳动模范,写英雄主义。《小巷深处》写的是一个妓女的新生和爱情的波折,写的是人道主义,而且文笔还有点儿优美,用那时的话来说小资产阶级的情调是很浓的。到了一九五七年的春天,江苏省文联成立专业创作组,把江苏省在创作上稍有成就的人都搜罗进去,我也不当记者了,到南京当专业作家去。

真的要以作家为职业了,这事儿以前没有想过,现在得好好地研究研究:作家到底是干什么的,他对社会负有何种责任,应该怎么写,写些什么东西?当时和我在一起的有现在著名的作家高晓声、方之、叶至诚、艾煊、梅汝恺、陈椿年等人。我们几个人一研究,觉得文学不应该只是唱赞歌,要干预生活。创作方法也应该是多种多样,不应该只有一种社会主义现实主义。要写人,探索人生的道路,不应当写政策,写政治运动。同时认为过多的政治运动和阶级斗争已经破坏了人与人之间的正常关系。这些话现在讲出来还要防备有人来"商榷",二十八年前讲这些话简直是胆大包天!我们不仅讲,而且还准备创办一个同人刊物《探求者》,用艺术来实现我们的主张,同时为《探求者》写了个发刊词,把这些主张都明明白白地写在里面。刊物还未办成,就开始了一九五七年的那一场反右派斗争。这下子闯下大祸了,我们被打成了反党集团,批判、斗争、检查、下放。陈椿年送进劳改农场,高晓声回老家去种田,艾煊到西山去种果树,方之和叶至诚去大炼钢铁,我回苏州,到苏州机床厂去当学徒,一个个都没有好下场。这就是五十年代中国文坛上颇为有名的《探求者》事件。我第一次当专业作家只当了不到半年,便一个筋斗栽到底,作家实在是个并不美妙的职业。

　　我在厂里当了两年的车工,真心诚意地向工人们学习。我觉得作家是人,工人也是人,他们的工作很辛苦,而且默默无闻,那劳动也是很富有创造性的,很值得知识分子学习。那年头,当了个右派、反党分子等等日子是很不好过的,见了熟人也不敢点头。工人们可不管这些,只要你不刁钻,能干活,他们就亲近你,称赞你,并在暗中对你的不幸表示同情。我工作得不错,工人们都称赞,几次评为先进,得奖得过一套卫生衫和一个大脸盆,实乃不幸中之大幸。谁知这大幸之中又孕育不幸,真是祸福难明……

　　到了一九六○年的夏天,三年困难之后实行经济调整,文艺界也开始复苏了,江苏省又成立专业创作组。因为我在工厂中劳动得不错,改造得有成绩,为了体现政策,又把我调上南京,又当起专业作家来了。我吃一堑长一智,小心谨慎,不敢得意忘形。可是那时的小说已经很难写了,阶级斗争第一,人物都被拔高得足有五六米,胳膊和大腿都比普通的人大几倍。我不愿意去凑这种热闹,因为我自己只有一米七四多一点,那样的巨人我在生活中也没有见过,也许是此人只应天上有吧,可我那时连飞机还没有坐过呢!于是我便写普通的劳动者,写工人,写劳动,写劳动中的某种哲理。由于我在工厂中劳动了两年多,有体会,写起来也别开生面,产量也是不少的。这一来又引起了文艺界的注意,评论我的文章也都是说好话的。这不是好了吗?慢点……

到了一九六四年,国民经济稍有好转了,又要大搞阶级斗争了,文艺界的形势越来越紧张,小说没法写了。当年的中国作家协会的领导人很着急,便在北京召开了一个短篇小说座谈会,研究到底怎样写法才好。茅盾和许多老作家、理论家都出席了这个会议,我也去了。在会上,茅盾对我的写法很有兴趣,认为这也是无路之中的一条路,于是便在《文艺报》上发表评论文章,评价我的小说。想不到这篇文章发表得不是当口,那正是批评文艺界已经走到修正主义边缘的时候。陆文夫何许人也?一查,一九五七年的"探求者",反党分子。完了,此人重登文坛,其本身就是阶级斗争的表现,批!

这一次可批得我够呛的了,比一九五七年要厉害几倍,前后长达半年。许多报刊都发表了批判我的文章,江苏省的报纸用两个整版的大文章把我批深批透。那时候我的大女儿正在读小学,看到那她也看不懂的大文章竟会血压升高,昏昏迷迷。我也昏迷了,怎么昨天还说我写得如何好,今天却突然成了反党反社会主义,有些批判和赞扬我的文章前后竟然出自一人之手,这文艺界究竟还讲不讲理?当然,批判我的人(他们也是奉命而作或闻风而动)也有理,说我是写中间人物,写阴暗面,写人道主义,不写阶级斗争,还是《探求者》的老观点,所以要新账老账一起算,把一九五七年的事情翻出来重批。我开始是想不通,后来想通了、看穿了便感到一种幻灭,差点儿从南京灵谷寺塔上跳了下去。所以没有跳,是想看看这文艺究竟如何向下发展。我自己不能写了,也不想写了,只是想看看而已。一九六五年的夏天我被赶出文艺界,又回到了苏州,在一家纱厂里当修理工。不看书,更不写小说,星期天喝半斤黄酒,低声唱《贝加尔湖之歌》,这是当年的一支中国红军被逼退入苏联境内时所作的歌:"在贝加尔全境都是白雪纷飞,狂风将白雪吹起散满了大地……"我唱起来声音嘶哑,热泪满面,孩子们听到我唱歌便从房间里逃出去。到了"文化大革命"期间更遭殃了,抄家、批斗、挂牌、游街、请罪,一样不少,行礼如仪,可我自己倒反而不感到有太多的痛苦了(当然也不舒服),只担心我们国家的这一场浩劫如何了结?年轻时代梦寐以求的人间天堂,幸福社会,到哪天才能实现?我自己已经成了一个工人,会干活儿总是有饭吃的……且慢,工人不能让你当,叫你当农民去。一九六九年年底把我全家下放,到农村去插队落户,要在五天之内带着全家离开苏州。一个曾经想建设天堂的人,又被从天堂里放逐出去。

我带着妻子和两个女儿来到了江苏北部的黄海之滨,那里当时是江苏省最艰苦的地方,被下放者称之为江苏的西伯利亚。我在那里一住便是九年,造茅屋,种自留田,其余的时间便是和一起下放的老朋友喝酒聊天,纵论天下大事,把我们的经历,把国家和个人走过的道路都作了一些总结。从我个人来说,这九年也没有完全浪费,思考了不少问题,不再那么容易上当受骗。那时候我们认为"四人帮"迟早会垮台,但是难以预料早在什么时候,迟又迟到哪天,有生之年还能不能看得见?

那一天终于来到了,"四人帮"被一举粉碎,我和全国人民一样,那激动的心情是难以表述的。我和我的朋友们痛饮了三天之后,便把钢笔找出来了,我要写小说了,创作的冲动像一股热流在寻找喷口。可我已经停笔十三年了,许多常用的字都已经忘记,简直想不起小说是怎么写法的。我像一个卧床十三年的病人一样,爬起来扶着墙壁走路,先胡乱写点散文、剧本作为练笔,慢慢地把遥远的记忆唤醒来,然后使足力气写了个短篇。这时候《人民文学》也已经复苏,一些老编辑在到处寻找那些下落不明的老作者,当他们找到我的时候,短篇一个已经写好了放在案头,这就是发表在《人民文学》上的短篇小说《献身》,后来获得了一九八○年的优秀短篇小说奖。

我的一家也从黄海之滨搬回苏州来了,回到苏州的时候我已经五十岁。我又当起专业作家来了,从二十五年起开始写小说,用了二十五年的时间跌倒爬起,三起两落,最后才落定了作家这个并不美好的职业,你看这作家可是好当的!

严格地说,我从五十岁起才算真正地写小说,前面的二十五年只能算是艺术的磨炼和生活的磨炼。在粉碎"四人帮"后的八年间,我大约发表了不到四十万字的中篇和短篇,三次获得全国优秀短篇小说奖,一次中篇小说奖。但我每次到北京领奖时,心里总有点难过,总觉得有许多朋友没有能来,他们有的在苦难中不幸去世,有的在苦难中把才华磨灭。因此我总觉得负有一点什么历史的责任,有义务写出各种人生的道路和社会的变迁,把自己的心血和曾经流过的眼泪注入油盏内,燃烧,再燃烧,发出一点微弱的光辉,让那些走向幸福的人们在夜行中远远地看到一点光时,感到一点安慰:快了,前面又到了宿营地。

1985 年 3 月

快乐的死亡

作家有三种死法。一曰自然的死,二曰痛苦的死,三曰快乐的死。

自然的死属于心脏停止跳动,是一种普遍的死亡形式,没有特色,可以略而不议。

痛苦的死亡是指作家的心脏还在跳动,人并没有死,只是已经没有了作品。作家没有了作品,可以看作是一种死亡,是一种艺术生命的消失。其中有些人是因为年事已高,力不从心。这不是艺术的死亡,而是艺术的离休,他自己无可指责,社会也会尊重他在艺术上曾经作出过的贡献。痛苦的死亡则不然,即当一个作家的体力和脑力还能胜任创作的时候,作品已经没有了。其原因主要是各种苦难和折磨(包括自我折腾)所造成。折磨和折腾毁了他的才华,毁了他的意志,作为人来讲他还活着,作为作家来说却正在或已经死去。这种死亡他自己感到很痛苦,别人看了心里也很难受。

快乐的死亡却很快乐,不仅他自己感到快乐,别人看了也快乐。昨天看见他在大会上作报告,下面掌声如雷;今天又看见他参加宴会,为这为那频频举杯。昨天听见他在满座高朋中大发议论,语惊四座;今天又听见他在那些开不完的座谈会上重复他昨天的高见。昨天看见他在北京的街头,今天又看见他飞到了广州……只是看不到或很少看到他的作品发表在哪里。

我不害怕自然的死,因为害怕也没用,人人不可避免。我也不太害怕痛苦的死,因为最能折磨人的时代已经过去,自我折腾也可以自我克制。

我最害怕的就是那快乐的死亡,毫无痛苦,十分热闹,甚至还有点轰轰烈烈。别人要来拉扯,自己很难控制,即很难控制在适当的范围之内。因为作家也不能当隐士,适当的社会活动和文学活动可以开阔眼界,活跃思想,对创作也是有益的。这和喝酒一样,适量饮酒可以舒筋活血,对身体有益。可是这有益的定量究竟是多少呢?怕只怕三杯下肚,豪情大发,来者不拒,饮必干杯。一顿喝不上便情绪不高,两天没有宴请便觉得门前冷落,颇有怨言。于是乎到处去找酒喝,呜呼,快乐地死去!

1985年4月5日

无 声 的 歌

一个人想写小说,原因很多,有许多偶然的、外在的、附加的因素。如果剔除那些表层的皮壳,其核心恐怕只有一个:想唱歌。

人生于世有暂有久,有喜有愁,有憧憬,有迷惘、徘徊与执着的追求。经历了一番阵仗之后,便有酸、甜、苦、辣沉积在心头。这种沉积有时如止水,有时却如潮水升腾,翻滚不止,使人的心房胀得难受,因而想叫喊、想呼唤、想仰天长啸、想低声倾诉。直着嗓子叫喊是一种比较原始的方式,只能简单地表达欢乐、恐惧与渴求,于是便出现了各种各样的歌。唱歌可以抒发胸臆,可以娱人也可以自娱。

小说是一种无声的歌,它是以文字作为音符,为人生谱写出欢歌、壮歌、悲歌、挽歌以及各种无以名之的曲调的大汇合。写的人呕心沥血,看的人于享受之中似乎也有所领悟。

世界上有各种各样的歌,有些歌听听也可以,看看也热闹,总比万籁俱寂好得多。可是能使人动情,使人奋起,使人于沉思之中有所领悟的歌却不会太多。有些歌也新颖,也别致,可是听来听去总觉得缺少了什么:缺少了真情,缺少了诚挚,缺少了向往与追求。歌唱者似乎没有什么胸臆要抒发,只是为了唱歌而唱歌;不是因为不唱歌心房就胀得难受,而是因为不唱歌就不那么热闹,就感到冷落与寂寞。

歌唱得不好的时候往往怪嗓子,往往会在唱腔上刻意追求。

当然,唱歌的人需要练功,吊嗓子。写小说的人也需要懂技法,练笔头。表达能力是一个前提,或者说是一种起码的要求,无声的歌却是有形的歌,有声有色的东西才能够传播。可是有一点要明确,这些都是属于基本训练,是某种学步,学步总有师承,学得越像越是使人感到在哪里听过,在哪里见过。关起门来练基本功要十分认真,却决不能站在舞台上面对着观众吊嗓子,那除非是某种专业会议或学术交流。也许是我们的基本训练太差了吧,若干年间只要求文学为政治服务,只需要说出某种简单而明确的意思,如何说法却从不考究,因此一旦想到要提高质量时,便把技巧、形式、方法等等当作头等大事,情不自禁地直接站在观众的面前吊嗓子。绝大部分的观众并不想学唱歌,而是等着欣赏,等着感觉,等待着心声的交流。尽管你的嗓子吊得很好,观众却有点莫名其妙,不到终场便溜得差不多。但也不会全部溜光,总有一些同行与票友坐在前排为你欢呼。他们的欢呼也不是瞎捧场,因为他们不是听唱,而是看功夫。不肯流俗,有所追求的歌唱家往往更容易因此而受到迷惑。

练嗓子的目的是为了唱歌,为了在表达心声的时候得心应手,婉转自如。如果把方法、技巧、语言等等抽出来加以研究,它们就会变成没有生命的、制作艺术的工具。工具当然不可缺少,而且要考究,设备齐全,但是不要去分谁优谁劣、先进落后、土货洋货。因为方法和技巧一旦进入创作以后它本身应该隐而不见,所见所闻只是作者的心潮起伏。这话并非是否定技巧,而是强调方法和内容的吻合。创作总是先有内容才去寻找恰当的表现方法,绝不是为了方法才去寻找点内容填进去。我们也常常责怪自己的创作方法太陈旧,其实倒不如责怪自己的思想方法太落后。没有独特的见解就没有独特的方法,方法和见解在创作中不可分割。刻意追求技法,技法就会变成戏法。戏法也可以娱人耳目,但是很难使人动情、奋起与沉思。

小说是一种无声的歌,很多人在唱,很多人在听,很多人都在研究。各种认真严肃的研究都有好处,最大的好处不在于提倡和推广某种唱腔,而在于用各种优美的唱腔唱出人生的歌、真情的歌、诚挚的歌。

1986 年 1 月

与江苏省省长梁保华交谈

在南大中文系作家班讲课

随笔之笔

文章里有一个品种,谓之曰随笔,顾名思义就是随意命笔。笔是一种工具,命是一种思维,一种意念,意念指挥工具而成华章。通常的情况下人们往往重视意念而轻视工具,认为工具可以随意指挥,想用就用,不用就丢,不听使唤就扔进垃圾箱内。其实不然,有一种笔就不那么好对付,它有自己的个性和脾气,这就是毛笔,是名副其实的笔,是那竹管上装着一撮毛的东西。这东西不好对付,软不得,硬不得;重不得,轻不得;快不得,慢不得,使不会用笔的人望而生畏。在下便是其中之一。小时候毛笔字写不好被先生打手心,现在拿起笔来手就发抖。有时被逼得签名或题字,写出来的毛笔字连想恭维的人都难以启口。年轻时不知何故,只是对那些写一手好字的人十分眼热,看人家手里的那枝笔,挥洒自如,转折得体,柳体、颜体、瘦金体,铁笔银钩。自己拿起笔来却没轻没重,没粗没细,按着白纸划黑线,写出来的字又有简体又有繁体,就是不得体。看看倒也清楚,就是不美。下放劳动时也曾偷闲练过一气,收效甚微。最后只好长叹一声道:天生的。

近些年来突然想出了一条歪理,觉得自己的字所以写得不好绝非天生,也不能归罪于右手有疾,其中有一个重要的原因是我对笔的态度有问题。我对待笔和对待棍棒、对待扫帚没有什么区别。不管什么狼毫、羊毫、兔毫,拿在我的手里都是一样的。不肯悬腕运指,收心屏气,使劲儿,悠着点,而是随心所欲,随心而不随笔。结果呢，字也写出来了，可作为书法，作为美术来讲只好马上扔进字纸篓，或者是作为笑柄被人记在心里。

我很敬佩书法家，他们对笔好像是对待至亲好友似的，那么了解，那么爱惜。有些书法家逢场挥毫，写完后往往摇头，说是笔不顺手。更有甚者，如果自己没有带笔干脆就拒绝动手。起先，我以为这是一种推托之辞，是睡不着怪床歪。差矣，这些都是实话，而且是创作态度极其严谨的表现。人和笔化为一体之后方得妙境，所以王羲之的七世孙僧智永把用秃之笔不肯扔掉，而是造墓葬之，谓之曰"退笔冢"。僧智永和林黛玉葬花是一样的，林黛玉葬的不是植物，僧智永葬的不是工具，是葬的自己。情之所至化为神奇，所以僧智永能成为陈隋间一代书家并影响初唐书学。林黛玉也不简单，直至如今还可以到处听见呼唤林妹妹。

和僧智永……岂敢，和写字写得比我好的朋友相比，我觉得我对毛笔有愧，字写得不好也是活该的。虽然在学塾启蒙之时先生就教导过，说是要爱护毛笔，用完后要洗干净，挂起来或是插在铜笔套里。当年我好像也很听先生的话，一日两三次到河边去洗笔，洗墨盘，其实是借此机会到水码头上去玩。我用毛笔当刷帚，把墨盘洗干净去捞小鱼小虾，捞着了再折几根水草放在墨盘里，偷偷地带回书屋，供在案头，看鱼虾游戏，所谓爱笔只是幌子而已。现在明白了，但也晚了，习惯已经成自然，过了一定的年龄之后，思想和行动往往受习惯的支配。

我不理解笔，笔也不理解我，不由地恼羞成怒，好了，咱们从此分手，借助于现代科技，我用电脑打字！这篇短文就是用电脑打出来的，名为随笔，实际上叫"随脑"比较确切。

1991年1月19日

与友人谈快乐

你说我过得很快活,我承认,从某种角度来看,在同辈人中我算是活得比较快活的一个。但我想把快活二字改一改,改成"自在",就是说活得还比较自在。自在的含义就是自然、自觉、自足、自我放气……最后的这一点虽有打油之意,但却是十分重要的。年轻时样样事都憋着一口气,那有好处,是想干点儿事业的。所谓志气是把志和气混合在一起的,如果有志而无气,那就缺少弹跳力,只能沉湎于空想之中。

随着年龄的增长,憋着的气越来越多,弹跳力越来越小,能干的事越来越少,这就造成进气多,出气少,如不及时放气,那是要爆炸的!有许多人活得不快活,不自在,我看就是憋的气太多,当年不堪回首,还有壮志未酬……

壮志未酬身先死,那是人生的悲剧。我看,我们这些人可以算是壮志已酬了,而且还没有死,何等的快活!你想使中国富强,你想改善人民生活,你想使你的儿孙不再受苦等等,这些都已经实现,或正在实现。当然,所谓改善生活,不使儿孙受苦等等都是有高低,有差别,没有底。如果在没有底的海洋里硬是要去海底捞月,那就除了憋气之外再也没有出路。人和人是不能比的,你愤愤不平的时候可以说,他是个什么东西!他愤愤不平的时候也可以说,你是个什么东西!人只能是知足常乐,但也不必能忍自安。因为忍是一把刀插在心上,有时产生剧痛,有时隐隐作痛,样样事情都忍在心里是要生癌症的。最好的办法是先知足，后放气，先忍着，后忘记。

你不要那么天真，不要以为活得快活的人就像鸟儿在天空飞翔，像鱼儿在水底嬉戏。其实，所谓的快乐大部分是一种自我的感觉，而且是一种事后的感觉。一件事情过去了以后，你把当时的烦恼、痛苦、屈辱、羞愧、灰心、疲惫等等全部忘记了，剩下的都是可以吹嘘、可以夸耀、可以使你快乐也可以使人快乐的劫后余灰。

你也曾体验过成功的喜悦，想想那成功的过程都是一连串的痛苦，如果你只记得痛苦，那就感觉不到喜悦。不信，你试试。人生不如意者常八九，你哪一天快乐过？

现在有很多人在练气功，我不知道有没有什么特殊的气功，能练得让那股子气能憋得住也散得快，能够吹着口哨去打拳击，打胜了快活快活，打不胜，拜拜，下次再来。

祝你快乐！

你的忠实的朋友陆文夫
1992年5月19日

文学小道上的今昔

这个世界也真稀奇,一时间一种潮流;更奇怪的是某一种潮流的兴起又几乎是世界性的,只是有个时间差而已。

记得刚粉碎"四人帮"的那阵子,文学,特别是小说大出风头,文学刊物发行几十万、上百万的不算稀奇。于是乎作家也就跟着走红了,那个抖劲儿不下于现在的总经理,常有金钱与美女在身边绕来绕去。虽说那时的钱没有现在多,舆论也不偏向于有钱的,可那作家的声誉和他们在读者心目中的地位却是令人羡慕的。

那时间,名作家们的风光和现在的红歌星差不多,走到哪里都有人请演讲、请吃饭、请会见、请签名。写稿有稿费,演讲也有五块钱的讲课费,外加一点什么纪念品之类。虽然和现在歌星们的出场费不能比,可你知道,那时人们的收入除掉规定的工资之外,多拿一个钱都有贪污的嫌疑,作家们居然还有工资以外的收入,了不得!

名和利是天使也是魔鬼,你无法否定她的存在,也不要企图把她消灭。当作家可以名利双收,这对那些本来就爱好文学的人当然就有吸引力。

许多人都向文学的小道上奔跑过来了,那些有知名度的作家当年是很忙碌的,他们经常收到各种来信,有人询问怎样才能成为一个作家,有人询问做小说的诀窍和秘密;有人表示决心,说他什么也不干,老婆也不娶,坚持每天写五千字,直写到成为作家为止；还有人愿意自带口粮，自带行李，到作家的家里去当徒弟。更有一个故事是惊人的，有一位钳工决心要写出一部长篇，便用刮刀在自己的左掌心戳了一刀，造成工伤，然后便躲在家里写长篇，为什么要戳左手呢，因为右手要执笔，这比悬梁刺股还要残酷些。

在涌向文学小道的大队人马之中，当然有不少的人是在作飞蛾扑火式的冲击，是想在追求光明之中来牺牲自己，不完全是想获取名利，或者说是名利思想也有，但并非是主要的。这一部分人后来都很有成就，而且成了目前中国文坛的中坚。那戳手自残，不讨老婆的人大概已经结婚了吧，或者是早已开了一爿什么商店。

十年河东，十年河西，三十年河东到河西，六十年风水轮流转等等，都是农业社会的变更速度。当今的信息社会，其变更的速度可以是今天河东，明天河西。当市场经济开始发展的时候，文学，特别是所谓的纯文学便开始沉寂。读诗的人很少了，有人开玩笑，说是写诗的人比读诗的人多。读小说的人也少了，文学期刊的发行量已经到了枯水季节。当我们还在讨论文学与政治，还在一会儿反左，一会儿反右，一会儿来个什么主义的时候，大量的读者已经挥手向我们告别："再见了，亲爱的作家们，你们玩儿你们的吧，我们要去赚钱。"完了，读者挥手而去，对文学来说无疑是釜底抽薪。

如此说来文学作品就没人读了，不对，仅仅是改换门庭而已。要知道，赚钱也很不容易，无情的竞争，残酷的文明，卷进去以后马不停蹄，很累很累，请来点儿有刺激性的吧，秘闻、凶杀、奸淫……用赤膊女人做封面，最好再加点儿"人体艺术"照片。要卖五块钱一本？没关系，我抽一包烟够买两本呐。于是，所谓的"地摊文艺"就应运而起。

还有很大一部分欣赏水平很高，但收入水平不高的人，他们想看的文学作品慢慢地看不到了,或者说是看到了也买不起;越是买不起就越是看不到,因为出版社也不能老做蚀本生意。于是,这一部分高层次的读者也只能从书店里感慨而归,把那些古典名著重温一遍,聊以充饥。

那些坐在书桌旁搜索枯肠的作家们,突然感到事情有点不妙,很少有人来请教如何写作,更没有人想带着口粮来当学徒了,那文学的小道上的来者日渐稀少。相反,却有那么几个身穿泳装的人向着海滨走去……有人走时大声嚷嚷,好像是去赶海潮;有人走时心情沉重,甚至洒泪告别:"朋友们,等我发了财以后还是要回来的……"谁知道呢,也许他会输得精赤条条,无颜见江东父老;也许他会成为阔佬,那奔驰车再也无法驶进文学的小道;也许等到他腰缠万贯的时候,突然想到要骑鹤下扬州,拿出点钱来赞助赞助文学事业,这也是文学之幸,总比那些专啃窝边草的人要好一点。

关心文学的人也不必伤心,那文学小道上行人虽然不及从前,但也没有,也不可能有行人绝迹,荒草没踝的时候。文学本来就是一条林间的小道,是一条宁静的小道,一时间的起哄和拥挤都是某种客观的、非正常的条件造成的,一时间过分的冷落也不是生态平衡的表现。正常的状况应该是熙熙攘攘,有来有往,没有马拉松起跑时的那种挤劲儿,也没有马拉松快到终点时只剩下几个半死不活的。事情都是需要等待的,等到人们的口袋里满了,头脑里空了;物质丰富了,精神空虚了。那时间,文学的小道上又有可能热闹些。

1993 年 4 月 20 日

寒 山 一 得

说到苏州的寒山寺,我就有点得意,有点欣慰;有点儿生而无憾,却也不敢忘乎所以。

说实在的,寒山寺那么一座庙,枫桥那么一座桥,都没有什么了不起。精细的苏州人早就看出来了,还因此而产生了一句歇后语,叫"寒山寺的钟声懊恼来",即来到了寒山寺以后看看也并不怎么样,有点儿盛名之下其实难副的意味。确实,在全国的庙宇之中,论规模,寒山寺恐怕是排不上队的;一座枫桥在江南众多的石桥之中也不为奇,长虹卧波的大石桥多着呢!为什么那些比寒山寺更加恢宏的庙宇,比枫桥更加雄伟的石桥却默默无闻,唯独寒山寺那么名扬四海,引得游人如织。仅辞岁之夕,扶桑国人来听钟声者便有数千,使得市场繁荣,香火鼎盛,靠寒山寺而生活的人成千上万,因此而引来的国外投资尚未计算在内。

寒山寺建于南梁,唐时因寒山、拾得二僧居此而得名。得名并不等于出名,寒山、拾得在佛教中虽然也有地位,但寒山寺的名扬四海却是因为诗人张继写的那首七律:"月落乌啼霜满天……"

张继的这首《枫桥夜泊》,凡有文化者无不知晓,写得通俗易懂,意境优美,朴实自然。收进了《唐诗三百首》,也收进了许多教科书。读过这首诗的人就知道了姑苏城外有座寒山寺,来到苏州后就想到此一游,天长日久,代代相传,使得寒山寺成了旅游的热点。随着旅游事业的日益发展，这寒山寺还会变得更热，从经济上来看简直是一个跨国的大企业，这种企业还不需承担任何风险，只须完善防雷和防火的设备。

枫桥镇上那些开饭店的，开茶馆的，卖工艺品的，卖石砚的，卖拓碑的，开出租车的，蹬三轮车的……都得感谢张继老爷爷，他不仅是个诗人，而且是我们的衣食父母，是他养活了我们这些日益增多的人口。

文化人也可因此而扬眉吐气了，别以为"乱世文章不值钱"，这文章拐弯抹角地也可以产生巨大的经济效益。世界上没有一个大腕可以开创像寒山寺之类的"企业"，可以世世代代养活这么多的人口。何止一个寒山寺呀，"不识庐山真面目，只缘身在此山中。"庐山名声大振了。"两岸猿声啼不住，轻舟已过万重山。"长江三峡成了历代人们向往的旅游点。名山大川如果没有那么几句诗文来渲染的话，那无限的风光也只能是藏在深山老林里，山不在高，有文则灵。

远的不说了，就说近的。《老舍茶馆》、《咸亨酒店》……鲁迅和老舍可算是泽及乡梓了，特别是鲁迅笔下的孔乙己，这个被人打断了腿的穷酸却为他的子孙后代带来了十分可观的经济效益。"百无一用是书生"？不然，即使单纯地从经济角度来看，书生也是有用的，诗文也是有用的，只是有时候不能立竿见影而已。"文章千古事"，书生们又何必汲汲乎于眼前利益，大可不必在孔方兄的面前低声下气，你手里的笔是一根巨大的杠杆，可以把一座山托起来！你手里的笔是一根魔棒，它可以化作一道长桥，一座比枫桥硕大无朋的长桥，让你的后来者从这顶桥上走向精神和物质都很丰富的明天！大可不必看见人家有了汽车洋房心里就酸溜溜的，更不可因此愤而弃笔。

不过，话也不能说死了，世界上能有几个人之幸运如张继，这位老先生在唐代也算不上大名家，留下的诗只有十来首，官儿也是做得不大的，如果他写的不是《枫桥夜泊》而是《长桥夜泊》的话，人们早就把他忘记了。由此可见诗文的力量是跛足的，它必须和某种外因结合在一起才能产生社会效益和经济效益。文以人传，人以文传，寒山、拾得如果有知的话，他们会认为张继并没有什么了不起，是靠寒山寺而出名的，可能还要控告张继有某种侵权的行为。寒山、拾得也不要神气，你这寒山寺可算是得天独厚，因为寒山寺所处的枫桥镇当年是苏州的门户，是吴越沿大运河北上的必经之路。来往的客商、赴京的官员、赶考的儒生买舟北上时都是在枫桥镇歇宿、打尖，夜闻钟声当然是感慨万千，文思泉涌了，连陆游也曾写过："七年不到寒山寺，客枕依然半夜钟，风月何须轻感慨，巴山此去尚千重。"来往的人多了，作文作诗的人多了，寒山寺才能名扬四海。改革开放了，旅游成了一种产业，寒山寺才能如此繁华，才能养活如此众多的人口，如果不赶上改革开放，如果大家连饭都吃不饱的话，那寒山寺也很寒碜，我曾经见过它的破败荒凉，连几个僧人也养不起。我游寒山寺似有一得，觉得世界上的事总是你中有我，我中有你的。

1994 年 9 月 10 日

文学史也者

近闻吾辈之中,有人论及,他在未来的文学史上将如何如何。

初闻之下,似有不吉,因为我有一种下意识,总觉得这文学史是管死人而不是管活人的。是活人管死人,死人做不了主的。活着的人想在文学史里为自己修一座陵墓,就像那些怕火葬的老头老太,生前为自己准备了寿衣寿材,结果还是被子孙们送进火葬场去。

人们常说千秋功过要留于后世评说,这话听起来好像是谦虚,其实已经是器宇不凡了。后世之人居然还能抽出时间来评说你的功过,说明你的功与过都是十分伟大的了,要不然的话,谁还肯把那些就是金钱的时间花在你的身上呢?世界上做过一点事,写过一点儿文章的人多得很,如果都要留于后世评说的话,那死去的人就会把活着的人缠得也不能活。当你还活着的时候,写了那么一点儿小说之类的东西,人家出钱买来看看,你也得到了不少稿费,算是互惠互利,谁也不欠谁,谁也没有义务要把你供奉到文学史里,而且还要供奉到你所选定地位,这事情想起来实在有点滑稽。

文学史虽然有多种版本,要不停地改写,还要相互攻击。可是只要有文学史的存在,就会有一部分文学家被收罗进去,所以被收罗进去并非出于你的意愿,而是出于它的需要,你是想进也进不去,想逃也逃不脱。后世的评说是一种客观的存在,而不是主观的愿望,还活着的人奢谈文学史将对我如何如何,实在是说了也等于白说,过过瘾罢了。

我不了解死后进了文学史是何种滋味,总觉得那文学史是个无情的东西,它把你搓揉了一顿之后又把你无情地抛弃。一般地讲,文学史对去世不久的文学家都比较客气,说得好听地方也许比较多一点,这里面有许多政治的、现实的、感情的因素在里面。时间一长,许多非文学的因素消失了,那也就会说长道短,出言不逊了。时间再一长,连说长道短也慢慢地少了,这并不说明已经千秋论定,而是因为文学史太挤了,不得不请你让出一点地位。时间再长一些,你就没有了,需要进来的人多着呢!当然,有些人是永远挤不掉的,那也是寥寥无几。看起来,那些老是惦记着要进文学史的人,都不大可能是属于那寥寥无几中的一位。

其实,文学史是一门学问,是文学的派生,文学不是靠文学史而传播、而生存的。有些在文学史中占有很大篇幅的人,却只有学者知道,读者却不甚了了。有些在文学史中不甚了了的人,他的作品却在读者中十分流行而且有很强的生命力。作家被人记住不是靠文学史,而是靠他的作品。有许多人只知道《西游记》,却不知道吴承恩,甚至有人只知道《红楼梦》,不知道曹雪芹。我认为这对作家来说并不可悲,吴承恩和曹雪芹也不会因此而生气,他们是三生有幸,能做到人以文传。因为一个人如果读了《西游记》和《红楼梦》之后,就不免要追问作者是谁,这时候,吴承恩和曹雪芹就会活生生地站在读者的面前,用不着靠那文学史来向读者推荐。如果一个作家名噪一时,大家都知道他是一位知名的作家,却又不知道他到底有些什么知名的作品。完了,人一走茶就凉了,那文学史是帮不了忙的。

我倒是有点怀疑,这文学史是否也是一种桎梏,可以诱使人矫揉造作,想入非非,作家们又何必自作多情,自请入瓮呢,倒不如自由自在些,多写点好东西。

1994 年

文 以 载 人

有人认为小说也是"文以载道",有人认为小说是艺术,是"文不负载"。

我想,"文不负载"恐怕是假的。不管是什么样的小说,它总要载点儿什么东西,至少要把作者头脑里的某种想法载进去。即使是写得糊里糊涂、颠三倒四的小说,仔细地看看,也总能找出一点糊里糊涂、颠三倒四的道理。如果连糊里糊涂,颠三倒四的道理都找不出的话,那就有一个很明显的道理——叫你看不懂。这话不是我想出来的,我曾经在一个国际性的文学盛会上碰到一位外国作家,他写的书谁也看不懂,因而成了与会者中的特殊品种。夜晚在酒吧中闲聊时,这位作家来了,有个外国同行问他:"你到底写的是什么,我们都看不懂。"

"连你们都看不懂?好极了!这说明我的作品很成功,因为我写的书我也看不懂,目的就是叫任何人都看不懂,如果你们都能看懂的话,我还能来参加这样的盛会吗?"

一语道破,小说如果能使人看不懂,那也不是毫无道理的,它也是一种"文以载道",而且所载之道并不深奥,借用一句流行歌曲的歌词,就是:"我也不知道,不知道……"

由此观之,小说也和其他文章一样,载道大概是无疑的。至于载的是什么道,那就难说了。可以是大道,可以是小道,也可能有歪门邪道;可以以小道而喻大道,由邪道而入正道,这就要看作者怎么写,读者怎么读了。

小说除掉载道之外,它还有一种特殊的功能,此功能实际上已经存在,可却常被略而不提:小说是"文以载人"。

我们常说历史是人民群众创造的,可当我们翻开各种各样的历史书籍时,所看到只是些帝王将相、英雄美人,再加上点风流才子、游侠名妓等等,所谓的人民只是一个虚词而已。大人物被历史记载下来了,小人物又在哪里?帝王将相被记载下来了,张三李四又在哪里?当然,这也不能责怪我们的历史学家,历史学家写历史是要靠资料的,那些张三李四却像轻烟似的没有留下任何痕迹;即使挖开他们的坟墓,也只有一把骨头,连可供研究的殉葬品也没有一件。历史学家提到他们的时候,也只能是一言以蔽之了。看起来,要想把生活中普通的人记载下来,此种光荣的历史任务只能是落在小说家的肩上了。

小说能把当今的生活(未来的历史)中的人物写得栩栩如生,活龙活现。此种栩栩如生和电影不同,电影要受镜头的限制,很难体现人物的思维和内心,特别是无法展开人物赖以生存的自然和人文环境。小说中的人物是通过文字符号在人的头脑中形成,是一种思维的存在,不是感官的复印;是社会关系的总和,不是限于某种场景中的图像。我们要感谢历代作家所创作的小说,是他们记载下了我们所未曾见过的各个时代的人物,各个国家中的人物。一提到贾宝玉、林黛玉、王熙凤好像大家都很熟悉,其实谁也没有见过。多亏了曹雪芹的那一枝生花之笔,才能把两百多年前大观园内外的各种人物流传至今。古代、近代乃至当代的许多作家,把我们的先人活生生地展现在我们的面前,使我们能从先人的脚步中获得许多教益。当然,小说中所记载的张三、李四,并不是真正的张三、李四,是张三、李四的典型,或者说是一种概括,一种缩影。唯其如此,才能使张三、李四变得更真实,更活灵,而且可以免却许多"对号入座"和无聊的考证;免得那些张三、李四争当小说中的好人,硬说某某就是他。

万一小说中有个坏人和某个张三、李四有点相近的话,那作者就要惹一身是非,弄得不好要对簿公堂什么的。

　　小说载人也有它的缺点,它写帝王将相、达官显贵常常写不好,可写普通的人,写小人物却是它的拿手。原因也很简单,因为作家大都是些普通的人。身为达官显贵的人不写小说,小说是九流之末,雕虫小技。也有一些达官显贵是写过小说的,那是他成为达官显贵之前的事。当然,能写小说的也不都像高尔基,特别是在中国,能熟练地使用文字,大都是社会的高层或中层,或者是由高层而滑入中下层,是些怀才不遇、流落江湖的小人物。谁都知道,作家熟悉什么样的人,才能写好什么样的人,让一个穷秀才跪在皇帝的脚下写皇帝,他除了多写几个皇恩浩荡、天子万年之外,恐怕写不出什么精彩的东西。作家们熟悉千千万万个普通的人,才能使千千万万个人活在小说里。小说"载人"的这一缺点却又正好转化成它的优点,使它能补正史之不足,使得历史上见不到的张三、李四不至于灰飞烟灭,从而证明历史是人民群众创造的。

1996 年 1 月

接受记者采访

在鞍钢

安　居

　　我年轻时对住房的大小好坏几乎是没有注意过，大丈夫志在千里，一席之地足矣，何必斤斤计较几个平方米？及至生儿育女，业余创作，才知道这住房的大小好坏可是个厉害的东西！

　　五十年代一家四口，住了大小两个房间，二十多个平方米，这在当年也不算是最挤的。可那房间只有西北两面有窗户，朝东朝南都是遮得严严实实的，冬日不见阳光，西北风却能从窗缝里钻进来，那呼呼的尖叫声听了使人心都发抖。晚上伏案写作，没有火炉，更没有暖气，双脚和左手都生了冻疮，只有右手不生冻疮，因为右手写字，不停地动弹，这也和拉黄包车的人一样，拉车的人脚上是不会生冻疮的。当然，防寒还是有些办法的，后来我曾经生过炭火盆，差点儿把地板烧个洞；后来又用一个草焐窝，窝里放一只汤婆子，再盖上棉花，双脚放在棉花上，再用旧棉衣把四面塞严。寒打脚上起，只要脚不冷，心就不颤抖，那炮制出来的小说也就有点儿热情洋溢。

　　一到夏天就难了，西晒的太阳是无情的，它把房间晒得像个刚出完砖头的土窑，一进门便是热浪扑面；夜晚的凉风吹不进，到清晨刚有点凉意，那一轮火红的太阳又从东方升起！再加上三年困难之后自家举炊，一个煤球炉子就在房门口，二十四小时在不停地加热，热得孩子们都是睡在汗水里；热得我也无法炮制小说了，因为燠热会使人心烦意乱，手腕上的汗水会把稿纸湿透，炮制出来的小说不美……我深深地体会到了作家和房子的

235

关系。

八十年代我在国内跑来跑去,和我同时的同行们相会时,一个个都在为住房的问题而叫苦不迭,他们的书桌都在床头边,原稿和书籍是塞在床底下的。作家作家,他是坐在家里作的,坐在宾馆里作终非长久之计,还得有单位愿意为你付房钱,你一天作出来的几页纸,值不值那点儿钱?所以那年头我和朋友们相见时都要问一句:"你的房子解决了没有?"

那一年中国作家协会的主席团开会,讨论作家如何评级。我开始时坚决反对,我觉得作家评级有点儿滑稽,伟大的作家和不伟大的作家怎么能都评一级?二级作家的作品也许比一级作家写得更好点;他今天是三级作家,明天出了一部作品很伟大,你作家协会能不能及时地加以调整呢?后来有一位年轻的作家对我提意见了:"老陆,你不能反对,作家如果没有职称的话,他就分不到房子,涨不了工资,你也得为我们考虑考虑。"

我闻此言如雷贯耳,对对,作家要评级,一定要评级,工资还是小事,他们有稿费,这房子可是真家伙,没有级别是分不到的。作家虽说是人类灵魂的工程师,可他又没有工程师的职称;说是可以相当于教授或副教授,高教部却又不承认这一点。不是教授不是工程师,没有职称和级别,你叫人家分给你什么样的房子呢?记得有一年,我的一位老友去为我争取住房,那位管房子的领导问道:"他是什么级别?"我那位老友有点支支吾吾:"他……他是作家,需要一间书房。""我们只管住房,不管书房,是作家去找作家协会。"我的天,作家协会的和尚自己还没有禅房呐,哪里能顾得上你们这些挂单的。好好,我举双手赞成作家都要评级,而且要尽可能评得高一点,评个一级相当于高级工程师,也许能分到三室一厅,一室作书房,一室给孩子,还有一室住你们患难夫妻,也尝尝这苦尽甘来的甜蜜味。

忽忽又过了十多年,我还在国内跑来跑去,同行们见了面时,再也听不到"房子问题解决了没有",倒是常听到"你来玩,就住在我家里",能说"住在我家里",那可了不起!这句话我以前只听到外国作家对我说过,听到之后羡慕不已,感慨万千,因为能说这句话的人,绝不是那种把书籍和原稿都塞在床底下的。如今却也有中国作家能说这句话了,而且还不是个别的人,据我所知,凡是有了级别的作家目前都已经有了房子,少数人的情况有些特殊,但也在解决之中。所谓的解决也是提高的问题,再也听不到有谁还是把书籍塞在床底下了,书籍也分到了"房子",都上了架子,进了柜子。有些人家的房子还令人刮目相看,简直够得上豪华二字。那无房的痛苦和有房的激动好像都已经过去了,记得有些人在初分到房子的时候反而写不出文章来,老是惦记着那楼梯上还要装一盏壁灯,那墙纸是用黄的还是绿的……那……那个穿尖跟皮鞋的女人又来了,柳桉地板要被她踩出麻子来的!这正应了当年农村里的一句老话,叫穷人发财如受罪。当年还有人因此而得出结论,说是作家们还是没有房子的好,许多人都是在艰难困苦之中才写出不朽之作来的,叫"文穷而后工"。文穷而后工恐怕不是说文人要穷得当当响才能写出好文章来吧,中国字一字多义,穷有探索、追求、推敲、彻底之意,不完全是指贫穷。如果作家们都要穷得家徒四壁,穷得无立锥之地才能写得出好文章来,那还有谁愿意来干这种痛苦的事业?我们的前辈作家们虽穷,可是他们的故居还是可以供人瞻仰的。

如今我还在国内跑来跑去,怪了,我发现那些过去被我认为是住得较好,被人羡慕的人家,相比之下倒又显得寒碜而逼人,真是老的不如少的,先来的不如后到的。我想,这也很自然,没有什么可以造成心理不平衡的,如果是一代不如一代的话,那就说明上一代的人出了什么差错,或者是吃干饭的。不过,有时候也有些恍惚,如今坐在明亮的、宽敞的、有着吧台的客厅里闲聊时,老是要纠缠着什么现代主义、后现代主义,想当年在奔走呼号解决房子问题时,谈论的倒都是现实主义……

1997年2月23日

静 观 自 得

苏州园林里有一块匾额,上书四个大字:静观自得。这四个字是欣赏苏州园林的要领,这四个字也是写作人观察这个世界的要领,我们对这个世界也要"静观"才能"自得"。

文学作品最可贵的也就是自得,自得者即有自己独创之见,能见人之所不见,发而为文时有与众不同之视角,有与众不同之见解。这样,才能使作品有个性。一个作品如果没有个性,只是见人之所见,云人之所云,大同小异"普通话"一大篇,那就很难在书林里长期生存。这道理也很简单,因为文学作品写的都是人(或拟人),人都是有个性的。如果作品里的人物没有个性的话,那不是人没有个性,而是作者未能写出来;未能写出来的原因有多种,最主要的一种可能是作者未能在生活中看出来;未能看出来的原因也有多种,但主要的原因恐怕是未能"静观"。未能"静观"就难以"自得",只能言人之所言,见人之所见,个性就被湮没在"普通话"的海洋里。

个性来自于自得,自得来自于静观,静才能自得。

不过,看生活与看园林有所不同,园林到底是弹丸之地,而生活却是汪洋大海;看大海要看天涯海角,也要看海边的浪花。要坐在海边的岩石上把天涯海角极目远望,也要把脚下的沙砾仔细地打量。看生活可以走马看花,看材料、听汇报,都是必要的,可以说是"静观"的初始。不要把走马看花和下马看花对立起来,这上马和下马是观察事物的一个过程。由点到面,由面到点,归纳和演绎从来都是认识客观世界的两种方法,是交叉使用的两种手段。一般地说都是从走马看花到下马看花,从一般地了解到深入地研究。对于一个作家来说,深入应该大于一般,演绎甚于归纳。要在静观上下功夫,因为一般的了解往往是一种对别人观察的认同,难以有独到的见解。

　　所谓的静观也不是呆望,不是坐在那里不动脑筋。静观和默想是同时进行的,静观而不默想可能是视而不见,正等于听音而不默想就有可能是听而不闻。现代的生活节奏和商业操作往往使作家不能静观,只能是直观、概观、主观、速观,难以自得,只能"同得",不能与众不同,只能与众相似。只能根据一般的情况加上合理的想象,使得作品不是离生活太近,就是离生活太远。离生活太近要打官司,离生活太远又有点不着边际,分不清是现实还是历史,是神话还是民间故事。

1997 年 9 月 17 日

有用与有趣

有位记者采访时,突然向我提出一个问题,他说,你在苏州生活了这么多年,苏州是"鸳鸯蝴蝶派"的根据地,你和周瘦鹃等鸳蝴派的人物又很熟悉,你的创作是否受到他们的影响?

我闻此言猛地一惊,这是一种条件反射,因为在"文化大革命"期间我的第一顶帽子是"反党分子",第二顶帽子就是"新鸳鸯蝴蝶派",曾经有幸在苏州的开明大戏院陪着周瘦鹃、程小青、范烟桥诸先生公演过一出辛酸的滑稽戏。我是配角,被打了一记耳光之后押上前台,这时候周瘦鹃先生已经被斗过多时了。

我坐着"飞机"听得耳边一喝:"你是不是鸳鸯蝴蝶派,你回答!"

这位造反者不内行,所谓的"新鸳鸯蝴蝶派"是我的同行加在我头上的,他们是内行,在"鸳鸯蝴蝶派"的前面加了个"新"字,新和旧有区别但是又有关联,你想逃也是逃不了的。造反者缺少学习,他喝令我回答时把个"新"字忽略了,问我是不是"鸳鸯蝴蝶派"? 我当然有空子可钻了:

"鸳鸯蝴蝶派产生于二三十年代,他们进行反革命活动时我还没生下来,或者说是只有七八岁,大家看吧,我是不是鸳鸯蝴蝶派?"

台上台下的人一时都没有了声音,是的,"文化大革命"中的各种派别都是不吸收儿童的,这个姓陆的大概和鸳鸯蝴蝶派也没有多大的关系。那时有很多人都把鸳鸯蝴蝶派和各种各样的造反派相提并论,而且认为参加鸳鸯蝴蝶派的人都是些嫖妓宿娼的坏分子,是些没落的文人。

造反者的一炮没有打响,转身去问周瘦鹃先生:"陆文夫是不是你的徒弟,你回答!"

周先生一向对我比较器重,此时也已被斗得昏昏,信口答道:"是格,是格。"

这一下我可输了,屁股上被踢了一脚,两只胳膊被吊得更高点,台下的打倒之声如潮水。

那时候我已经在纱厂里劳动,曾经挂着鸳鸯蝴蝶派的牌子去游街,跪在工厂的大门口任人唾骂,上下班请罪长达一年……有过这么一段经历的人,再听到鸳鸯蝴蝶派,还要"受其影响"!怎能不猛地一惊呢。

不过,此种事已经过去三十年了,闻此言猛地一惊只是一种条件反射,是一种害怕又来了的表现,如果真的不来了的话,我得承认,当年和苏州三老的交往还真的得到了不少教益,但在创作思想方面却是各个有异。

有一次,我和周瘦鹃先生闲聊,偶尔问起:"你创作时首先注意的是什么?"

周先生毫不犹豫地回答:"有趣。"

"你呢?"周先生反过来问我。

我也毫不犹豫地回答:"有用。"

有用与有趣这就是当年我们在创作思想方面的区别。但我也不反对周先生的有趣,我把周先生的有趣理解为"可读性",一篇小说如果读起来索然无味的话,那读者为什么要花钱来受罪?

我所以认为文学要有用,那也是时代和个人的生活经历决定的。打从懂事起便是抗日战争,是中华民族到了最危险的时候,那时读文学作品,除掉艺术上的享受之外,更主要的是求得思想上的启迪。是想从文学作品中寻求生活之路,救国之道;是把文学当作一种改造社会,改造世界的有效手段来看待的,甚至认为它比医药更能救国救民。青年时所读的文学作品,大多是些"有用"的文学,都是些反封建、反侵略、反对压迫、追求平等的文学作品。甚至对那些闲适的美文也有意见,认为中华民族已经到了最危险的时候了,你还在那里写些花花草草的东西。生于忧患之中的文学爱好者,大多持有此种观点。稍后便赞同文学研究会的主张了,扩而大之,觉得文学是为人生的。再后来也赞同高尔基的说法,觉得文学是为了人类的健康、幸福与长寿。总之都是"有用"的。

一个人对文学的观点一旦形成,他往往是只能在此基础上不停地充实和扩展,在不变之中有万变。有时候也有突变,那首先是他的生活和思想发生了巨变,不完全是文艺思想的问题。

一个人创作方法一旦形成,要想在短期内作重大的改变也是不可能的。因为创作方法不是一个单纯的技术问题,它和创作思想、生活经历、追求的目标、文学修养、欣赏习惯、语言的运用都是连在一起的,不是你想变就变,也不是想变就会变得很好的。粉碎"四人帮"以后,思想解放,允许讨论和使用各种各样的创作方法,种种流派,封闭了多年的文学艺术界都想变。记得是刚刚粉碎"四人帮"的时候,已故的老友方之同志曾经对我说,说是我们当年就认为社会主义现实主义不是唯一的创作方法,要找点书来看看,看看西方这些年来在创作方法上都有了哪些发展。过了一年多,他又说,看了很多,可是我们都用不了,看起来我们也只能守住这点儿雕虫小技了。这个仅是中青年人如此,老年人也有此种想法。记得老书法家费新我先生,那一年曾经十分认真地和我讨论他说他想变法,他想把他的"费体"改变成一种"童体",即写出来的字像儿童写的,在苍老中显示出一种童趣。你也不能说费新我先生的想法没有道理,可是后来却没有见到费先生的"童体"面世。真正想创作的人都不是太保守的,他们几乎是天天都在思变,但也不是随心所欲的。

　　我尊重各种各样的创作方法和流派,但是尊重别人并不等于要改变自己,一个创作文学作品而不是创作流派的人,并不希望大家都流到一起去,甚至于还害怕别人和自己流到一起来,造成低水平的重复建设,从而使产品卖不出去。

1997 年

作家、坐家

我听北京人讲话,分不清作家与坐家,也许北京人是分得清楚的,可我听起来好像作家就是"坐家"。认了,作家确实也是个坐家,大部分的时间是坐在家里伏案写作,天长日久,练就了一身的坐功,这是基本功,要坐得住才能写得出;坐立不安,神魂不定的人恐怕是写不出文章来的。当然,也有人是站在那里写作的,外国有,中国也有,这是一种特殊的写作习惯,我们也把它归入坐家之列,不能算是"站家"。还有一种人是坐在咖啡馆里或是住在高级宾馆里写作的。坐在咖啡馆里写作的是外国人,我们中国人一向是不管人家的事情,暂且不论;坐在高级宾馆里写作的倒是以中国人居多,不过,这也是一种暂时现象,因为一旦无人为他们付钱或免费时,他们也就只能是回到家里,回到"坐家"的原位。

作家、坐家总是离不开家,他们虽然是坐在家里写作,写的却是千千万万个家,别人的家或自己的家。曹雪芹写的大观园是自己的家,巴金更不用说,他的书名就是"家",世界上的文艺作品总是离不开家。当然,话也不能说死,"样板戏"《龙江颂》中,那个叫江水英的英雄人物就没有家。能写出那样的"样板戏"来也不容易,一般的作家离开了"家"是难以操作的,海誓山盟,死去活来,好心的作家也只是愿天下有情人终成眷属,成眷属者成家也。男女移情,第三者插足,或破坏,或重组者,家也,写爱情小说的人离开了家就没戏。写金戈铁马,疆场驰骋,那也离不开家,"烽火连三月,家书抵万金。""可怜无定河边骨,犹是春闺梦里人。"即使写大禹治水,你也不能不写他的三过家门……

作家、坐家,坐在家里写千家万家。首先,他的坐处是在自己的家里,因此,他所坐的那个家对他的写作来说往往是决定性的。家庭和睦,夫唱妇随,那沈三白就写《闺房记乐》、《闲情记趣》。一旦爱妻勃豀于高堂,芸娘病居扬州,连温饱都成了问题,这位苏州才子也就只能写《坎坷记愁》了。家对作家来说不仅是闺房记乐,闲情记趣,到了风雨如磐,泰山压顶时更是性命攸关的。在那史无前例的"文化大革命"中,作家们如果家庭和睦,夫妻谅解,如果不是被折磨致死的话,大都还能挺得过来。如果外挨批斗,内受责骂,那就觉得活着也没有什么意思,不如一死了之。我所知道的几个未能挺得过来的人都是如此。现在的日子好过了,外来的、非经济的冲击不多,可在那三五年来一次的时候,一个倒霉的作家蓬头垢面,外创内伤,跟跟跄跄地滚回家来,家已被抄,徒然四壁,可是关起门来也能把一天风雨拒之门外,听不到嘲笑声、辱骂声、吼叫声。这时候有人给你端来一碗热汤,包扎你那流血的伤口,一家大小抱头痛哭,相互慰藉,用泪水把伤口洗净,用慰藉使人的心灵恢复了平静,觉得这世界上还有理解,还有真情,还有我值得为之忍辱负重、跌打滚爬的人,打起精神活下去,以待河清之日!作家可以从自己的家中看到文学所追求的人和人之间的理解、真情、爱心、相依为命等等不是虚妄的,是可以企求的。活着,不仅是为家人活着,也是为文学活着,家啊……

作家、坐家。坐在家里写作的人也不完全是写自己的家,家有小家和大家,有你家和我家,家家都有一本可念的经,难念的经。有真经,有假经,歪嘴的和尚念真经,馋嘴的和尚念假经,真真假假念不完的经。家庭是社会的细胞,每一个家庭都是社会的不可分割的部分,诸多家庭成员的活动便掀起了政治风云。政治是宏观世界,家庭是微观世界;宏观调整着微观,微观制约着宏观,互不可分。写小说的人说是从一滴水中看一个世界,那意思是说看一个世界,而不是看一滴水,是从一滴水中来看世界的折射,世界的缩影。所以说作家坐在家里写家,其内涵并不是局限于某个单一的家,而是从家庭辐射至社会,或从社会归纳至家庭。写家庭和写琐事并不完全相等,《闺房记乐》也只是《浮生六记》中的一个部分。

作家、坐家,坐在家里写家的作家如果能把家写好,写成一个社会的缩影,一个世界的折射,那也算得上是一个好作家。

1997年11月8日

曲终不见人

我像许多爱好文学的人一样,开始的时候是想写诗,而且是写长诗,写史诗。写了以后自己看看既不像新诗,也不像旧体诗,算了,从来没有寄出去。

后来受到一点启发,想写小说。那时,我对小说已经有了一点见解,认为小说要写自己最熟悉的人,还要有点儿可读性。因为我最怕读那种人不像人,枯燥无味的所谓小说。

要写熟悉而有趣的人与事……有,有一个人我很熟悉,而且有趣,那是我家乡小镇上杀猪卖肉的,名叫张大林。

张大林的肉店开在小镇桥头上的小河边。那店即使在当时也是个破烂摊,两间茅屋,芦笆墙,左店右房,除掉一个肉案和一张床之外,真可谓之家徒四壁。此人的人缘很好,卖肉从不短斤少两,高兴起来还在称好之后再加一点,但要看是谁,正所谓是低头斩肉,抬头看人。

张大林的妻子早故,有一个儿子和我差不多的年纪,平时帮着张大林杀猪、刮毛、看守店铺。照理说两个人也可以温饱了,可他们一家二人却是衣食不周,原因是张大林嗜赌如命,搓麻将、推牌九、押宝、挖纸牌……样样都会。俗话说久赌必输,输得那张大林夏天打赤膊;冬天,一件棉袍油腻得简直可以当雨衣。那一年乡间禁赌,乡长和张大林之间发生了一场猫捉老鼠的游戏……

我觉得这个题材很好,可以写小说,写出来肯定有趣,也有政治意义,禁赌嘛,移风易俗,谈何容易!于是便闭门造车了。

那时我在《苏州报》当记者,写小说只能是业余,只能在午休和深夜悄悄地进行。

我在走廊的尽头找到了一个两三平米的小房间,那里乱七八糟地堆了许多旧报纸,我把报纸堆好、堆高,用铺板搁在报纸堆上当桌子,关起门来炮制小说了。

我记得那是一九五五年的夏天,关起门来,密不透风,汗如雨下,赤膊上阵。写写停停,为时数旬,终于做成了一篇小说:《赌鬼》,写的就是张大林和乡长之间的一场暗斗。

那时候,全国没有多少文学刊物,《人民文学》高不可攀,上海有《文艺月报》(《上海文学》的前身),试试看。

稿件寄出之后,天天在等待消息,特别是刊物出版之日,首先一目十行地看目录,看看有没有自己的大作在内,所有的第一次投稿的人,都有过此种痛苦的经历。

等了好久,稿件退回来了,当头一盆冷水,可在这一盆冷水之内,却有一封十分热情的退稿信。那信是用毛笔写的,有两三页纸。信中十分详尽地写明了退稿的意见,大意是说现在已经解放了,农村里是一片新气象,赌钱的人已经不多了,再来写一个赌鬼就没有多大的意义,所以"大作不予刊登"。"但是从你的来稿中可以看出,你是很能写小说的,懂得使用文学语言,希望你继续来稿。"这几句已经有点儿鼓舞作用了,编辑是行家,他说我能写小说,而且还懂得使用文学语言,那是不会假的。更何况那编辑的一番话绝不是客套和安慰,因为那退稿信中还附来了一份登记表,发展我为《文艺月报》的通讯员,赠送刊物一份,并不定期地发出一种写作提示,像报纸编辑部的"报道提纲"似的,说明刊物目前需要哪些内容的文艺作品。这就说明我已经成了编辑部重点培养的对象。我们报社也发展通讯员,还举办学习班,通讯员的来稿采用率是很高的。

我又埋头写作了,也摸到一点门路了,现在的小说和我爱读的小说不一样,它也像新闻报道,要写工农兵,不能写赌鬼。可读性如何倒是次要的,首先要有政治意义。那时我负责采访苏州的工厂,采访笔记上的先进材料一大堆,能写成新闻、通讯的很少,何不把那些先进事例改头换面,加油添酱地写成小说呢。几经寒暑,终于又做成了一篇,题名《荣誉》,这下子中了,发表在一九五五年上半年的《文艺月报》上。位置显著,跟着还发表了评论。这就一发不可收拾了,连着写出了《小巷深处》、《平原的颂歌》等等,掉进了文学的陷阱……那年头,文学可不是好玩的!

我时常想起我的这位从未谋面、不知姓名的编辑,是他的一封退稿信为我打开了文学殿堂的大门,至于进门之后的刀山火海,那也是他所料之未及。

1998 年 3 月 22 日

金炳华来苏州看望陆文夫（2003年）

在书房里

奢谈读书

要我和中学生谈论读课本之外的书,实在有点于心不忍,我不知道一个中学生除掉有限的睡眠之外,还有多少时间可用于读课外书,特别是读点儿诗歌、散文和小说。

我有两个小孙女儿在读初二,冬天天不亮就要上学去,天黑了才背着个沉重的大书包疲惫不堪地回来;回来了又是做作业,睡觉都是在十点半之后。如果我是那神话中的老爷爷的话,我会为她们寻觅一种神奇的眼镜,什么复杂的功课都是一看就会,永不忘记。

我读过各种各样的书,特别是文学,读了半个多世纪了,当然会知道孩子们最好是读点儿什么课外书。家里的藏书虽然不多,孩子们要读的书还是可以满足的,即使是某些书籍一时没有,跑一趟书店便可以解决问题。这比我小时候好多了,我小时候是碰到什么读什么,现在是想读什么有什么。可我现在却不敢向孩子们推荐什么,如果她们迷到小说中去的话,那功课又怎么办呢!万一考不取高中,进不了大专,找不到工作那又怎么办呢?现在的孩子们已经进入高速公路,她们只能是拼命地向前跑,不能东张西望,不能胡思乱想,现代文明有很多妙处,可那随之而来的竞争却是无情的。

话又说回来了,如果一个人"两耳不闻窗外事,一心只读圣贤书",培养出来的也许只能是个书呆子。随着"应试"教育的改革,我想,那学校里的功课负担也许会轻一点,万一能够轻那么百分之几的话,我倒是希望同学们不要把时间花在那些"屏幕垃圾"里,挤出时间来读一点值得读的课外书籍,我指的当然是诗歌、散文、小说之类。

我曾经主张过"开卷有益",就是说随你读什么书,只要不是那种有毒的书都是有益的。现在我不敢说这种话了,并不是说"开卷有益"错了,而是因为你可用的时间不多,因而也就不能随便地开卷。好比一个人到商店里去买东西,口袋里的钱不多,只能拣你所最急需的买,不能大包小包地随便拎。

如此说来,什么样的读物才是中学生所急需的呢?许多老师和学问家都曾经提出过很好的意见,有的还开出了详尽的书单,那些我都同意。我只想说一点,那就是培养读书的兴趣。

我不主张搞什么"中学生必读",现在的孩子在课外常常有一种反弹心理,你说是"必读",他就不读;你说是不读,他倒是要去读读。课外的读书活动应该说是一种业余的娱乐活动,娱乐是一种兴趣,兴趣是不能硬性规定的。不过,兴趣也非天生,也要培养。如何培养?先读一点你觉得最有趣的书,就像吃饭一样,先拣你认为最好吃的吃,吃出一点味道来,读出一点兴趣来,下面的事情就好办了。

一个人对某件事情有了兴趣,他自己就会去钻研,就像许多对影视和流行歌曲有兴趣的人一样,谁也没有规定他们要读什么,他们却会千方百计地去阅读有关影星和"天皇"的各种资料,包括欢喜什么颜色,是什么星座等等。

当今世界特别要注意培养读书的兴趣,因为现在不比从前,现在能使人感兴趣的事情太多了,电影、电视、电脑、电子游戏机……光电就能把人带向宇宙空间,世界各地。这和我们小时候不能比,我们小时候除掉在学校里打打球之外,晚上就只有风声雨声,虫声唧唧,远处几声狗吠。这时候只有灯下的一本书可以通向天上人间,世界各地;只有书能在你的面前展开一个奇妙的大千世界。开始的时候觉得这个大千世界实在好玩:天上有玉皇,海中有龙王,地下还有阎罗王,这些都是古典的神话小说所提供的;后来发现这世界上有许多美好的事物、真诚的爱情、悲惨的命运……这些都是现实主义的小说所提供的;再后来又深深地感觉到这个社会太黑暗,不合理,要改造,要发展……这都是一些富有革命内容的小说所提供的。读书的兴趣就是这样被培养起来了,因为再比读书有趣而又方便的事情那时轻易地找不到。

书读多了自然就会知道书的好坏与高低,因为任何事物都是比较而存在的。诗歌、散文、小说读多了,就会知道哪些诗人和作家是伟大的,哪些作品是经典的,你自然就会千方百计地去一一读来,好像你知道有什么美味没有吃过一样,一有可能便要找来尝尝。这里要防止的倒是那种偏食症,专门欢喜读某种作品,其他的作品就不沾边。有人只看纯情小说,有人只看武侠小说,不管是内容重复、大同小异,都无所谓。不过,这样的人并不多,而且大多是躺在床上看的,看着看着就睡着了,他们是用书来催眠。

不管现代的交通是如何地发达,一个人的直接经历总是有限的,他必须借助于各种媒介来扩展自己。电影、电视等各种电子媒介是人类的伟大创举,但也不能完全代替书籍。虽然说许多电影、电视都是根据小说改编的,可是任何成功的改编都不能代替原著,特别是经过时间考验的经典著作。小说的功能不同于电影、电视和舞台剧,它是通过文字向读者提供了一个无限的、想象的空间。人们在读书的时候眼睛看着文字,头脑里却跟着文字的符号而形成了一个想象的空间,使自己仿佛参与了事件而在一个想象的空间中漫游。男人读《红楼梦》仿佛自己就是贾宝玉,女的读《红楼梦》仿佛自己就是林黛玉;读《西游记》的男孩绝对自比孙猴子。而电影和电视是用画面展开某种特定的场景,迅速推移,一闪而过,容不得观众去想象,去漫游。读书是一种主动的、能动性很强的接受,看电影、电视、舞台剧是一种被动的、有限制的接受,二者不能互相代替;更何况那文字的本身还有一种美,美好的文字与美妙的音乐没有什么区别。

1998 年 4 月 12 日

姑苏之恋

如果让时间倒流六十年,有人驾一叶扁舟,沿长江的北岸漂流而下,在傍晚或清晨流经靖江县一个叫做夹港的地方时,他也许可以在一片芦苇后面的江岸上发现一个十多岁的孩子,那孩子呆呆地站在江岸上向长江的南岸眺望,望着天边的青山,望着南飞的群雁。

那孩子就是如今的我,一个年逾七旬的老头。我在长江的北岸长大,可却总是憧憬着南岸的天堂——苏州,天堂离我并不遥远,我的姨妈家就住在那里。

直到一九四四年,我因病到苏州来疗养,记不清是什么病了,只记得那望眼欲穿的愿望马上就要实现,病痛的有无实在是无关紧要的。

我穿着长衫,乘着一艘木船进入了苏州的山塘河,我的姨妈家就住在山塘河边。我到姨妈家只是稍坐片刻,便沿着山塘河向虎丘走去。

七里山塘到虎丘,这是当年苏州风光最有代表性的地方。我被这天堂的美景惊呆了:塔影、波光、石桥、古庙、河房……她的美妙超过了我的想象。我进过了虎丘又乘马车去寒山寺,看完了寒山寺意犹未尽,还到枫桥对面的小吴山上走了一趟。回来时已是万家灯火了,姨妈家的人急得团团转,不知道这乡下来的孩子出了什么事,至少是在苏州迷了路。

我不是迷了路,而是着了迷,觉得这苏州简直是一部历史书,一幅风景画。土生土长的苏州人也许会对苏州的景物有点儿司空见惯,可对一个在农村里长大,在小县城里读了几年书的人来讲,进了苏州真的有如进了天堂。更为有幸的是通过亲戚的关系我居然住进了耦园。当年的耦园是苏州著名的私家花园,在娄门小新桥巷。偌大的一个花园里只住了三四个借住的人,晚上我坐在池塘边的小亭中,见满园的萤火飞舞,听园内外的蛙声四起。蛙声时起时寂,阵起时有如雷鸣,沉寂时园中没有一点声息,只听见池塘里的鲤鱼在荷叶下面唼喋,萤火虫飞回池塘中,排成一条直线。楼上有位先生会拉二胡,他也是在养病,拉的是《病中吟》。我那时日夜读着小说,迷恋于各种文学作品,沉醉在梦幻般的天地里。文学与苏州的美景合成了一种针剂,把那艺术的基因注进了我的血液里,只是我当时毫无感觉,因为那药性还没有到发作的时候。

一九四五年抗日战争胜利后,我考进了苏州中学,这是我人生道路上的一个转折,从此我成了苏州的一个学生,一个居民。每年的寒暑假便在苏州四处游荡,看小说常常是看到天亮。

苏州中学在三元坊,隔壁是孔庙,对面是可园与沧浪亭,苏子美和沈三白的居住游乐之地。可我慢慢地对游乐失去了兴趣,通过生活与书本,对苏州、对社会有了进一步的理解,对社会认识也开始由表及里,觉得苏州也不是样样都好,普通老百姓也不是生活在天堂里。物价飞涨,民不聊生。冬天,玄妙观的屋檐下常有冻死的饥民,可那权势豪门之中,酒楼青楼之内,仍然是花天酒地,嫖娼宿妓。瘦骨嶙峋的黄包车夫,拉着大腹便便的奸商,一路疾走,气喘如牛,这是什么社会?我没有闲情去欣赏苏州的美景了,愤世嫉俗,忧国忧民。那个时代的先驱者发出了强大的声音:知识分子到民间去,到解放区去,去拯救劳苦大众于水深火热之中!

一九四八年的秋天,我动身去解放区了,临离开苏州之前还去了一趟虎丘,站在山顶遥望苏州城区,暗自与苏州告别,大有风萧萧兮易水寒,壮士一去兮不复还的豪情。

壮士一去兮又回来了,时间只隔了不到一年,我随军渡江南下,又进了苏州,成了一名新闻记者。当了六年的新闻记者之后,当年的艺术基因终于药性发作,鬼使神差,竟然写起小说来了。

那时候写小说也不管什么流派不流派,只知道小说是写实的,所谓写实就是写自己所熟悉而真实存在过的事情。苏州解放前后的事情我熟悉的很多,当然就会涌到我的笔下来,从某种意义上来说,不是我写苏州,实际上是苏州在写我。

我写《小巷深处》时,并非是故意要想创造个什么"小巷文学",也没有想到要在大写工农兵,大写英雄的时代别出心裁来写一个妓女从而引起轰动(现在不会轰动),实在是因为解放初期我采访过苏州市的"妇女生产教养院"。

解放初期的"扫黄"是很厉害的,几乎是在一个晚上便把全市的妓女都抓起来,关进了昌善局内的"妇女生产教养院"。当然,抓她们并不是要惩罚她们,她们在旧社会里大都是被逼为娼,是些被侮辱被损害的人。新社会要把鬼变成人,抓她们是为了救她们,把她们集中起来学习,医治性病,控诉旧社会,然后把她们分配到各个工厂里去做工,做一个自食其力的新人。当时我对"妇女生产教养院"进行过连续报道,还拍过许多照片,印象是十分深刻的。

过了若干年,大概是一九五五年的国庆节的前夕,按照惯例,每逢国庆节的时候都要报道一些各方面的成就。我突然想到那些变成了新人的妓女,她们现在都怎么样了?应该是有了一个幸福的家庭,过上了幸福的生活吧。这是一个很能反映新社会成就的事例,应该选择典型,加以报道。

我很快便查找到一个人,这人当年是"妇女生产教养院"的学习组长，在某厂做工，已婚，有了孩子，当上了先进生产者，住进了新工房，实在是一个理想的采访对象。我骑上自行车直奔这位女工的家。这位女工还认识我，可是见了我之后就有点不大自在，知道我要报道她的事迹以后吓得面无人色，连忙把我拉到门外面，四顾无人，对我求求，千万不要报道她的"先进事迹"，因为她的婆婆，她的左邻右舍都不知道她曾经当过妓女，万一登上报纸，她就无地自容。我也吃了一惊，差点儿又把人家推进了火坑，连忙骑上自行车溜之大吉。

报道没有写成，这件事却使我久久不能平静，原来由鬼变成的人却也不能完全摆脱那跟在身后的鬼影。我当年写小说除掉有名利的追求之外，更有对真善美的向往，也像当年要去拯救劳苦大众一样，要用艺术为善良的人去谋求一个公正的社会和幸福的人生。

我要为那位曾经卖身为娼的女工去追求幸福的人生了，便拿起笔来写《小巷深处》。有人说我在《小巷深处》里把苏州写得很美，使人通过这篇小说而爱上了苏州；又说"小巷深处"这四个字也很美，现在已经成了常用词了。其实，这些也不能完全归功于我，如果忽略了人间各种痛苦的话，苏州确实很美。"小巷深处"这四个字也是从陆游的诗句"小楼一夜听春雨，深巷明朝卖杏花"中衍变而来的，所以想到如此的衍变，那也是因为我在苏州走过的大街小巷太多了。我走过铺着碎石的小巷，走过铺着石板的小巷，那石板的下面还有流水淙淙作响；我走过那长满青苔用侧砖铺成的小巷，小巷的两边是高高的围墙，墙内确有红杏伸出墙外，一夜风雨过后，小巷里落红满地。苏州人不卖杏花，可那卖白兰花的叫声却是十分动听的。陆游的诗篇、苏州的景物帮助我找到"小巷深处"这四个字作为小说的标题。

我熟悉小巷深处的各种人物，也知道这些人在解放前后的变迁。我认识现今成了女工的妓女，也记得她们在解放前站在昏暗路灯下的情景。我住过耦园,也知道苏州的各个园林,那留园的假山,西园的茶社,这一切都会自然而然地进入到我的小说中来。我不能把我要写的人物放到大海之滨,因为我不知道大海的涛声在深夜里是低诉还是轰鸣,可我知道那卖馄饨的梆子在深夜的空巷中会发出回声。当我在艺术的幻想中拼命地搜索我的人物的踪影时,那客观的存在就会把我的各种想象吸附过去,让天马行空的艺术想象找到一处歇脚的地方。

在写《小巷深处》之前,我也曾写过一些类似通讯报道式的所谓小说,写一些社会生活表层的掠影,说明一些简单的流行观点。从写《小巷深处》开始,便开始研究社会,研究人生了,开始从拯救劳苦大众转向拯救痛苦的灵魂。此念萌生之时,适逢一九五七年那个思想解放的春天,那时我离开了新闻工作岗位,到南京去当专业作家。在南京与几位同行一起"解放思想",觉得文学不能只是在生活的表面撇油花,要勇敢地去探求社会,探求人生。几个人一时兴起,决定要办一份同人刊物来弘扬我们的宗旨,发表我们的作品。刊物定名为《探求者》。

刊物还没有来得及出版,反右派斗争就开始了,《探求者》被打成反党集团,各位探求者一一坠入深渊,开始了各自的人生探求。

我开始上下而求索了,上天有好生之德,每当我在危难之时,总是有好心人在暗中助我一臂之力,让我回到苏州,下放到工厂里劳动锻炼,改造思想,没有把我送进劳改农场。如此上下过两次,在苏州的工厂中当学徒,当工人,前后将近六年。

到了"文化大革命"期间,又把我从工厂中拉出来批斗一通,行礼如仪之后又纳入了下放干部之列,到苏北的农村里去安家落户,限于五天之内全家离开苏州。

这一次临离开苏州之前,我没有到虎丘去向苏州城告别,也没有了那"风萧萧兮易水寒,壮士一去兮不复还"的豪情了,只觉得是前途茫茫，此一去将老死他乡；对于曾经苦苦追求过的文学不再存有什么希望，而且还有一种反感，觉得文学只不过是一种工具，作家们被逼得用作品在那里进行政治投机，投中了声名显赫，投错了就由人变成了鬼。老死荒村去吧，中国如果还有一点希望的话，这一切总是要改变的，物极必反，是历史的规律，问题是能否活着见到那一天。那时候我也和许多人一样，暗中在和某些人进行着生命比赛，看谁能活得长点，活得长点的人就有可能见到黑暗的终点，怕只怕这终点和墓地也差不了几公里。可我那时还很有信心，因为当我暮投荒村的时候只有四十岁。

"四人帮"垮了，那种极端的邪恶也只是猖獗了十年，我有幸在见到终点的时候离开墓地还有好大的一段距离，感谢苏州又一次接纳了我这个归来的浪子，五十岁上又回到了这座美丽的城市。

文学对我来说已经十分生疏了，十多年中基本上不用笔，许多常用字都想不起来了，更忘记了那小说是怎么写的，像一个带了十多年镣铐的人连正常的走路都不会。但好在文学也像某种病毒，它在侵入人体之后便会潜伏在血液里，一旦受到某种激发，它会立即使得你血液沸腾，不能自已，忍不住要用艺术的琼浆来浇胸中的块垒。三十年来家国，多少遐想与期待，辛酸与眼泪，我与苏州人共同走过了这天翻地覆、光荣屈辱、高尚卑微、荒唐正经的三十年。包括我自己在内，几乎是人人都想说话，都要向生活提出问题。我用挣脱了镣铐的手，握住了生疏的笔，开始了我的文学道路上的第二次跋涉。

这不是写《小巷深处》的年代了，二十年的风雨荡涤了那种天真的纯情的追求，代之而起的是一种自以为是的使命感。想要写出这一代人的艰辛、迷惘与追求，带着无可奈何的嘲讽与淡淡的哀愁。一种强大的力量推动着我进行了十多年的冲刺，我把自己所经历的各种人与事，一一加以审视，对受难者寄予同情,对卑劣者进行讽刺。我本来想开辟一个"特别法庭",来对那些卑劣者进行审讯,结果是未能进行到底,原因是真正需要受到审判的人,我对他们并不熟悉,我所熟悉的一些小人物,他们大多是上当受骗,只是为了一点起码的生存空间,一点可怜的私利,小偷小摸,罪行轻微,连主审的法官也不能自免。"特别法庭"应该变成研讨会,大家向前看,来清扫前进道路上的垃圾。

我慢慢地停了下来,想想看看当今,重新思考,再发起新一轮的冲刺!不行了,年逾七旬,疾病缠身,精力不济,老骥伏枥,主要是休息,能写则写点,不能写就做一点写作之外、力所能及的事。记着鲁迅先生的教导:写不出来的时候不要硬写。我总觉得,一个作家是属于一个时代的,他不能包写一切。

1999年7月2日